New window 新視野222

江湖夜雨讀金庸

馬大勇◎著

高寶書版集團

緒論　走近金庸

第一編

金庸小說的歷史情懷

第一講　憐我世人，憂患實多

目錄
CONTENTS

第二編

金庸小說的文化品質

目錄
CONTENTS

第三編

金庸小說的哲學意蘊

第一講　極簡佛教史

第二講　苦海無邊

目錄
CONTENTS

第四編

走進文學史的金庸

第一講　武俠小說的鼻祖：唐傳奇

目錄
CONTENTS

目錄
CONTENTS

結語
金庸是不是偉大的文學家

附錄一

目錄
CONTENTS

緒論 走近金庸

嗚呼金翁，竟辭人間，我失江湖。記東海桃萼，三春眉嫵；北溟冰火，九劍獨孤。清眸若星，浮生馳電，降龍掌能降得無？冥冥月，看寒窗雪夜，天外飛狐。

世界漫漫迷途，謝先生、奇文枕邊書。將渾淪萬象，果因加減；慈悲千手，緣分乘除。夢裡河山，刀頭人欲，摶作魔幻小拼圖。公歸矣，剩蒼莽煙水，一望模糊。

一部《江湖夜雨讀金庸》，就從這首詞開始吧。

這首〈沁園春．別金庸先生〉是二〇一八年金庸先生去世後我寫下的一首悼念之作。金庸先生以九十四歲高齡辭世，這並不全是一件悲傷的事情。壽臻大耄，這在中國北方被稱為「老喜喪」，喪事要當喜事辦，是要放鞭炮的。但作為一個讀了三十多年金庸小說的「骨灰粉」，作為半個「吃金庸飯」的人，不能不有一點感傷與敬意。詞的上片化用了桃花島、桃谷六仙、北冥神功、獨孤九劍、降龍十八掌、雪山飛狐等典故，「降龍掌能降得無」幾句充滿了金庸對人生之無奈悲涼的審視，自以為尚可。下片略有亮點處在於「因果」與「慈悲」數句，這涉及到我們後文將要細講的「金庸小說與佛教思想」的內容，我以為這是大多數金庸讀者與悼念者很少意識到或很少揭示的。當然最主要的還是「世界漫漫迷途，謝先生、奇文枕邊書」兩句，我以為這兩句還是不錯地表達出了一位酷愛金庸的老讀者的心情。

一見楊過誤終身

我讀金庸，始於一九八四年，彼時剛上國中二年級。偶爾從同學手裡看到《神雕俠侶》，真是「一見楊過誤終身」，從此陷溺其中，一發而不可收拾。三十多年來幾乎從沒停止過讀金庸，正如毛尖〈就此別過〉裡所說：「我們在課桌下看被窩裡看披星戴月看嘔心瀝血看，我們不是用眼睛看，我們用身體填入蕭峰阿朱令狐沖任盈盈郭靖黃蓉……我們曾經把自己的臉龐給他們，我們曾經把戀人的眼神給他們。」[1]

多年以來，我講了至少上百場金庸小說，很多聽眾問我：「老師，要看多少遍金庸才能

1　毛尖此文甚佳，本書後文還有引用。

像你這樣講金庸，甚至有的原文都能背誦呢？」我有點尷尬、也有點得意地告訴他們：「不知道！我只能提供一個基本計算數據：金庸小說裡我最不喜歡讀的是《連城訣》。最不喜歡讀不是因為它寫得最不好，而是因為這部書太苦。狄雲從一出場就遭屈含冤，苦受折磨到最後，讀之令人慘然不歡。這本我最不愛讀的《連城訣》，我大概讀過不下三十遍。至於我愛讀的那些，比如《鹿鼎記》啦、《天龍八部》啦、《笑傲江湖》啦、《射雕英雄傳》啦，我也不知道讀了多少遍，總不能讀一遍就畫一橫，查多少個『正』字吧？」

現在呈現給大家的這本書，正是我幾十年閱讀金庸、十幾年講授金庸的一點心得與感悟。

一千個哈姆雷特

由上面的玩笑話可以引申出一個問題：我們這一代「油膩中年」小時候沒有現在這麼豐富的影視產品可供享受，所以大體上是捧著小說一個字一個字「摳」下來的，而八〇後到〇〇後則看影視劇者日以多、讀原著者日以稀了。這是就大趨勢而言，其實年輕一代金庸迷中高手如林，我很佩服的六神磊磊就是典型代表，後文我們會讀到他的很多高見。

問題是，透過影視劇能否走近金庸呢？

我不僅不排斥影視劇，而且稱得上是相當瘋狂的影劇迷。作為現代聲、光、電技術的融合手段，影視劇當然有它無可比擬的優勢。它可以把文字轉換成形象，直接訴諸感官。比如說《魔鬼終結者》、《ID4星際終結者》、《阿凡達》、《哈利波特》、《權力遊戲》等為我們呈現的神奇世界，那絕不是書籍所能達到的。作為一九九四年奧斯卡獎最失意選手、後來卻長期霸占最佳影片榜首的《刺激1995》，它與史蒂芬．金的原著比起來也是有過之而無不及，成為包括我在內的無數觀眾的「人生教科書」，摩根．費里曼那一句悠長的話外之音「有些鳥是關不住的，因為牠們的羽翼太閃耀了」響起的時候，你會覺得再怎麼灰暗的現實都照進了希望的曙光。這樣巨大的價值豈可等閒視之！

回到武俠，比如說六脈神劍，這是一種無形劍氣，看不見摸不著，比雷射武器還要神奇，影視劇就可以做出光環、氣浪等效果，看起來非常過癮；再比如登萍渡水、踏雪無痕一類輕功，影視劇可以把它拍得很飄逸唯美，像《臥虎藏龍》那樣，讓人心曠神怡。所以在我看來，一部好的影視劇，其價值是大於等於一部好書的。

可是，也不能迴避影視劇可能有的副作用。最大的副作用是：它固化了我們奔逸飛騰、心遊萬仞的想像力，就算拍得再美的影視畫面也取代不了文字特有的美感。隨手舉一段金庸小說為例，來自《書劍恩仇錄》第七回〈琴音朗朗聞雁落　劍氣沉沉作龍吟〉：

陳家洛也帶了心硯到湖上散心，在蘇堤白堤漫步一會，獨坐第一橋上，望湖山深處，但見竹木陰森，蒼翠重疊，不雨而潤，不煙而暈，山峰秀麗，挺拔雲表，心想：「袁中郎初見西湖，比作是曹植初會洛神，說道：『山色如蛾，花光如頰，溫風如酒，波紋如綾，才一舉頭，已不覺目酣神醉。』不錯，果然是令人目酣神醉！」

他幼時曾來西湖數次，其時未解景色之美，今日重至，才領略到這山容水意，花態柳情。凝望半日，僱了一輛馬車往靈隱去看飛來峰。峰高五十丈許，緣址至顛皆石，樹生石上，枝葉光怪，石牙橫豎錯落，似斷似墜，一片空青冥冥。陳家洛一時興起，對心硯道：「咱們上去看看。」峰上本無道路可援，但兩人輕功不凡，談笑間上了峰頂。

這段文字雅韻欲流，「竹木陰森，蒼翠重疊，不雨而潤，不煙而暈」、「緣址至顛皆石，樹生石上，枝葉光怪，石牙橫豎錯落，似斷似墜，一片空青冥冥」等句置之晚明小品文中，也是上品。就算是詹姆斯．卡麥隆的大手筆，《阿凡達》團隊的特效手段，那也是不可能全盤還原的。

更容易固化的是人物形象。莎士比亞研究中有一句名言：「一千個人心目中有一千個哈姆雷特。」這句話推而廣之到中國文學裡，一千個人心目中就有一千個賈寶玉、一千個林黛玉、一千個郭靖、一千個黃蓉等等。但是影視劇拍出來了，你想像的自由就被剝奪了，不管你喜不喜歡，都只能接受現在螢幕上這個賈寶玉、林黛玉、郭靖、黃蓉。接近你的想像，你就會「按讚」；背離你的想像，你就會「吐槽」。

生產隊長黃藥師

我們就以《射雕英雄傳》為例。《射雕》是金庸筆下第一名著，也是被搬上螢幕次數最多的金庸小說。從八三香港無線版，也就是翁美玲、黃日華版，到後來的朱茵、張智霖版，到央視的周迅、李亞鵬版，再到林依晨、胡歌的〇八版（這一版我看了好久才知道是《射雕》），最近又有了口碑不錯的一七版，我們已經至少「擁有」了五個版本的《射雕》。

哪個版本最好呢？如果讓我投票的話，我這個七〇後會帶著少年情懷，堅決把票投給八三版的，但令我意外的是，很多很多八〇後、九〇後也把票投給了八三版。為什麼呢？那個年代的拍攝技術多落後啊，連個外景都捨不得拍，找幾塊石頭、用紙屑撒點雪花就「華山論劍」了，哪有後來那些版本的「酷炫」大場面呢？

其實這裡的奧祕不難破解。學術一點講，這是個接受美學的問題；白話一點講，無非是個「選角」的問題。我們讀《射雕》的時候，一定有自己心目中的郭靖、黃蓉形象，等八三版電視劇一出來，大家一看，就覺得郭靖應該是黃日華那個樣子的；翁美玲精靈古怪，嬌俏動人，黃蓉就應該是這個樣子的，他們達到了大家想像力的「最大公約數」。而且，這部電視劇不僅主角選得好，苗僑偉版的楊康、曾江版的黃藥師、劉兆鳴版的一燈大師、劉丹版的洪七公、秦煌版的老頑童，都是上上之選，幾乎不能做第二人想。這說明，八三版射雕的創作團隊是很理解原著精髓的，技術差一點，也完全能接受。

於是，帶著對八三版《射雕》的美好印象，我們迎來了央視版，所以我們就不接受李亞鵬扮演的郭靖、周迅扮演的黃蓉。其實，當年的大陸演員中，李亞鵬、周迅還是不錯的選擇，我們還是可以「容忍」的。不能容忍的是，周迅要自己替黃蓉配音！周迅的聲音我們是比較熟悉的，跟我們想像中的黃蓉聲音也太不相符了！

好吧，再退一步，周迅要自己配音我們也忍了，最不能容忍的是對扮演黃藥師那位演員的選擇。我覺得，這直接關係到編創團隊是否看懂了《射雕》的大問題。

黃藥師是什麼形象？我有一言以蔽之，曰：披著武林高手外衣的魏晉文人形象。所謂「魏晉文人」，而不是其他時期的文人，應該具有以下幾個特徵：清高絕俗、離經叛道、逍遙適性、剛愎自用、獨來獨往。選角的時候，應該選具有以上氣質的演員嘛，至少也該有點文人氣質才好。但這部《射雕》的黃藥師怎麼樣呢？網上有人說，簡直是一個苦大仇深的生產隊長形象！我基本上同意。大家可以找影片來看一看，會不會有同感呢？

左右不分

這樣的例子說明，我們的很多影視劇從業人員素質偏低，不僅人物形象理解有偏差，更會出現很多可笑的低級錯誤，讓人大大地跌破眼鏡。

還是央視版的《射雕英雄傳》，有一集演到這樣的情節：老頑童周伯通和黃藥師打架輸了，被黃藥師打斷了兩條腿，關在桃花島一十五年，無意中練成了「雙手互搏」的奇功。本來只是為了打發孤獨無聊，經郭靖提醒，這才明白自己已經天下武功第一，於是要打垮黃藥師，衝出桃花島。但真到決鬥的時候又出現了新情況：他為了捉弄郭靖，無意中練會了《九陰真經》，那就違背了師兄王重陽的遺訓。怎麼辦呢？他把一隻手綁在腰帶上，剩下另一隻手跟黃藥師對戰。你看，本來周伯通最擅長「雙手」互搏，現在只用一隻手，那就不是黃藥師的對手了。若干回合以後，周伯通被黃藥師一掌打傷，口吐鮮血。

黃藥師想想怪不是滋味：本來就是遷怒於老頑童，把人家兩條腿打斷了，人家沒說什麼；關了一十五年，人家也沒說什麼。現在人家武功比自己高，又被自己打傷了。種種複雜心情驅使下，黃藥師掏出一個小藥瓶，倒出幾粒丹藥，跟老頑童講：「伯通兄，天下傷藥，無出我桃花島無常丹之右者。你速速服下，必有奇效。」

在這裡，黃藥師用了一個文言句式：「無出……之右者」。這是古代漢語的一個基本句法，就是沒有什麼可以超過我這東西的意思。古代有時候以左為尊，有時候以右為尊，但「無出……之右者」是固定用法，是不能改變的。

當年央視版《射鵰》播出的時候，我已經不太看金庸小說改編的電視劇了，但大家也有這種體會：一個電視劇熱播的時候，你還不容易躲開。一共六十個頻道，五十八個頻道都在演這部劇！記得當時我背對著電視螢幕在做別的事情，結果就聽見電視裡的黃藥師說：「伯通兄，天下傷藥，無出我桃花島無常丹之左者。」我很是嚇了一跳，趕緊回頭去看，電視上字幕還沒有消失，上面一個斗大的「左」字！人家金庸沒寫錯，我們的編導居然連這樣常識級別的字都能抄錯。左右不分，荒唐一至於此！

狗和熱狗

過了幾年，大鬍子製片人張紀中又拍了《天龍八部》。這部戲比以前好了一些，但仍有類似的毛病。

《天龍八部》男三號虛竹遇見天山童姥，學了一套武功叫「天山六陽掌」，其中有一招叫「陽歌鈞天」。什麼意思呢？我們需要詳細解釋一下。

有人說金庸是中國文化的百科全書，我覺得評價太過了，金庸沒有也沒必要達到這樣的高度，我來修正一下，「金庸是中國文化入門級的百科全書」，這個評價已經很高很高了。作為「中國文化入門級的百科全書」，金庸表現出的創作態度是極其嚴謹的。他不僅前後兩次花十幾年時間對自己的小說進行大幅修改，而且非常講求細節的完美，精細到替武功招式取個名字都不亂取，都有一定的來龍去脈。

我們看，天山童姥是「逍遙派」。「逍遙」，來自莊子的名篇〈逍遙遊〉。她師弟無崖子、師妹李秋水的名字也取自《莊子》，這說明「逍遙派」屬於道家武功，而「陽歌鈞天」正是來自道家的一個概念。

我們不在這裡做繁瑣考證了。簡單說，「陽歌」是道家傳說中天界一種美輪美奐的大型綜合歌舞表演，杜甫所謂「此曲只應天上有，人間那得幾回聞」，那就是「陽歌」。什麼叫「鈞天」呢？古人認為地有五方：東、西、南、北、中；天也有五方：東天、西天、南天、北天，中間的、最高的天叫鈞天。這種意象與小說中對「天山六陽掌」的描述是吻合的。因為這套武功威力奇大，但姿勢非常美妙，有如舞蹈一般。可是，我們這些可愛的編導既不懂這些來龍去脈，也懶得去請教一下或查一查，直接大筆一揮：陽歌鈎天！

這個例子我講了好多年，一直以為跟《射鵰》一樣，是編導眼花，把「鈞」看成「鈎」了。後來講著講著我明白了，這次不是看錯，是編導特地改的。編導們肯定用心琢磨了：這

「陽歌鈞天」也不像個武功招式的名字呀！肯定是金庸寫錯了！還是「鈞天」，把天「鈎」過來就對了！

我有點開玩笑了，但不管是看花了眼還是特地改動，都說明編創團隊的素質很有問題。這樣的水準，讓他們來拍金庸小說，我們能放心嗎？透過影視劇能走近金庸、瞭解金庸、讀懂金庸嗎？套用柏楊先生的一句名言：「金庸小說改編的影視劇和金庸小說之間是什麼關係？是狗和熱狗的關係。」結論很清楚：只有回到原典，捧起小說一個字一個字「摳」，那才是走近金庸、瞭解金庸、讀懂金庸的唯一正道。

那麼，在下面的正文中，我將跟大家一起回到原典，一個字一個字「摳」出五個維度，以期更好地走近金庸，那就是金庸小說的歷史情懷、金庸小說的文化品質、金庸小說的哲學意蘊、走進文學史的金庸、金庸小說研究舉隅。閒話少敘，且聽我一一道來。

第一編
金庸小説的歷史情懷

第一講 憐我世人，憂患實多

《笑傲江湖》發生在哪個朝代

偉大的文學家要有偉大的情懷，作為康熙朝就名滿天下的書香門第海寧查家的後人、劍橋大學真材實料的歷史學博士[2]，金庸身上是有著很濃厚的歷史情懷的。他的重要作品，大都有一個明確的歷史背景，而且大抵與關鍵性的歷史人物和歷史事件有關。比如說，《書劍恩仇錄》牽涉到乾隆皇帝的身世，《碧血劍》寫到大明滅亡，《射雕英雄傳》三部曲寫到成吉思汗的蒙古帝國以及大明朝的建立，《天龍八部》寫到大遼的鼎盛與大金的萌芽，而絕頂之作《鹿鼎記》串連了康熙朝前半期的歷史軌跡，「已經不太像武俠小說，毋寧說是歷史小說」[3]。這一個特點梁羽生也有，但水準不行，不如金庸能夠寫出「一段平行的中國歷

2 二〇一〇年，金庸完成博士論文〈唐代盛世繼承皇位制度〉，獲劍橋大學哲學博士學位。
3 金庸《鹿鼎記・後記》。

史」；古龍則完全架空，只寫江湖，不寫歷史。

金庸的長篇巨著只有一個例外，那就是《笑傲江湖》，它是沒有明確的歷史背景的。金庸說，他是有意模糊了《笑傲江湖》的歷史背景，《笑傲江湖》其實講的是一個人性的故事，「企圖刻畫中國三千多年來政治生活中的若干普遍現象……不顧一切地奪取權力，是古今中外政治生活的基本情況，過去幾千年是這樣，今後幾千年恐怕仍會是這樣。任我行、東方不敗、岳不群、左冷禪這些人，在我設想時主要不是武林高手，而是政治人物。林平之、向問天、方正大師、沖虛道長、定閒師太、莫大先生、余滄海等人也是政治人物。這種形形色色的人物，每一個朝代中都有，大概在別的國家中也都有」[4]。沒有明確背景，我們作為小說讀者不大介意，但拍電影電視劇怎麼辦？能不能把時代設在漢朝、唐朝、宋朝呢？徐克徐老怪拍《東方不敗》，裡面的服飾都是明朝的，有沒有根據？

這種情況下，還是有可能考證出《笑傲江湖》的時代的，只要你足夠細心、足夠有學問。在文學史研究中，吳晗先生考證《金瓶梅》的寫作年代就是一個經典案例。《金瓶梅》第七回孟玉樓曾說過這麼一句話：「常言道：『世上錢財倘來物，哪是長貧久富家？』緊著起來，朝廷爺一時沒錢使，還問太僕寺借馬價銀子支來使。」這句話我們

4　金庸《笑傲江湖‧後記》。

看了也就看了，作為明史專家的吳晗看了，就發現了問題。他考證了明代皇帝借支太僕寺馬價銀子的史實，最後得出結論：明代朝廷最早向太僕寺借支馬匹貿易的收入銀兩（即馬價銀子）是在隆慶二年，大規模借支，以至於流傳民間且成為街談巷議是在萬曆十年以後，所以《金瓶梅》寫作的時間上限不可能早於萬曆十年。

至於下限，可以從晚明最流行的民歌〈掛枝兒〉得到線索。《金瓶梅》裡各色民歌時調一應俱全，唯獨沒有〈掛枝兒〉。如果小說的寫作時代〈掛枝兒〉已經開始流行，實在沒有不寫進來的道理。〈掛枝兒〉什麼時候開始流行的呢？根據沈德符《萬曆野獲編》的說法，是在萬曆三十四年，這就是《金瓶梅》寫作的時間下限。

看看！很厲害吧？其實金庸小說讀者中臥虎藏龍，也有人非常厲害，真的考證出了《笑傲江湖》的歷史背景。從哪兒考證出來的呢？小說第六章，劉正風為了掩蓋退出江湖的真實目的，花錢買了參將這樣一個「芝麻綠豆的小小武官」來當；第二十二章，令狐沖路遇一位泉州府參將吳天德，搶了他的衣服、證件、銀兩，連鬍子都搶來貼在臉上，用來掩蔽身分，保護恆山派的師妹。幾場大戰下來，吳天德參將大人威震江湖，令狐沖只好挖了個坑，把那些東西都埋掉了。想起從此不能做參將，心頭還頗有幾分失落與悵惘呢！

那麼，參將這個官銜是從什麼時候開始設立的？有那種很認真的歷史迷查了《明實錄》、《明代職官年表》等文獻，發現明武宗正德年間才有參將的官銜，位階約為今中高級軍官。清承明制，參將一般為綠營武官，秩三四品，位於總兵、副總兵之下，都司、遊擊之上。金庸說參將是「芝麻綠豆的小小武官」其實稍有些不準確。這個考證一出，就一下鎖定了《笑傲江湖》的時間上限，不可能早於明朝中期。問題是，下限在哪？有沒有可能是清朝呢？讓任我行、令狐沖梳上一根大辮子，任盈盈、岳靈珊穿上旗裝，跟皇阿瑪、五阿哥、小燕子一樣的造型，行不行呢？

我們再從金庸小說找一個內證，看《鹿鼎記》第二十三回。韋小寶當時在少林寺出家，身邊有一個老和尚師侄，法號澄觀，是個「武呆子」。練武成癡，不通世務，他看到大美女阿珂出招全無章法，不由得頭暈目眩，心裡想：前朝有一位令狐沖大俠，他的獨孤九劍無招勝有招，難道今天這個姑娘用的也是獨孤九劍，無招勝有招嗎？《鹿鼎記》的故事發生在清朝康熙年間，「前朝」只能是指明朝，那就是說它的下限在明末之前。所以說，徐克把故事背景放在明朝是有一定根據的。

憐我世人，憂患實多

上面只是一個插話式的小掌故而已，真正要說的是，金庸小說中彌漫的濃厚歷史情懷是大多數讀者都熟悉，也都受到強烈感染的。就連在可以發生在任何時代的《笑傲江湖》裡，寫到最後，他也給了我們一個歷史仲裁式的結論：

方證、沖虛、令狐沖三人聽著，亦不禁都有淒惻之意。任我行一代怪傑，雖然生平惡行不少，但如此下場，亦令人為之嘆息。令狐沖對任我行的心情更是奇特，雖憎他作威作福，橫行霸道，卻也不禁佩服他的文武才略，尤其他肆無忌憚、獨行其是的性格，倒和自己頗為相投，只不過自己絕無「一統江湖」的野心而已。

一時三人心中同時湧起了一個念頭：「自古帝皇將相，聖賢豪傑，奸雄大盜，元兇巨惡，莫不有死！」

以任我行之死來解決令狐沖遇到的難題未免有取巧之嫌，現實常常是更殘酷的。面對殘酷的現實和歷史，金庸一片悲憫，在書裡寫下了八個字：「憐我世人，憂患實多」，這就是他最主要的歷史情懷。

這兩句話出自《倚天屠龍記》第二十五章，是明教教歌的兩句歌詞：

次日清晨，諸路人眾向張無忌告別。眾人雖均是意氣慷慨的豪傑，但想到此後血戰四野，不知誰存誰亡，大事縱成，今日蝴蝶谷大會中的群豪只怕活不到一半，不免俱有惜別之意。是時蝴蝶谷前聖火高燒，也不知是誰忽然朗聲唱了起來：「焚我殘軀，熊熊聖火。生亦何歡，死亦何苦？」眾人齊聲相和：「焚我殘軀，熊熊聖火，生亦何歡？死亦何苦？為善除惡，唯光明故。喜樂悲愁，皆歸塵土。憐我世人，憂患實多！憐我世人，憂患實多！」那「憐我世人，憂患實多！憐我世人，憂患實多」的歌聲，飄揚在蝴蝶谷中。群豪白衣如雪，一個個走到張無忌面前，躬身行禮，昂首而出，再不回顧。張無忌想起如許大好男兒，此後一二十年之中，行將鮮血灑遍中原大地，忍不住熱淚盈眶。

這是金庸筆下最令人蕩氣迴腸的場景之一，文字雖短，魅力卻不讓「喬峰大戰聚賢莊」那一場大戲。這份情懷，在金庸小說裡可謂無處不在，隨時都會觸動我們。

嗟乎興聖主

先來看《碧血劍》。這是金庸的第二部書，我給它的評分比較低，因為人物寫得不好，裡面沒有一個人物塑造得能讓人舒服的。寫得最好的一個角色後來在《鹿鼎記》裡面出現了，五毒教教主何鐵手。其他的人物，包括主角袁承志都寫得太平面，一點性格、一點特色都沒有。人物寫得失敗了，小說就失敗了百分之九十；反之，人物成功了，情節上哪怕有問題，好小說依然是好小說，這是我讀傳統類型的敘事小說得出的一個結論。

但《碧血劍》在金庸小說裡占了一個「最」：改動最多。金庸自己說，自一九七二年封筆後，花了十年時間對作品進行修訂，《碧血劍》三分之一左右的篇幅都修改過。對照幾個版本，確實如此。哪裡改得最多呢？主要是最後幾回。

五〇年代創作《碧血劍》的時候，金庸的歷史觀比較時尚，也比較簡單，本著「農民起義歷史動力論」的單向性視角，對李自成的大順軍基本站在了欣賞的立場。到七〇年代以後，金庸的歷史觀念顯然變得豐富深邃多了。在小說的最後部分，他補寫了當年的連載本沒有的幾個場景：

> 一路行去，只聽得到處都是軍士呼喝嬉笑、百姓哭喊哀呼之聲。大街小巷，闖軍士卒賓士來去，有的背負財物，有的抱了婦女公然而行。李岩見禁不勝禁，拿不勝拿，只有浩嘆。袁承志本來一心想望李自成得了天下之後，從此喜見升平，百姓安居樂業，但眼見今日李自成和劉宗敏的言行，又見到滿城士卒大掠的慘況，比之崇禎在位，又好得了甚麼？滿腔熱望，登時化為烏有。再走得幾步，只見地下躺著幾具屍首，兩具女屍全身赤裸。眾屍身上傷

口中兀自流血未止。袁承志這時再也忍耐不住，握住李岩的手，說道：「大哥，你說闖王為民伸冤，為……為百姓出氣，就是這樣麼？」說著突然坐倒在地，放聲大哭。

這第十九回的回目叫做〈嗟乎興聖主　亦復苦生民〉。李岩為李自成編寫「吃他娘，穿他娘，打開大門迎闖王，闖王來了不納糧」的民謠，轟唱天下，但是現在這個「聖主」坐了天下，老百姓過的又是什麼日子？真的比崇禎在位好過了嗎？這樣的問題誰能回答？誰忍回答？

菩薩強盜是一夥

接下來就是更讓人「長太息以掩涕兮」的一段：

暮靄蒼茫之中，忽聽得前面小巷中有人咿咿呀呀的拉著胡琴，一個蒼老嘶啞的聲音唱了起來，聽他唱道：「無官方是一身輕，伴君伴虎自古云。歸家便是三生幸，鳥盡弓藏走狗烹……」

只見巷子中走出一個年老盲者，緩步而行，自拉自唱，接著唱道：「子胥功高吳王忌，文種滅吳身首分。可惜了淮陰命，空留下武穆名。大功誰及徐將軍？神機妙算劉伯溫，算不到：大明天子坐龍廷，文武功臣命歸陰。因此上，急回頭死裡逃生；因此上，急回頭死裡逃生……」

李岩聽到這裡，大有感觸，尋思：「明朝開國功臣，徐達、劉基等人盡為太祖害死。這瞎子也知已經改朝換代，否則怎敢唱這曲子？」瞧這盲人衣衫襤褸，是個賣唱的，但當此人人難以自保之際，哪一個有心緒來出錢聽曲？只聽他接著唱道：「君王下旨拿功臣，劍擁兵圍，繩纏索綁，肉顫心驚。恨不能，得便處投河跳井；悔不及，起初時詐死埋名。今日的一縷英魂，昨日的萬里長城……」

他一面唱，一面漫步走過李岩與袁承志身邊，轉入了另一條小巷之中，歌聲漸漸遠去，說不盡的淒惶蒼涼。

「因此上，急回頭死裡逃生」、「恨不能，得便處投河跳井；悔不及，起初時詐死埋名」、「今日的一縷英魂，昨日的萬里長城」，處處都是警句[5]！這個年老盲者是誰？不正

5 此曲出處不詳，或云乃溫州鼓詞，俟考。

是金庸的化身嗎？就好像希區考克一定會在自己的電影裡演個小配角一樣，金庸就以這個老者的視角向歷史投去了辛酸而深刻的一瞥，令人「細思極恐」。

最後一回〈空負安邦志　遂吟去國行〉，金庸又化身成一個身世淒苦的老婦人，放聲痛哭：

身旁有四具屍首，一男一女，還有兩個小孩，身上傷口中兀自流血不止，顯是被殺不久。只聽那老婦哭叫：「李公子，你這大騙子，你說甚麼『早早開門拜闖王，管教大小都歡悅』，我們一家開門拜闖王，闖王手下的土匪賊強盜，卻來強姦我媳婦，殺了我兒子孫兒！我一家大小都在這裡，李公子，你來瞧瞧，是不是大小都歡悅啊！我拜了六十年菩薩。觀音菩薩，你保佑我老太婆好得很啊！觀音菩薩，你不肯保佑人，你跟闖王的土匪賊強盜是一夥！」

這哭訴實在太淒涼了，像一聲幽咽的胡琴，迴蕩在歷史的深巷。金庸說「袁承志等不忍細聽」，我們又何嘗忍心讀下去呢？「峰巒如聚，波濤如怒」換來的無非是「興，百姓苦；亡，百姓苦」罷了！

第二講　搶錢搶女人

反武俠小說

最能呈現金庸的歷史情懷的作品，無疑應推我心目中的第一好小說、反武俠的形而下極致之作，那就是《鹿鼎記》。我說《鹿鼎記》是我心目中的第一好小說，這裡還有個小掌故。一九九四年，我大學畢業的第二年，準備追隨嚴迪昌先生讀蘇州大學中國古代文學專業的碩士研究生。我寫信給嚴先生，向他推薦《鹿鼎記》，說《鹿鼎記》是我心目中古今中外第一好小說。因為我想武俠小說都是年輕人的玩意兒，老先生不一定喜歡這些東西。結果嚴先生回信給我，淡淡地說了一句：「金庸小說，十年前均已讀過。」我目瞪口呆，這才知道嚴先生其實是資深武俠迷，是民國時候讀著還珠樓主[6]長大的。在武俠小說方面，嚴先生也是我的前輩和導師。

6 中國武俠小說與神魔小說作家，曾被譽為「現代武俠小說之王」。

問題是，第一好小說「好」在什麼地方？首先，《鹿鼎記》是一部反武俠小說，它和我們通常概念中的武俠小說，和金庸其他的武俠小說都不一樣。在《鹿鼎記》之前，武俠小說有一些敘事模式。比如說最常見的「成長模式」，《笑傲江湖》、《碧血劍》、《射鵰英雄傳》、《神雕俠侶》、《倚天屠龍記》、《飛狐外傳》等，都是；還有「尋寶模式」，《連城訣》、《俠客行》等，都是；還有「復仇模式」，比如古龍的《絕代雙驕》、《九月鷹飛》、《邊城浪子》，《神雕俠侶》也有復仇元素；還有「懸疑模式」，比如古龍的「楚留香系列」、「陸小鳳系列」。

無論哪一種模式，武俠小說的共性就是要塑造一個大俠。這個大俠一般都是男性，渾身都散發著迷人的人格魅力，或厚道正直，或瀟灑不羈，或文武兼備，或智勇雙全，所以頭上永遠閃耀著「主角光環」，身邊不少美麗的女孩子都會不由自主地愛上他，而且最後他一定成為頂尖高手，縱然不是第一，也肯定是第一流。像楊過這樣聰明的人、郭靖那麼笨的人、段譽這樣不愛武功的人、石破天那麼沒文化的人，最後都達到了武學的最高境界。

為什麼？這樣才能有一種「代入感」。武俠小說作為「成年人的童話」，是需要「代入」的。讀者，特別是男性讀者，如果缺少了把自己「代入」為男主角的樂趣，那就會興趣缺缺，大呼不滿。所以金庸在《鹿鼎記》的後記裡說：「很多讀者都不喜歡這部小說，出於對我的愛護，他們把責任推給了一位想像中的代筆者。」他又說：「這部小說的主人公很特殊，如果剝奪了某些讀者朋友的代入樂趣，那我很抱歉。」確實，你不太容易把自己「代入」韋小寶，一個妓院出生的小無賴、小流氓，沒有什麼武功，只有一門逃命技術，貪財，好色，好像人品也不怎麼樣，牆頭草隨風倒，怎麼看也不像一個江湖英雄，更不用說大俠了。

這說明，在這部封筆之作裡，金庸解構了武俠小說的種種套路和模式，甚至其中「武」的成分也相當稀少，不仔細找都已經看不太出來了。金庸正是以這種「反武俠」的方式把「武俠」推到了極致。從此之後，傳統意義的武俠小說已經到了頂點，無能為繼，沒有必要再寫下去了。

至微至賤

何謂「形而下的極致」？我們應該看到，在這部小說裡，金庸以二十世紀中國最優秀作家之一的身分，表達了他對中國歷史、中國社會、中國政治運行的獨特思考。我們還應該看到，《鹿鼎記》是一部喜劇性的小說，我們看的時候會一直發出會心的微笑，甚至是哈哈大笑，但是那笑容後面是眼淚，歡樂後面是心酸，調侃後面是有著沉痛悲憫的歷史情懷的。怎麼理解？我們不妨從韋小寶的「成功學」說起。

韋小寶本來是沒有任何可能獲得成功的，因為他的主觀缺陷太多、太嚴重了。第一個缺陷：韋小寶的出身可稱「天下至微至賤」。「至」到什麼程度呢？我們知道，古代最高貴的出身是宗室子弟、鳳子龍孫，其次是書香門第、官宦世家，最低一等是韋小寶出身的市井階層、平民百姓。問題是，市井階層也要分三六九等。韋小寶出身於青樓妓院，那是市井階層的最底層。到這兒有沒有「到底」呢？恐怕還沒有。比如說我是經營妓院的老闆，會不會也更好一點呢？

為什麼要說這句話？大家可能記得，《鹿鼎記》裡有這麼一個情節：康熙有一天心血來潮，跟韋小寶說：「小桂子，咱們倆也相處這麼久了，我始終沒想起來問，你家裡面到底是什麼出身哪？」韋小寶難得地臉上一紅——我們知道韋小寶的臉皮之厚在康熙朝數一數二，基本上撒謊不眨眼睛，很少臉紅的——彙報說：「皇上，這事說起來不大好聽了，我家裡在揚州開了一所大院子。」「大院子」就是妓院。康熙聽了這話頗為感動：小桂子這傢伙對我確實是忠心耿耿，這麼醜的事情他都不瞞我。其實康熙哪裡知道，小寶已經在大吹其牛了！他母親韋春芳只不過是麗春院裡的一個普通妓女，什麼時候開過妓院、當過老闆了？《鹿鼎記》裡寫康熙和韋小寶之間帝王心術和無賴心術的交鋒，這是小說特別好看的一個亮點。

那麼這算不算天下最卑賤的出身呢？還沒「到底」。母親是妓女，這是不能選擇的，從現代人文立場來看，也沒什麼應該羞愧的。問題是，母親是妓女，但是你明確知道父親是誰，家庭完整的，會不會也好一點呢？韋小寶連這一點最低微的要求都達不到，只知其母不知其父。

他母親韋春芳知不知道他父親是誰呢？小說末尾有這麼一段描寫：韋小寶年紀輕輕「告老還鄉」，很鄭重地問韋春芳：「我爸爸是誰？或者說，我爸爸可能是誰？」韋春芳給了他一個很有意思的回答：「那我哪兒知道去？我那時候年輕，生意可好了！」她只能告訴韋小寶：「漢、滿、蒙、回、藏都有可能，能跟你保證，肯定沒有外國鬼子。」而且還特地補了一句：「有個喇嘛總來找我，上床前一邊念經，一邊拿眼睛賊溜溜地看著我。你這雙眼睛，就像那個喇嘛！」這是《鹿鼎記》這部二百萬字大書的最後一句話，這個結尾是大有深意的，非常值得慢慢回味。我們可以看到，不會有人再比韋小寶的出身更低賤了。

韋小寶的第二個缺陷是他的文化水準非常低。從一定意義上講，中國古代社會就是中國古代文人社會，文化水準低是很難出人頭地的，而這又恰恰是韋小寶的缺陷之一。韋小寶的文化水準低到什麼程度呢？他有個自白：「我這個名字，『韋小寶』三個字，『小』字放在什麼地方我都能認識，『韋』字和『寶』字如果和『小』字連在一起，我能認識，要分開就不大靠得住了！」還有一個細節：韋小寶剛進皇宮的時候，老太監海大富派他進上書房去偷一本書。韋小寶從小在揚州市井廝混，坑、蒙、拐、騙、偷都是拿手好戲，但是最怕偷書。

為什麼呀？不怎麼識字，容易把書給偷錯了，但這次一聽書名他高興了。這本書叫《四十二章經》。「四十二」三字我都認識，估計這本書偷不錯。這樣的文化水準韋小寶能成功嗎？恐怕也不行。

第三個缺陷是韋小寶沒有大俠的風範和實力。武俠小說裡的主角武功都要相當高，不是絕對第一，也是超一流。同時，還得有大俠的風範，或者凜然正氣，或者義薄雲天，或者風流瀟灑……這些韋小寶一樣都不具備，而是左右逢源，八面玲瓏，動不動就哭或耍無賴，毫無「主角光環」。

但是，韋小寶成功了嗎？不僅成功了，而且還「成功」到了世俗價值觀眼中的頂峰。

幾乎是每一個男人的夢想

我把韋小寶的成功歸納為三句話、十二個字。第一句話叫做「官居極品」。韋小寶「告老還鄉」之前做到了一等鹿鼎公。五等爵位公、侯、伯、子、男，韋小寶做到了第一等爵位裡面的第一等，距離「王」一步之遙。

第二句話叫「富可敵國」。富可敵國常常是一句誇張語，但我們仔細分析韋小寶的財產狀況，就會發現這對韋小寶來說絕不誇張。韋小寶的家產到底有多少呢？對不起，我沒有準確數字，這是財務機密。普天下只有韋小寶自己知道他財產的準確數量，他的七個老婆不知道，他的好朋友兼大舅子康熙也不知道（當然他更不可能讓康熙知道了），但是我們能不能估算一下韋小寶的資產規模呢？還是可以做到的。

韋小寶掘得第一桶金是在什麼時候？是和索額圖去抄鼇拜的家。索額圖跟韋小寶說：「兄弟，手下人彙報上來了，鼇拜家產一共有二百三十五萬多少多少兩白銀，咱哥兒倆明天見皇上的時候，彙報到一百三十五萬多少多少兩，那已經很說得過去了。咱哥兒倆把第一個『一』字二一添作五吧！」這哥兒倆瓜分了一百萬兩白銀，再拿出幾萬兩上下打點，封住別人的嘴，韋小寶實際獲得的第一桶金是四十六萬兩千多兩銀子，已經是北京城的大富豪了。但這還只是一個開頭，此後韋小寶貪汙受賄、搜刮民脂民膏，花樣翻新，財源滾滾。這種情況下我們還能不能算得出來呢？

小說快結束時有這樣一個情節：韋小寶去見康熙，康熙在那兒愁眉苦臉、眼淚汪汪。韋小寶當然要關心啦：「皇上，什麼事情這麼愁啊？」康熙說：「現在臺灣發生洪災和風災，老百姓流離失所。我想賑災，但是國庫裡沒有錢，我為這事犯愁啊！」韋小寶一時衝動，跟皇上講義氣，說：「皇上，這事你別愁了！這麼著吧，我捐二百萬兩！」

你看，韋小寶一時衝動，講義氣，他就能捐二百萬兩，這個時候韋小寶應該有多少錢呢？可以拿我們慈善捐款時候的心情對照一下。我覺得，要是有十塊錢，捐一塊錢，我們一般都能接受；再慷慨一點，有七八塊錢捐一塊錢，也是能接受的。我想，以韋小寶的守財奴性格，他不會再超過這個比例了。如果這個比例大致成立，韋小寶現在的家產應該在一千五百萬到兩千萬兩白銀的規模；如果這個計算大概不錯，我們完全可以說，這就是康熙前中期全國年度GDP的總額，「富可敵國」一點都不誇張。

第三句話，還是四個字，「豔福齊天」，韋小寶有七個老婆嘛，漂亮的、溫柔的、風騷的、忠誠的，各有千秋。我們把這十二個字三句話連起來看——「官居極品，富可敵國，豔福齊天」。說句玩笑話，這幾乎是包括我在內每一個男人的夢想，但是，金庸把這個世俗價值觀層面最絕頂的成功安排給了一個揚州妓院出身、只知其母不知其父的小無賴。韋小寶的主觀條件和客觀成功之間的巨大反差，形成了我們思考《鹿鼎記》，也是思考中國歷史最重要的切入點。劉邦二流子出身，不是也成功了嗎？趙匡胤軍漢出身，不是也成功了嗎？朱元璋流寇出身，不是也成功了嗎？中國歷史上像韋小寶這樣「成功」到世俗價值觀頂峰的人還少嗎？

搶錢搶女人

韋小寶的啟蒙教育是在妓院完成的，而青春期教育則是在皇宮完成的。妓院和皇宮，這兩個天差地遠的地方有一個共同點：它們都是天下最陰險、最危險、心機最多的地方。韋小寶在這兩所學校得到的教育使他從小在某一方面的智商就高於平常人，甚至高於很多成年人。他拜陳近南為師的時候對陳近南諛詞如潮，大拍馬屁，陳近南何等英雄，居然識破不了韋小寶的伎倆，反而覺得很舒服。正因為有這樣的資質稟賦，韋小寶不僅在官場上平步青雲，在天地會也做到十大堂主之一，神龍教做到五龍使之一，尼姑師傅、平西王、沐王府，各式各樣的勢力裡都能左右逢源。這麼一種文化素質，這麼一種性格，卻能夠無往而不利，這是中國歷史的悲哀，是金庸小說呈現給我們對於中國古代歷史、政治反思的結果。從此意義上而言，《鹿鼎記》是一部非常了不起的小說，它不僅在金庸作品中最傑出、最獨特，在二十世紀中國文學史上也堪稱是一部非常奇特傑出的作品。書中對於中國政治、歷史的觀察、表達，對於國民性的描寫，其深刻程度簡直比得上魯迅的《阿Q正傳》，書中的一些小情節，甚至一兩句話都能帶來很大的觸動。

我們知道，韋小寶曾經出過國。因為他要躲避神龍教教主洪安通的追殺，尋求俄羅斯公主蘇菲亞的庇護。跟著蘇菲亞來到莫斯科，在郊外就被軍隊包圍了，因為俄羅斯國內發生政變，皇太后娜達麗亞害怕蘇菲亞威脅到小沙皇的地位，把她關押起來，並且放出話，要關押到新皇登基五十年。蘇菲亞公主不寒而慄，每天在冷宮裡又是扯頭髮，又是摔東西，大發雷霆。韋小寶過來勸她：「公主不要發火，我告訴你一個辦法，咱們就可以鹹魚翻身。看押咱們的有二十營火槍手，你去遊說他們，讓他們起來攻打莫斯科，這樣我們就有了翻身的機會。」

一聽這話，蘇菲亞的鼻子都快氣歪了：「我現在是囚犯，不是公主呀！我去遊說，人家二十營火槍手憑什麼聽我的呀？」韋小寶說：「不要緊，我教你五字真言。你只要把這五個字講明白，火槍手就一定能幫你造反。」這五個字是什麼？就是：搶錢搶女人。蘇菲亞公主悟性不錯，領會了五字真言的意思，出去遊說火槍手們：「你們各位都是俄羅斯的勇士，為國家立下那麼多的功勞，可是你們沒有錢花，沒有美酒喝，沒有美女陪，這公不公平？」所有的火槍手都說：「不公平！」公主說：「好！如果你們幫我攻打莫斯科，我批准你們隨便找一個富翁跟他比武。他們有錢，但是武功肯定不是你們的對手，只要你們贏了，他的房子、美酒、美女都是你們的。你們願不願意呢？」

聽了這話，所有的火槍手歡喜雀躍，血脈賁張，調轉槍口攻打莫斯科去了。蘇菲亞公主因此鹹魚翻身，從冷宮囚犯當上了實際掌握俄羅斯大權的攝政女王。她欣喜若狂，抱著韋小寶一頓狂吻：「中國小孩，你怎麼能想出這麼好的主意呢？你可真是太聰明了！」

我們知道韋小寶，那是渾身骨頭加起來都沒有四兩沉的人，給他一點陽光他就燦爛。只要別人誇獎一星半點，他馬上就飄飄然，但唯一淡定的就是這一次。他淡淡地說：「這有什麼？我們中國，從來這樣。」請大家注意這八個字：「我們中國，從來這樣。」中國歷史原來就是在「搶錢搶女人」這五字真言底下向前運行的！韋小寶文化水準非常低，自己名字都認不全，他關於中國歷史的這個印象是從哪得來的？那是因為他小時候在揚州街頭多聽了幾部書、多看了幾齣戲而已。他接受的只是中國文化的最皮毛、最表層，居然就可以幫人家安邦定國、謀朝篡位，可見中國文化多麼博大精深！金庸的描寫顯然是非常調侃的，而「我們中國，從來這樣」這八個字又包含著多少辛酸和淚水！這就是為什麼我們說《鹿鼎記》並不是一部喜劇之書，喜劇背後有辛酸，幽默背後有眼淚。這樣的歷史結論不是學理性的，但有一種「偏頗的深刻」。

學習外語很重要

《鹿鼎記》折射出的中國歷史也不都是灰色調的，韋小寶身上當然有光明的部分，讓他走到成功的巔峰。他最大的、人所難及的優點就是講義氣，金庸在《鹿鼎記》後記裡說：

「讀我小說的人有很多是少年少女，那麼應當向這些天真的小讀者們提醒一句：韋小寶重視義氣，那是好的品德，至於其餘的各種行為，千萬不要照學。」

韋小寶重視義氣到什麼程度呢？我們看，韋小寶天地會青木堂香主的身分遭叛徒告密，腳踩若干條船的行徑被康熙發現。康熙大發雷霆：「小桂子！就憑『反清復明』這四個字，我砍你十七八次腦袋都不為過，但念在你過去為朝廷立過點微末功勞，念在你我是好朋友，今天我給你個機會。據線人稟報，你師父天地會總舵主陳近南等若干匪首，還有沐王府的若干匪首，共計數十人，今晚約在你的伯爵府聚會。我已經在附近埋伏好了十幾門紅衣大炮，只要你到那兒去擔任現場總指揮，把你的府邸轟炸成一片廢墟，所有的匪首葬身火海，回來向我交旨，我不僅既往不咎，而且還升你的官。」站在康熙的立場上，提出這樣的要求，應該說是不過分的，而且是法外開恩，給了自己這個小親信將功贖罪的一個好機會。

面對這樣的生死抉擇，韋小寶心裡不害怕嗎？當然害怕。不動搖嗎？當然動搖。他知道只要自己當場拒絕，這顆腦袋十有八九是要被砍下來了，但是韋小寶還是沒有答應。他跪在地上想一個畫面：自己的師父和朋友被大炮轟炸得血肉橫飛。他心裡有一個相當堅定的原則，一個聲音在說：「如果我指揮大炮把師父和朋友都炸死了，然後回來交旨升官，這不是拿著師父和朋友的血染紅自己的頂子嗎？做人做到這個程度，不是王八蛋是什麼？」

因為這點想法，韋小寶居然沉默不語。這叫抗旨不遵！康熙火大了：「我本來法外開恩，你竟然不要這個機會！好吧！沒有你這事我也能辦成！來人哪！今天晚上把韋小寶關在皇宮裡面，拿他當欽犯看管。我派別人把那些匪首都除掉了，回頭再跟你算總帳！」為了防止走漏消息，韋小寶被康熙軟禁在皇宮裡，但韋小寶何許人也，他武功不行，但是心眼很多，使點小計謀殺了監管他的御前侍衛總管多隆，終於潛出皇宮，冒險救了自己的師父陳近南和幾十位朋友。從這開始，韋小寶和康熙皇帝這對好朋友就翻臉了。韋小寶歷經曲折，在海外的一個孤島上棲身下來。康熙派人找到了韋小寶，倒也沒追究原來的罪過，反而派了五百官兵駐紮在這個島上，表面上是伺候韋爵爺，實際上，這個島變成了一座監獄，五百官兵就是獄官獄卒，你在這個島上怎麼都好，但是不能離開一步。

轉眼之間對峙了好幾年，最後誰先妥協的呢？居然是康熙皇帝！為什麼呢？

韋小寶閒居島上這幾年，康熙平定了三藩之亂，把臺灣收回了版圖，國內已經沒有什麼大事要做了，現在準備對俄羅斯用兵。我們剛才提到，在康熙朝，只有韋小寶一個人去過俄羅斯，他是懂俄語的。因為他懂俄語，所以皇帝都要向他低頭投降，可見學習外語有多麼重要！這當然是小說家言，遊戲之筆啦！

學歷史的人不喜歡小說家言、遊戲之筆，但是學文學的人喜歡。我們樂於看到金庸以他天馬行空的想像力、雋永絕倫的文字、深湛精妙的思想、悲憫厚重的情懷呈現給我們一部又一部小說家言、遊戲之筆，唯一的遺憾是，金庸小說太少、太少。

第三講　金庸小說的「史傳」意識

楊鵬舉傳與壽南山傳

談金庸小說的歷史情懷，還要特別關注他的「史傳」意識。金聖歎在評點《水滸傳》時講過一句很有意思的話：「《史記》裡有的好處，《水滸》裡都有；《史記》裡沒有的好處，《水滸》裡也有。」這說明，作為一部文學性很強的史學巨著，《史記》對中國小說創作是具有巨大影響的。或者反過來說，中國很多小說是接受吸收了《史記》為代表的「史傳」意識的。

金庸小說很典型。他的處女作《書劍恩仇錄》就是「紅花群雄傳」；《碧血劍》就是「袁承志傳」（很多版本還後附史學意義上的《袁崇煥傳》）；《雪山飛狐》、《飛狐外傳》就是「胡一刀傳＋胡斐傳」；「射雕」三部曲就是「郭靖＋楊過＋張無忌傳」；《天龍八部》則是「蕭峰、段譽、虛竹合傳」；《鹿鼎記》進入《清史稿》可以改名《一等鹿鼎公欽賜黃馬褂韋公小寶大傳》，可見史傳意識其實是貫穿於金庸的幾乎全部小說創作中的。

以上是就宏觀而言，不難理解，這裡我們特別要提出的是「大傳」中的「微傳」，這最能看出金庸無處不在、無微不至的史傳意識。

比如說《碧血劍》開篇後出現的一個鏢頭楊鵬舉。楊鵬舉在小說裡分量很輕，無非是為了引出袁承志而已，袁承志結識了崔秋山，開始走上了習武的康莊大道，楊鵬舉就可以「離場」了。小說寫道：

張朝唐和楊鵬舉徑赴廣州，途中更無他故，楊鵬舉遭此挫折，心灰意懶，知道江湖上山外有山，人上有人，自己憑這點微末功夫，居然能挨到今日，算得是僥倖之極，此番若非袁承志這小小孩童一言相救，已變成沒眼睛的廢人，想想暗自心驚，當即向鏢局辭了工，便欲回家務農。張朝唐感他救命之恩，見他心情鬱鬱，便邀他同去浡泥國遊覽散心。楊鵬舉眼見左右無事，自己又無家累，當即答允。三人在廣州僱了海船，前往浡泥。楊鵬舉住了月餘，見當地太平安樂，真如世外桃源一般，竟然不興歸意，便在張朝唐之父張信的那督府中擔任了一個小小職司。每日當差一兩個時辰，餘下來便是喝酒賭錢，甚是逍遙快樂。

以楊鵬舉在海外小國的逍遙快樂對比中華大地上的烽煙苦難，這一「小傳」是頗有深意的。問題是，在舊版的《碧血劍》中，楊鵬舉並沒有這麼好的運氣。

舊版開篇的文人並不是來自海外的張朝唐，而是「明末四公子」之一的侯方域。侯公子一番歷險，「在家折節讀書，文章學問，終成明末大家」，楊鵬舉沒有了機會遠赴海外，只好「回去收束了武會鏢局，終生不談武事，改業務農，後來為清兵所殺」。「後來為清兵所殺」的結局無疑是更接近真實的，「覆巢之下焉有完卵」？但金庸為這樣一個小配角「改命」，把他寫得傳奇一點，以映帶亂世烽火的酷烈，也真是煞費苦心了。

楊鵬舉已經是很小的配角了，我再提出一個人，比他還「小」，此人叫壽南山。

壽南山是《倚天屠龍記》裡面一個小得不能再小的小配角，真正是周星馳所謂「死跑龍套的」，他出現在第三十五章〈屠獅有會孰為殃〉。當時張無忌與趙敏都身受重傷，好不容易掙扎到一處「中嶽神廟」可以投宿、養傷。本以為出家人一定慈悲為懷、好說話，結果廟裡八位大和尚都是江洋大盜，剛剛被謝遜的仇家、混元霹靂手成崑收為弟子，改裝出家的。一看這兩隻「肥羊」主動送上門來，大大驚喜，「阿彌陀佛，罪過罪過，兩位施主這一來，女施主如花似玉，又累得我們出家人六根不能清淨了」，說罷動手就要殺人劫色。張無忌「正當防衛」，用九陽神功把他們都震死了。結果又來了三位，張無忌照方抓藥，震死了兩位，剩下最後一位，嚇得體如篩糠，說什麼也不敢上來打張無忌一下。趙敏沒辦法，只好用欺騙的手段，「金針刺穴」，收服了他，這樣，兩人就多了一個療養過程中的侍僕。

這位老兄就是壽南山，因為膽子小，上陣總往後跑，「同行」的強盜們瞧不起他，為他取了個很諷刺的外號，叫「萬壽無疆」。他武功膽量都不行，但有個長處：烹飪、家政雙學位，是個不錯的廚子和管家。手腳勤快不說，做的飯菜也讓張無忌和趙敏讚不絕口。療養中有這麼一個人，那也還是很理想的。

兩人傷勢好了以後，念在壽南山侍奉有功，也就放過了他。趙敏正色告知：

「只是你這一生必須居於南方，只要一見冰雪，立刻送命。你急速南行，住的地方越熱越好，倘若受了一點點風寒，有甚麼傷風咳嗽，那可危險得緊。」壽南山信以為真，拜別二人，出廟便向南行。這一生果然長居嶺南，小心保養，不敢傷風，直至明朝永樂年間方死，雖非當真「萬壽無疆」，卻也是得享遐齡。

看到了吧？這就是一個完整的《壽南山傳》。我們的問題是：金庸有什麼必要為這樣一個路人甲宋兵乙式的小人物寫傳呢？這當然是他無所不在的史傳意識在發揮作用。在這裡我們看到，金庸對自己筆下的每一個人物，哪怕是最小的小人物都是珍惜的、看重的，這是道地的史家手筆、史家精神。

韋爵爺像傳與枯井「走紅」傳

不僅為小人物寫傳，還為無知無識的雕像寫傳，史傳意識到了這種地步，那也真是令人嘆為觀止了。

這一傳見於鹿鼎記第四十八回〈都護玉門關不設　將軍銅柱界重標〉。在撫遠大將軍韋小寶的指揮下，清朝與羅剎國簽訂了《尼布楚條約》，「條約內容於中國甚為有利，割歸中國的土地極為廣大，遠比康熙諭示者為多」。既然兩國和平，韋小寶就召來了兩位羅剎隊長華伯斯基與齊洛諾夫（他常稱之為王八死雞與豬玀懦夫），命二人呈奉禮物給蘇菲亞公主，其中既有錦被，又有繡枕。華伯斯基受命引進中國的造橋技術，趁機灌了一碗羅剎迷湯給韋爵爺：

「公主殿下對大人閣下的情意天長地久，棉被枕頭容易殘破，還是請大人派幾名築橋技師，去莫斯科造座石橋，那就永遠不會壞了。」

韋小寶早有打算，不肯把造橋技術教給羅剎鬼子，於是笑道：

「我早已想到此節，你們不必羅蘇。」命親兵抬出一隻大木箱，長八尺，寬四尺，宛似一口大棺材一般，八名親兵用大杠抬之而行，顯得甚是沉重。箱外鐵條重重纏繞，貼了封條，以火漆固封。韋小寶道：「這件禮物非同小可，你們好生將護，不可損壞。公主見到之後，必定歡喜，這天長地久的情意，和中國石橋完全一般牢固。」

兩名羅剎隊長不敢多問，領了木箱而去。這口大木箱重逾千斤，自尼布楚萬里迢迢的運到莫斯科，一路之上，著實勞頓。蘇菲亞公主收到後打開箱子，竟是一座韋小寶的裸體石像，笑容可掬，栩栩如生。

原來韋小寶召來雕鑿界碑的石匠，鑿成此像，又請荷蘭教士寫了「我永遠愛你」幾個羅剎文字，雕在石像胸口。蘇菲亞公主一見之下，啼笑皆非，想起這中國小孩古怪精靈，卻也非羅剎男子之可及，不由得情意綿綿，神馳萬里。

本來寫到這裡已經趣味十足，但金庸偏偏「不依不饒」，要把「石像傳」寫全。後面他又加了這樣幾句：

這石像便藏於克里姆林宮中，後來彼得大帝發動政變，將蘇菲亞公主驅逐出宮，連帶將此石像擊碎。唯有部分殘軀為兵士攜帶出外，羅剎民間無知婦女向之膜拜求子，撫摸石像下體，據稱大有靈驗云。

這真是煞有介事、神來之筆！所謂「文人狡獪」，這「狡獪」也太可愛了！還有沒有更極端的例子呢？有的，那就是「枯井傳」。

「枯井傳」出自《天龍八部》第四十五至四十六回。慕容復為了競爭西夏國駙馬，把對手段譽點上穴道，投進了一口枯井，隨後王語嫣因為慕容復的無情，傷心欲絕，也跳進了這口枯井。再隨後，慕容復被鳩摩智打敗，扔進了枯井，而鳩摩智為了撿回掉進井裡的《易筋經》，第四個跳進枯井。

小小一口枯井，居然聚集了書中的三大高手和一位大美女，真是何其有幸！

再後來，段譽的「北冥神功」把鳩摩智和王語嫣的內力都吸了個精光，三人一齊暈去。慕容復傻眼了，吐蕃武士奉國師鳩摩智之命在井口重重疊疊堆了十餘塊大石，幾及萬斤，自己一個人如何推得動分毫？正在沮喪之際，忽聽得上面有說話之聲，原來是城郊鄉農挑了菜蔬，經過井邊。

慕容復尋思：「我若叫喚救援，眾鄉農未必搬得動這些每塊數百斤重的大石，搬了幾下搬不動，不免逕自去了，須當動之以利。」於是大聲叫道：「這些金銀財寶都是我的，你們不得眼紅。要分三千兩銀子給你，倒也不妨。」跟著又逼尖嗓子叫道：「這裏許許多多金銀財寶，自然是見者有份，只要有誰見到了，每個人都要分一份的。」隨即裝作嘶啞之聲說道：「別讓別人聽見了，見者有份，黃金珠寶雖多，終究是分得薄了。」這些假裝的對答，都是以內力遠遠傳送出去。

眾鄉農聽得清楚，又驚又喜，一窩蜂的去搬抬大石。大石雖重，但眾人合力之下，終於一塊塊的搬了開來。慕容復不等大石全部搬開，一見露出的縫隙已足以通過身子，當即緣井壁而上，颼的一聲，竄了出去。

行文至此，大問題已經解決，可金庸還不甘休，對「眾鄉農」和枯井的結局窮追猛打：

眾鄉農吃了一驚，眼見他一瞬即逝，隨即不知去向。眾人疑神疑鬼，雖然害怕，但終於為錢財所誘，辛辛苦苦的將十多塊大石都掀在一旁，連結了綁縛柴菜的繩索，將一個最大膽的漢子縋入井中。

這人一到井底，伸手出去，立即碰到鳩摩智，一摸此人全不動彈，只當是具死屍，登時嚇得魂不附體，忙扯動繩子，旁人將他提了上來。各人仍不死心，商議了一番，點燃了幾根松柴，又到井底察看。但見三具「死屍」滾在汙泥之中，一動不動，想已死去多時，卻那裏有甚麼金銀珠寶？

眾鄉農心想人命關天，倘若驚動了官府，說不定大老爺要誣陷各人謀財害命，膽戰心驚，一哄而散，回家之後，不免頭痛者有之，發燒者有之。不久便有種種傳說，愚夫愚婦，附會多端，說道每逢月明之夜，井邊便有四個滿身汙泥的鬼魂作崇，見者頭痛發燒，身染重病，須得時加祭祀。自此之後，這口枯井之旁，終年香煙不斷。

平常一口枯井，竟然香火不斷，有如廟宇，它意外「走紅」的結局就小說而言完全是「閒筆」。正如我們之前提問的：壽南山的結局不交代可不可以？韋小寶雕像的結局不交代可不可以？都可以，但是金庸都交代了，那就是史家的意識和趣味在發揮作用。別小看這種閒筆，加與不加，氣韻大不相同。

平行歷史

六神磊磊的高論〈你可能沒讀懂的金庸文學偉業〉中說金庸在小說中創造了一段又一段「平行歷史」，這話非常有意思。在《書劍恩仇錄》中，我們看到了乾隆、福康安；在《碧血劍》中，我們看到了袁崇煥、皇太極；在《射鵰》中，我們看到了鐵木真、襄陽保衛戰；在《射鵰》中，我們看到了忽必烈、蒙哥；《倚天》裡有朱元璋、陳友諒；《天龍八部》裡有耶律洪基、完顏阿骨打……正所謂「似真似幻，亦真亦幻」，歷史元素與文學想像在這裡完美地融匯在一起了。

「平行歷史」在「與其說是武俠小說，毋寧說是歷史小說」的《鹿鼎記》中表現得最為典型與突出。揚州妓院的小無賴機緣巧合進了皇宮，參與了擒拿鼇拜、尋訪順治、天地會抗清、平定三藩之亂、俄羅斯宮廷政變、收復臺灣、簽訂尼布楚條約等一系列驚天動地的大事，康熙帝、陳近南、吳三桂、陳圓圓、鄭克塽、施琅、蘇菲亞……一系列歷史人物粉墨登場，為韋小寶「背書」、「站臺」。天地會香主蔡德忠、馬超興、方大洪等成了韋小寶的同僚，一代名將張勇、趙良棟等都是韋小寶的手下，尼布楚談判代表康熙的舅舅佟國綱、一代權臣索額圖居然是韋小寶的副手，妙不可言，至此為極！

更令人感到興味的是這些夾敘夾議的「閒筆」。第四十六回裡，韋小寶使盡手段，終於離開了自己閒居數年的「通吃島」：

> 韋小寶……笑道：「莊家已經離島，這裡不能再叫通吃島了，漢光武有嚴子陵釣魚，凡是聖明天子，必有個忠臣釣魚。皇上派了我在這裡釣魚，咱們得改個名才成。」施琅道：

「正是。大人請看改個甚麼名字最好？」韋小寶想了想，說道：「皇上曾派人來傳旨，說周文王有姜太公釣魚，咱們就叫它為『釣魚島』罷。」施琅鼓掌稱善，說道：「大人這名字取得再好也沒有了，一來恭頌皇上好比周文王、漢光武，二來顯得大人既如姜太公這般文武全才，又如嚴子陵這般清風高雅。對，對，咱們以後就叫它為釣魚島」……至於這釣魚島是否就是後世的釣魚臺島，可惜史籍無從稽考。若能在島上找得韋小寶的遺跡，當知在康熙初年，該島即曾由國人長期居住，且曾派兵五百駐紮。

加上最後幾句，即別具史論味道，也別具一種幽默色彩，很耐尋思。到第四十八回寫尼布楚條約簽字，金庸又有這樣一段妙文：

當下隨從磨得墨濃、醮得筆飽，恭請中國首席欽差大人簽字。韋小寶自己名字的三個字是識得的，只不過有時把「韋」字看成了「韋」字，「賣」字當作是「寶」字，三個字聯在一起就不大弄錯了，但說到書寫，「小」字勉強還可對付，餘下一頭一尾兩字，那無論如何是寫不來的。他生平難得臉紅，這時竟然臉上微有朱砂之色，不是含怒，亦非酒意，卻是有了三分羞慚。

索額圖是他知己，便道：「這等合同文字，只須簽個花押便可。韋大人胡亂寫個『小』

字，就算是簽字了。」韋小寶大喜，心想寫這個「小」字，我是拿手好戲，當下拿起筆來，左邊一個圓圈，右邊一個圓圈，然後中間一條杠子筆直的豎將下來。索額圖微笑道：「行了，寫得好極。」韋小寶側頭欣賞這個「小」字，突然仰頭大笑。索額圖奇道：「韋大帥甚麼好笑？」韋小寶笑道：「你瞧這個字，一隻雀兒兩個蛋，可不是那話兒嗎？」清方眾大臣忍不住都哈哈大笑，連眾隨從和親兵也都笑出聲來。

……當下韋小寶在四份條約上都畫了字，在羅剎文那份條約上，中間那一直畫得加倍巨大……此約之立，使中國東北邊境獲致一百五十餘年之安寧，而羅剎東侵受阻，侵略野心得以稍戢。自康熙、雍正、乾隆諸朝而後，滿清與外國訂約，無不喪權失地，康熙和韋小寶當年大振國威之雄風，不可復得見於後世……兩國欽差派遣部屬，勘察地形無誤後。樹立界碑。此界碑所處之地，本應為中俄兩國萬年不易之分界，然一百數十年後，俄國乘中國國勢衰弱，竟逐步蠶食侵占，置當年分界於不顧，吞併中國大片膏腴之地。後人讀史至此，喟然嘆曰：「安得康熙、韋小寶於地下，逐彼狼子野心之羅剎人而復我故土哉？」

最後這一段就是《史記》中的「太史公曰」，就是《聊齋志異》中的「異史氏曰」，跳出跳入，文心史筆打疊一處，已經很有意思了，但最有意思的還是夾在「不可復得見於後世」一句後面的按語：

按：條約上韋小寶之簽字怪不可辨，後世史家只識得索額圖和費要多羅，而考古學家如郭沫若之流僅識甲骨文字，不識尼布楚條約上所簽之「小」字，致令韋小寶大名湮沒。後世史籍皆稱簽尼布楚條約者為索額圖及費要多羅。古往今來，知世上曾有韋小寶其人者，惟《鹿鼎記》之讀者而已。本段尼布楚條約之簽訂及內容，除涉及韋小寶者系補充史書之遺漏之外，其餘皆根據歷史記載。

直接聲稱自己「補史之闕」，直接聲稱「知世上曾有韋小寶其人者，惟《鹿鼎記》之讀者而已」，甚至還帶著善意譏諷了一下郭沫若。我每看到這一段，都會笑上半天的，甚至還會有一份作為《鹿鼎記》讀者的自豪感呢！

在金庸筆下，文以補史，史以助文，二者互相支撐貫通，真正做到了「不分家」。不僅如此，對於文與史的關係金庸還有一段學理性的討論，可以作為本篇「金庸小說的歷史情懷」的「結案陳詞」。這段話出自《鹿鼎記》第三十六回，韋小寶參與俄羅斯宮廷政變這一段，具體情節我們在前文已有轉述：

中國立國數千年，爭奪帝皇權位、造反斫殺，經驗之豐，舉世無與倫比。韋小寶所知者只是民間流傳的一些皮毛，卻已足以揚威異域，居然助人謀朝簒位，安邦定國。其實此事說來亦不希奇，滿清開國將帥粗鄙無學，行軍打仗的種種謀略，主要從一部《演義》中得來。當年清太宗使反間計，騙得崇禎皇帝自毀長城，殺了大將袁崇煥，就是抄襲《三國演義》中周瑜使計、令曹操斬了自己水軍都督的故事。實則周瑜騙得曹操殺水軍都督，歷史上並無其事，乃是出於小說家杜撰，不料小說家言，後來竟爾成為事實，關涉到中國數百年氣運，世事之奇，那更勝於小說了。滿人入關後開疆拓土，使中國版圖幾為明朝之三倍，遠勝於漢唐全盛之時，餘蔭直至今日，小說、戲劇、說書之功，亦殊不可沒。

在歷史走向改變的過程中，「小說、戲劇、說書之功，亦殊不可沒」，然則文學之功亦大矣！這真是通透的高見！

第二編

金庸小說的文化品質

第一講　金庸諾獎之問

前文提及，有人說金庸小說是中國文化的百科全書，我不同意，以為過於抬高了，我把它修正為「中國文化入門級的百科全書」。這個評價並不低，事實上，小說而能成為「入門級的文化百科全書」，這幾乎是Mission Impossible，但金庸做到了。由於他豐富的知識結構與勤勉嚴謹的創作精神[7]，金庸幾乎在小說中比較道地地寫到了中國文化的所有部門：文史哲、政經法、理工農醫……當然，其中占據主導地位且首先應該拿出來討論的是俠文化。

7　金庸說：「大多數人，尤其是年輕人和小朋友們，只要一提到金庸，就佩服我學識淵博，無所不知，其實我自己『無所不知』是假的，我是『只寫所知，不知不寫』，『非知不可，快去查書』……我姓查，筆名金庸，我要自己把握住這個『查』字，多用功讀書，化去這個『庸』字。」

一大堆俠

如果我們把儒、釋、道稱為中國文化的三個主要支點，誰有可能成為第四支點呢？我認為「俠」是很有競爭力的，它在中國文化中的地位很隱性，但很重要，有待重新評價[8]。對此，我給出的第一個判斷是——「俠」是中國文化的獨特範疇。獨特到什麼程度呢？獨特到全世界獨一無二、只有中國有俠文化、其他國家其他文明形態中都沒有俠文化的程度。

這樣說大家一定會有疑問，因為俠這種現象全世界都有啊！日本有浪人和武士，法國有蘇洛，英國有羅賓漢，美國科幻大片裡有一大堆俠：蝙蝠俠，蜘蛛人、鋼鐵人、綠箭俠、閃電俠……十幾二十個都有，足夠編一個排的了。那為什麼還說只有中國才有俠文化呢？

我的意思是，俠這種行為確實全世界都有，但賦予它一個專屬概念，這個概念不僅有清晰的內涵與外延，還有完整的文化流變軌跡，能夠形成「俠文化」體系的，只有中國有。這樣說似乎清楚點了，但為了更加清晰起見，我們還是從「金庸諾獎之問」來入手分析。

一九九四年，北京師範大學王一川教授主編了一套《二十世紀中國文學大師作品集》，

8 另一個具有強烈競爭力的是「法」，所謂「外儒內法」，法家思想其實一直在中國歷史舞臺上扮演著重要角色。

在現當代文學界引起了軒然大波。前文我們說過，二十世紀中國文學大師是有一個鐵定排序的，魯、郭、茅、巴、老、曹，不容動搖。到八十年代末九十年代初，意識形態進一步鬆動以後，學界喊出「重寫文學史」的聲音。王一川主編的這套文集也是「重寫文學史」的一部分，是一份新出的「二十世紀中國文學大師排行榜」。在這個排行榜上，魯迅仍然排在第一位，一直被邊緣化的「桃紅色作家」沈從文排在第二位，金庸排在第四位，超越了茅盾與老舍，而向來被視為「逆流」的淪陷區作家張愛玲也首次進入了這個排行榜。

此榜一出，見仁見智，眾聲喧嘩。有力挺金庸的，如北大中文系嚴家炎教授、孔慶東教授、《紅樓夢》權威馮其庸先生；也有「怒懟」金庸的，如王朔，還有廣東的一位雜文作家鄢烈山，以及南京大學王彬彬教授。王彬彬教授寫了一本很有名的書叫《文壇三戶》，那就是余秋雨、王朔、金庸，可謂貶蔑有加。

在分貝數很高的聲浪中，就有金庸的粉絲熱切地提問：「如果金庸已經是二十世紀中國文學大師，那麼，金庸有沒有可能獲得諾貝爾文學獎呢？」這個問題問了幾年，沒什麼新意，慢慢就消沉下去了。但近幾年，隨著莫言獲得本土中國人的第一個諾貝爾文學獎，這個問題又開始被熱烈地提起。這一次跟之前相比有點不一樣，多了一些焦灼的味道。為什麼呢？我們知道，諾貝爾獎只授予健在的作家，金庸先生已經九十歲上下了，還能健在幾年，大家心裡都說不準，所以這次發問帶有更多的「搶救性」心態。

我當大學老師近二十年，講金庸小說上百場，有不少學生問過我類似問題。我的回答十幾年一貫制，立場堅定，旗幟鮮明——不能！我這樣回答大家都覺得奇怪：「老師，你這麼喜歡金庸，四處講金庸，給他那麼高的評價，為什麼你還說金庸得不到諾貝爾文學獎呢？」對此，我也給出了自己的解釋：「金庸得不到諾貝爾文學獎不是他的水準問題，而是文化隔閡的問題。」

什麼叫做不是水準問題？我們知道，諾貝爾文學獎已經頒發了一百多年。回望過去，這一百多年的諾獎得主一大半是能經得住世界文學天秤稱量的，但別忘了，還有一少半不能。諾貝爾文學獎是由瑞典文學院頒發的，一直較為認同北歐文化和北歐文學，所以二十世紀早中期一直都比較多北歐五國的獲獎者。把他們放在一百年來世界文學的天秤上稱量一下，很多人不過是二三流作家而已。我是說，金庸最起碼不比這一小半人差。

俠和騎士不一樣

那麼，什麼叫做文化隔閡的問題呢？我們把這個問題具體化、場景化。假設有一位推薦人來到諾貝爾文學獎的評獎現場，向評委推薦金庸作為本屆諾獎候選人。評委們一定會首先問一個問題吧？「你推薦這位中國作家是寫什麼類型的小說的？」這麼基本的問題誰都會問吧？推薦人就回答：「金庸寫的是武俠小說。」

麻煩了，第一句對話就出問題了。我們用漢語說，大家都明白什麼是武俠小說，可是，用瑞典語怎麼表達武俠小說的意思呢？瑞典語是小語種，我們可以不懂，用世界第一通用語言——英語怎麼告訴評委金庸寫的是武俠小說呢？英語中沒有一個詞可以與「武俠」進行精確的對譯！分開翻譯的話，「武」還好辦——Kongfu，從李小龍到功夫熊貓普及了幾十年，西方世界已經差不多懂了，「俠」怎麼翻譯呢？

會不會是我們英語不好才找不到「俠」的對譯單詞呢？恐怕不是。

一九六七年，美國史丹佛大學教授、華裔美籍學者劉若愚要用英文寫一本書，介紹中國的俠文化。我們特地強調他的華裔美籍身分，是因為他的英文和中文一樣好[9]。這本書的名字叫《中國之俠》，「中國之」好翻譯，of China，「俠」怎麼翻譯呢？在英文、中文一樣好的情況下，劉若愚斟酌了十幾二十個詞，最終他把「俠」翻譯成了「Knight-errant」，遊蕩的

9　劉若愚，英文名 James Liu（1926—1986），一九四八年畢業於北京輔仁大學西語系，一九五二年在英國布里斯托大學獲碩士學位，曾執教於倫敦大學、新亞書院、夏威夷大學、芝加哥大學等，一九六七年起在史丹佛大學任教，一九六九年至一九七五年任該校亞洲語言學系主任，著有《中國詩學》、《中國之俠》、《李商隱的詩》、《中國文學理論》等。

騎士。把「俠」翻譯成了「遊蕩的騎士」以後，劉若愚在這本書第一頁下面加了一個長篇注解，我們來節錄兩段：

關於單詞「Knight-errant」的運用需要作些解釋。這個詞漢語寫成「遊俠」或「俠」（hsia 是現代北京話的發音）。「遊俠」是指闖蕩江湖，打抱不平的一類人。我稱他們為「Knight-errant」並不意味著他們和歐洲中世紀的 Knight 完全相同。

這個詞的其他譯法是 cavalier、adventurer、soldier of fortune 和 under-world stalwarts，第一種譯法太優雅，這優雅和俠無關，其他幾種譯法似乎含有謀利的目的，而「俠」是絕不圖謀錢財的。

第一段話劉若愚在說：這個詞最理想的翻譯方法是音譯——hsia，但這樣音譯西方讀者看不懂，只好退而求其次，把它翻譯成並不很準確的「遊蕩的騎士」。為什麼說「俠」不能翻譯成「騎士」呢？儘管劉若愚的注解已經很長，他還是來不及說清楚這個問題，我們來引申論證一下，俠和騎士至少有兩點根本性的差異。

為國為民，俠之大者

第一，俠和騎士對王權／皇權的態度不同，那就導致它們得到王權／皇權認可的程度也不同。騎士對王權／皇權是合作態度，所以它是得到王權／皇權認可後的一個實存的社會階層，是貴族的一個分支。我們經常看到這樣的表述：「國王頒發給我一枚紫心騎士勳章，從現在開始，我就是紫心騎士，跟普通老百姓不一樣了。」這種情況在中國從來沒有發生過，俠，史不絕書，但我們沒有看見過任何這樣的事情：皇帝頒發聖旨，冊封你為一等大俠，我是二等大俠，他是三等大俠。因為「俠」與王權／皇權是疏離的，甚至是對抗的。它無法得到統治秩序的承認，那麼它就不是一個實存的社會階層，而更多展現為一種行為、氣質和精神。

第二，俠和騎士的哲學層次不同。騎士也替天行道、劫富濟貧、鋤弱扶強，但它的文化層次也就是這麼高了，俠則不然，它有著高出許多的哲學境界。首先，俠文化與儒家文化相結合，就形成了中國獨有的儒家之俠。什麼叫儒家之俠呢？儒家之俠的最高目標是八個字，「為國為民，俠之大者」。也就是說，俠的高境界並不是快意恩仇，了卻個人恩怨，而是要為天下蒼生、國家民族做一點有益的事情，那就是把儒家的理想寄託在「俠」這個人群之中的。這樣的儒家之俠在現實歷史層面和文藝作品中都能找到很好的典型。

現實歷史層面最有代表性的應該是戊戌六君子之首的譚嗣同。當年慈禧太后翻臉要對維新黨下手，譚嗣同其實是最早收到消息的人之一。譚嗣同有個身分大家可能不熟悉，他是「清末四公子」之一，他父親譚繼洵是湖北巡撫，代理湖廣總督，情報網是非常靈敏的，但是，收到消息比他晚得多的康有為、梁啟超都東渡日本了，譚嗣同主動選擇不走。他講了一段很著名的話：「我看了世界各國變法的歷史，沒有不流血變法就能成功的。如果中國也要走這條老路，那麼好吧，請自嗣同始！」他主動選擇留下來，被逮捕、被關押、被殺頭，目的是想用自己的血來點亮古老蒙昧的中國。他的〈獄中題壁〉詩「望門投止思張儉，忍死須臾待杜根。我自橫刀向天笑，去留肝膽兩崑崙」氣吞山河，勢必千古流傳。這樣的作為當然是儒家之俠的最高層次，至於武功強弱反而不在我們考慮之列。其實譚嗣同是懂武功的，一般都認為「去留肝膽兩崑崙」的一座「崑崙」指的就是他的武功師父大刀王五。

文學作品中的典型是我們前面提到的《射雕英雄傳》男一號郭靖。在《神雕俠侶》的末尾部分，又一次華山論劍，評選新一代五大高手，郭靖接替了他師父「北丐」洪七公的位置，但他不是乞丐，要換一個字，那就是「北俠」。天下號稱大俠的要多少有多少，武功也說不定有比郭靖高的，為什麼郭靖可以稱為「北俠」？那顯然是因為他和黃蓉數十年嘔心瀝血，扼守襄陽，阻止蒙古鐵騎南下，保全南宋半壁江山。這個「為國為民」的「俠之大者」的「俠」字，誰也搶不走。

神龍見首不見尾

除了儒家之俠，還有沒有別的類型呢？還有道家之俠。道家之俠的概念最早可以推導到司馬遷的《史記．遊俠列傳》。在《遊俠列傳》裡，司馬遷為「俠」下了三個層次的定義：第一，「言必信，行必果，已諾必誠」，要守信義；第二，「赴士之厄困，不愛其軀」，要勇於自我犧牲；第三，「既已存亡死生矣，不矜其能，羞伐其德」，行俠仗義之後，要低調，要遠離現實紅塵世界，保持一種神龍見首不見尾的神祕主義感。這最後一點顯然是受道家思想影響的結果。所以，我們看傳說中的大俠，最終歸宿基本上都是隱居，都是「世外高人」，沒有天天扛著大旗在菜市場裡晃蕩，高喊「我是大俠」的。如果有，這位也肯定是江湖騙子、賣狗皮膏藥的。

我們仍然以金庸小說為例。金庸筆下的男一號只有兩個儒家之俠，一個是郭靖，一個是蕭峰，其餘百分之八十以上，最後的結局都是隱居出世。我們可以查一查：金庸的處女作《書劍恩仇錄》，男一號陳家洛，反滿興漢失敗以後，率領紅花會群雄豹隱回疆，跑到新疆、中亞一帶隱居起來了；第二部書《碧血劍》，男一號袁承志，反清復明不成，率領一票兄弟跑到東南亞隱居起來了；再往後看，神雕大俠楊過隱居了，明教教主張無忌隱居了，獨孤九劍令狐沖隱居了，一直寫到最後一部《鹿鼎記》，連韋小寶都隱居了！

韋小寶是不是俠，是什麼類型的俠，這當然是個很有意思的問題，我們還可以再進行專題探討。現在的問題是，他也隱居了！這不是金庸胡寫亂寫的，也不完全是文學創作規律的要求，這背後是有道家思想的規定性的。

儒家之俠，道家之俠，這樣的哲學層次是騎士文化所能具備的嗎？

拍打龍十八次的手掌

再回到我們前面假設的場景之中，評委們還在等著我們回答金庸寫的是什麼類型的小說呢！我們說「武俠小說」，評委們聽不懂，那也不要緊，我們把劉若愚先生一九六七年寫的那本書找來給評委們看一看，把第一頁的大段注釋給評委們讀一遍，評委們大概懂了，金庸寫的就是類似騎士小說的那種小說。這麼理解沒錯吧？但是別忘了，我們千辛萬苦，只是萬里長征走完了第一步，才完成了第一句對話。金庸要想獲獎還有非常遙遠的路要走呢！比如說，金庸要想獲獎，你總得把金庸的幾部代表作，比如《鹿鼎記》、《天龍八部》、《笑傲江湖》、《射雕英雄傳》等翻譯成英文給評委們看吧？我們能想像，金庸小說翻譯起來一定步步是溝，步步是坎，非常艱難。

我提個最簡單的問題：降龍十八掌怎麼翻譯？硬譯也不是不行，「eighteen」什麼什麼的，但是降龍十八掌的背後是《易經》啊，你能把《易經》也都翻譯進去嗎？最近我看到有一位瑞典女性，牛津大學的碩士生，中文名字叫郝玉青，她把《射鵰英雄傳》翻譯成了英文在英國發售。降龍十八掌她怎麼翻譯的呢？——**The 18 palm attacks to defeat dragons**（拍打龍十八次的手掌），很喜感吧？

六脈神劍怎麼翻譯？一陽指怎麼翻譯？凌波微步怎麼翻譯？我個人以為，還有一種武功比上面這些加在一起都難翻譯。金庸筆下最難翻譯的武功是什麼呢？大家也可以有自己的選擇，但我來提供一個參考答案。我認為金庸筆下最難翻譯的武功是——黯然銷魂掌！怎麼翻譯呀？「黯然銷魂者，唯別而已矣」，這是南朝大才子江淹〈別賦〉的開頭兩句。下面是幾百上千字的正文，別離的七種形態，這些能翻譯進去嗎？

這還只是武功招式，翻譯不過來的東西多了，比如說，經絡和穴道怎麼翻譯？很久以來，中西醫之爭就很厲害，中醫藥學有很多問題，受到不少質疑，但我還是堅持認為，中醫藥學最起碼有一個很了不起的地方，那就是經絡穴道學說。我們現在用多麼先進的科學儀器都檢測不出來經絡和穴道的存在，但在中醫藥理論中，它不僅存在，而且有效。但這是我們這樣想，你要西方文化背景下的評委和讀者們怎麼理解這樣的情節呢？點上這個穴道這個人就不能動了？點上那個穴道這個人就死了？這樣的情節，他們一定認為和《哈利波特》是一樣的。如果他們把金庸小說當成《哈利波特》一樣完全架空現實的魔幻、玄幻作品，首先他們讀不懂金庸小說；其次，既然都讀不懂，他們怎麼會認可金庸小說的價值，把諾貝爾文學獎頒發給金庸呢？

智商・畜牧業・同性戀

我之前講這些內容的時候，有同學提了個頗有水準的問題：「莫言不是得到諾貝爾文學獎了嗎？他的代表作是以高密東北鄉為地域範圍的，裡面都是中國元素、山東元素，甚至還使用了中國人都極少接觸的『貓腔』，為什麼莫言能得獎呢？」

這個問題值得簡單分析一下。我們應該注意到莫言獲獎的頒獎詞，其中提到「高密東北鄉展現了中國的民間故事和歷史」，但莫言的創作讓人想起一些偉大的作家：「他是繼拉伯雷和史威夫特之後，也是繼我們這個時代的馬奎斯之後比很多人都更為滑稽和震撼人心的作家」[10]。其實我個人還想起了威廉・福克納和他的約克納帕塔法縣。我的意思是說，莫言小

10 瑞典文學院文學委員會主席佩爾・韋斯特伯格（Per Wästberg）的頒獎詞，康正果譯。

說的素材很中國，但他的寫法、邏輯都是很世界的，是容易被看懂、被認可的；而金庸，由於他的小說中對中國文化的深刻反映並不容易被西方世界所理解，所以我才說，這是主流的西方文化對邊緣化的中國文化仍然存在比較深重的隔閡問題，而不是金庸的水準問題。隔閡短時間難以消弭我們當然覺得很遺憾，但從另外一個角度來講，那也正折射出俠文化的獨特性與哲學品質。

說到文化隔閡，我們可以再補充一個小例子。前幾年我在網路上看到一篇文章，文章中設定了一個情境，說有一個外國人，在中國學了幾年漢語，囫圇吞棗地看了幾本金庸小說，然後寫了幾篇內容簡介，我們可以看一看。第一部，《射雕英雄傳》，他說：「這部書對人類智力的作用提出了質疑。書中有五個擁有巨大戰鬥能量的頂尖高手，他們把自己驕傲地冊封為五個方向的虛擬君主，但到了小說的末尾，他們驚訝地發現，自己並不比一個略有弱智的青年更強。」這個青年就是郭靖了。他有點弱智，但最後跟這幾位「虛擬君主」的武功差不多，這說明什麼？說明在人類發展過程中，智力所發揮的作用不怎麼重要。還有一個論據也很有力，他說：「那五個虛擬君主中情況最微妙的是那個西方君主，他最後似乎擁有了最強大的戰鬥能量，但他的智力情況卻無疑最為糟糕，成了一個嚴重的失憶症患者。」這說的是「西毒」歐陽鋒，歐陽鋒後來發瘋了，自己是誰都不知道了，可是武功最高。這個論據也很有力吧？

第二部，《神雕俠侶》。他說：「這本書主要描寫了蒙古興起之初的畜牧業狀況。在書中，有一個孤獨的養蜂少女，但是看起來養蜂這門技術在當時實在不受重視，所以她的這門技術並沒有傳給他唯一的一個學生（後來成了她的丈夫），換句話說，她的丈夫並沒有成為一個養蜂專家，而是成了一個養雕專家。」看看，又養蜜蜂又養雕，所以就反映了畜牧業發展狀況嘛！

第三部，《笑傲江湖》。他說：「這部書反映了中國古代同性戀者的悲慘遭遇。書中有三個同性戀者：第一個，東方，為了保護自己的同性戀對象而被人殺害，結局非常悲慘，但另外兩個，岳（不群）和林（平之），比東方的下場還要悲慘，因為他們至死也沒有找到同性戀的對象。」

看到這幾篇內容簡介，我們能想到什麼呢？首先，我們明白，這是遊戲文字，寫著玩的，但是，遊戲文字也可以承擔嚴肅的文化命題，那就是——文化隔閡。它也同樣反映出俠文化的獨特性與引人入勝的巨大魅力。

第二講　俠的起源

肌肉男與二流子

俠是怎麼起源的呢？學術史的研究大致上提供了四種說法。

第一種，結合龔自珍等古代學者的研究，加上現代人類學研究，某些學者認為俠起源於人類社會早期的上古遺風。我們知道，原始社會時期，生產力發展水準低下，生存環境惡劣，某些身強體壯、孔武有力的人，也就是「肌肉男」，像阿諾史瓦辛格、席維斯史特龍這種類型的人，他們的生存能力和解決糾紛的能力都比較強，就容易得到大家的欣賞、傾慕和愛戴，於是，就會從人類學的意義上形成一種好勇尚武的風氣。

古龍曾經很感慨地說，「世界上最古老的職業有兩種：一種是妓女，還有一種就是殺手」，從人類學的角度來說，這是具有一定真實性的。這種帶有生命密碼、文化密碼的基因一代一代地流傳下來，造成後人的血液當中或多或少存在尚武遺風，有一部分人極度傾向於用武力來解決自己面對的難題，於是就形成「俠」的人群或行為。

第二種，民國學者陶希聖或中國社科院王學泰研究員等學者認為，俠出於遊民。所謂「遊民」是指一部分不安於在自己的土地上、透過農業勞動來換取生產資源的人，不安於工作，四處遊走，在中國東北農村稱這樣的人「二流子」。

比如說漢高祖劉邦，那就是典型的二流子。天天交朋友，喝酒賭博，沒點正經事。怎麼辦呢？給他一個亭長的職位吧！四處跟老百姓通知點什麼事啊，或者維持一下地方治安啊，劉邦喜歡做這些事。可是，亭長做得不錯，自己的田地卻都荒廢了。他父親非常惱火，把劉邦叫來狠狠教訓：「老四啊！」劉邦小名叫劉季，伯、仲、叔、季，兄弟裡面他排老四，「你看看你，天天既不種地，也不收割，秋天收不到糧食！你看看你二哥，人家春種秋收，勤勤懇懇，日子越過越好。現在幾間大瓦房也蓋起來了，彩色電視也買了。你怎麼跟你二哥比呀！」

劉邦忍氣吞聲，受了很多這樣的訓斥。若干年以後，劉邦坐上了皇帝的寶座，把他老爸接來以後，很無賴地問了一句：「吾業孰與仲多？」——老爺子，你看看吧，現在我的家業和我二哥誰更多呢？這麼多年耿耿於懷，一直記著這仇呢！

可見，在遊民群體中，很多人是透過選擇農耕以外的其他職業來獲得社會地位、生活資源和生產資源的。比如媒婆、江湖郎中、算卦先生等等。其中有一個分支，他們選擇的是武力，那就分解出來，演化成俠。

俠出於墨

第三種說法來自魯迅、聞一多與著名思想史學者侯外廬等。他們認為，俠出於墨。

我們知道，墨家是春秋時期一大思想流派，曾經一度產生極大的影響，占據了思想市場極大的分額，所以孟子說：「楊朱、墨翟之言盈天下，天下之言，不歸楊則歸墨[11]。」簡單地說，墨家主張兼愛、非攻，講究摩頂放踵，席不暇暖，以利天下。也就是說，自己拚命地在路上奔走，鞋都磨破了也顧不了休息，因為他希望天下和平。從這個意義上說，墨家算是歷史上最早的綠色和平主義者，他們反對一切戰爭，包括正義的和非正義的戰爭。

《墨子》中有篇著名的文章〈公輸〉，最能展現出墨子的精神、氣質和才華，值得一讀。

公輸，全名公輸盤，「盤」讀作「班」，這個人就是木匠行業的祖師爺魯班。當時楚國聘請魯班為總工程師，製造了雲梯這樣的攻城器械，雄心勃勃要攻打宋國。墨子聽說了，自魯國啟程，十日十夜之後，到了楚國首都，見到了魯班，開口便說：「北方有個侮辱我的人，想請你幫我殺了他。」公輸盤一聽，馬上不高興了，臉拉下來了。

墨子說：「不讓你白幹，送你十金。」

11《孟子．滕文公下》。

魯班更不高興了：「不是錢的問題，不殺人是我的原則。」

墨子說：「那太好了！我聽說老兄你製造了雲梯，要攻打宋國。宋國何罪之有呢？楚國有的是地盤，沒多少人口，殺不足之人而爭有餘之地，不可謂智；宋無罪而攻之，不可謂仁；老兄你知而不爭，不可謂忠；如果爭了而沒成功，不可謂強。一個人不殺而殺一國人，不可謂明理。」

魯班服了，但還是嘴硬：「可我停不下來了呀，已經跟楚王說好了！」墨子說：「沒問題，我去跟楚王說。」

見了楚王，墨子說：「有這麼個人，自己的賓士S級不開，非偷鄰家的鈴木 Alto；放著 Armani 不穿，非偷鄰家的破汗衫；放著海參鮑魚不吃，非偷鄰家的馬鈴薯大蔥。大王你覺得這人是什麼毛病？」

楚王說：「這還用問嗎？肯定是偷竊成癮！」

墨子說：「對呀！楚國地方五千里，宋國地方五百里，這就是賓士S級和鈴木 Alto；楚國有雲夢澤，滿是珍禽異獸，長江裡的水產天下第一，宋國連野雞、兔子、小魚都沒有，這就是海參鮑魚與馬鈴薯大蔥；楚國到處是名貴木材，宋國連棵像樣的大樹都找不出來，這就是 Armani 與破汗衫。大王你攻打宋國，不也是偷竊成癮嗎？」

楚王狂汗：「墨先生你言之有理！可是魯班已經造了雲梯，舉手之勞就可以攻下宋國，我還是要打一下的！」

墨子冷笑：「不見得舉手之勞吧！要不咱們試試！」

墨子與魯班進行了一番沙盤模擬演練，不管魯班怎麼進攻，墨子都防守嚴密。魯班黔驢技窮，陰陰一笑說：「我還有最後一招對付你，但我不說。」

墨子也笑了：「我知道你最後一招是什麼，我也不說。」

楚王聽得一頭霧水：「你倆說什麼呢？我怎麼就聽不明白呢？」

墨子說：「這還不明白嗎？魯班的意思就是大王你殺掉我，那就沒人破得了他的雲梯了。錯了！我的弟子禽滑釐等三百人已經備好所有守城器械，抵達宋國城頭，殺了我，宋國你也攻不下來！」

在墨子如此強而有力的威懾之下，楚王退兵，宋國得以保全。

楚國於墨子有仇嗎？沒有。宋國於墨子有恩嗎？也沒有。墨子救了宋國之後，回魯國途中遇到大雨，想找個人家避雨，宋國人不知道這是自己的救命恩人，居然「不納」，但他肯定無怨無悔，下次還會這樣做的。可惜宋國國君沒有思想與文采，否則他應該寫上一篇〈紀念墨翟〉，裡頭應該有這樣的名言：「一個外國人，毫無利己的動機，把宋國人民的解放事業當作他自己的事業，這是什麼精神？這是國際主義精神。」、「一個人能力有大小，但只要有這點精神，就是一個高尚的人、一個純粹的人、一個有道德的人、一個脫離了低級趣味的人、一個有益於人民的人。」

青城死士

說到底，墨子的精神確實是一種俠的精神，由他開啟的俠文化之門也有著不小的影響。比如，二〇〇六年香港電影《墨攻》塑造了一個「墨者革離」的形象，其劇本靈感正是來源於〈公輸〉的。又比如，古龍小說《九月鷹飛》第一章〈青城死士〉就寫了這樣一段情節：

……就在這時，街道旁一扇窄門突然被推開，十三四個白衣人魚貫走了出來……童銅山這才看出他們身上竟只穿著件白麻單衣，背後背著卷草席，手上提著根短杖，赤足穿著草鞋。

在這種酷寒的天氣裡，這些人看來絲毫沒有寒冷畏縮之色，只不過手腳都已凍得青，臉也是鐵青的，青中透白的臉上，完全沒有表情，竟像死人的臉一樣，顯得說不出的詭祕可怕。

……只見剛說話的那白衣人一擺手，一行人竟全都在一丈外站住。

這人青慘慘的一張馬臉，雙眼狹長，顴骨高聳，一張大嘴不合的時候都已將咧到耳下，裝束打扮雖然也跟別的人沒什麼兩樣，但無論誰一眼就可看出，他必定是這些人之中的領袖。

童銅山當然也已看出，一雙亮的眼睛正盯在這人身上，突然問道：「尊姓大名？」

這人道：「墨白。」

童銅山道：「哪裡來的？」

墨白道：「青城。」

童銅山道：「來幹什麼？」

墨白冷冷道：「但望能夠化干戈為玉帛。」

童銅山突然縱聲長笑，道：「原來朋友是想來勸架的。」

墨白道：「正是。」

童銅山道：「這場架就憑你也能勸得了麼？」

墨白臉上還是全無表情，連話都不說了。

童揚早已躍躍欲試，此刻一個箭步竄出去，厲聲道：「要勸架也容易，只不過先得問問我掌中這柄劍答不答應。」

他一反手，「嗆」的一聲，劍已出鞘。

子。

墨白連看都沒有看他一眼，後面卻有個瘦小的白衣人竄了出來，竟是個十四五歲的孩

童揚皺眉道：「你這小鬼幹什麼？」

白衣童的臉上居然也是冷冰冰的全無表情，淡淡道：「來問問你的這柄劍答不答應。」

童揚怒道：「就憑你？」

白衣童道：「你是用劍的，我恰巧也是用劍的。」

童揚突然也縱聲狂笑，道：「好，我就先打發了你再說。」無聲中，他掌中的劍已毒蛇般刺出，直刺這白衣童的心口。

白衣童雙手一分，竟也從短棍中抽出了柄窄劍。

童揚一著「毒蛇吐信」刺過去，他居然不避不閃，連眼睛都沒有眨一眨。

只聽「哧」的一聲，童揚手裡的劍，已刺入了他的心口。

鮮血紅花般飛濺而出時，他手裡的劍，竟也刺出一著「毒蛇吐信」，刺入了童揚的心口。

突然間，所有的動作全都停頓，連呼吸都似乎已完全停頓。

剎那間，這一戰已結束！

每個人的臉色都變了，幾乎不能相信世上真有這麼樣的人，真有這麼樣的事。

鮮血雨一般落下，霧一般消散。

雪地上已多了點點血花，鮮豔如紅梅。

白衣童的臉上，還是完全沒有表情，只不過一雙眼睛陰惻惻死魚般凸出，他還是看著童揚，眼睛裡竟似還帶著極冷酷的譏誚之意。

童揚的臉卻已完全扭曲變形，眼睛裡充滿了驚訝、憤怒、恐懼。

他也不信世上竟真的有這種人，這種事。

他死也不信！

他們就這樣面面相對著站在那裡，突然間，兩個人的眼睛全都變得空洞、無神。

然後兩個人就全倒了下去。

……狂風突起，從遠方吹過來，風中還帶著遠山上的冰碴。

童銅山身後的大漢們，卻只覺得掌心在冒汗。

墨白凝視著童銅山，淡淡道：「閣下是否已肯化干戈為玉帛？」

……童銅山臉色已變了，霍然長身而起，厲聲道：「這算是什麼武功？」

墨白淡淡道：「這本就不能算什麼武功。」

童銅山怒道：「這算什麼？」

墨白道：「這只能算一點教訓。」

童銅山道：「教訓？」

墨白道：「這教訓告訴我們，你若一定要殺別人，別人也同樣能殺你！」

……童銅山霍然站起，又坐下，臉上已全無血色。

他並不是沒有看過殺人，也不是沒看過人被殺，但他卻從未想到過，殺人竟是件如此慘烈、如此可怕的事。

殺人和被人殺都同樣慘烈，同樣可怕。

他突然覺得想吐。

墨白凝視著他，冷冷道：「你若要殺人，別人也同樣能殺你，這教訓你現在想必已該相信了。」

童銅山慢慢地點了點頭，什麼話都沒有說，因為他根本已無話可說。

墨白道：「所以你也該明白，殺人和被殺，往往會同樣痛苦。」

童銅山承認，他已不能不承認。

墨白道：「那麼你為何還要殺人？」

童銅山的雙拳緊握，忽然道：「我只想明白，你們這麼樣做，究竟是為什麼？」

墨白道：「不為什麼！」

童銅山道：「你們不是老杜找來的？」

墨白道：「不是，我既不認得你，也不認得他！」

童銅山道：「但，你們卻不惜為他而死。」

墨白道：「我們也不是為他而死的，我們死，只不過是想要別人活著而已。」

他看了看血泊中的屍體，又道：「這些人雖已死了，但卻至少有三十個人可以因他們之死而活下去，何況，他們本來也不必死！」

童銅山吃驚地看著他道：「你們真是由青城來的？」

墨白道：「你不信？」

童銅山實在不信，他只覺得這些人本該是從地獄中來的。

世上本不該有這種人。

這段引文或許冗長一點，但古龍的確把墨家的「捨生取義」寫得非常傳神。是的，世上本不該有這種人：以自己無比寶貴的生命，去阻止那些事不關己的自相殘殺，但這恰恰是墨家「非攻」原則下「以利天下」的精神。晚清民國著名學者、詩人蔣智由在為梁啟超的書《中國之武士道》寫的序言中，曾經高度評價墨家的這種非凡氣度：

余嘗病太史公傳遊俠，其所取多借交報仇之人，而為國家之大俠缺焉……觀於墨子，重藺救宋，其急國家之難若此。大抵其道在重於赴公義，而關係於一身一家、私恩私怨之報復者蓋鮮焉。此真俠之至大，純而無私，公而不偏，而可為千古任俠者之模範焉。

他說，司馬遷筆下的遊俠大都為了一己之私，而墨子「赴公義」、「急國家之難」，這才是「俠之至大」的境界，「可為千古任俠者之模範」，其評價之高，可謂無以復加，可見蔣智由也是認同俠出於墨的。

大儒為俠

梁啟超、章太炎等學者認為俠出於儒。文獻記載，孔子身後，儒分為八門，如子張之學、子思之學等等。其中有一門名不見經傳，非常神祕，那就是漆雕氏之學。章太炎說：

漆雕氏之儒……其學廢而閭裡遊俠興……天下有亟事，非俠士無足屬。

天下有要緊事，普通儒者是不管用的，非得俠才能擔當。章太炎說儒家學派標榜的最高價值準則「有過於殺身成仁者乎？儒者之用，有過於除國之大害、捍國之大患者乎？」怎麼才能治國平天下呢？那就是殺身成仁，把國家最大的心腹之患除掉！這不是儒所追求的最高目標嗎？所以章太炎以為「世有大儒，固舉俠士而並包之。而特其感慨奮勵、矜一節以自雄者，其稱名有異於儒焉耳」。大儒有了這種殺身成仁的情懷，他們不願意再把自己稱為普通的儒了，於是另立了一個名稱叫做「俠」。

章太炎說這些話不完全站在學術立場，對於「殺身成仁」、「除國之大害、捍國之大患」，他是深有體會且身體力行的。一八九八年秋，章太炎為鄒容《革命軍》作序，毫不客氣地稱光緒帝為「載湉小丑，不辨菽麥」，清廷以大逆不道罪將其告上法庭。當時被清政府通緝的共有六人，其他人聽到消息後，紛紛出逃，但章太炎哪裡也不去，這晚，有人告訴他巡捕前來抓人的消息，章太炎毫不在乎，只說「小事擾擾」，隨即就回屋睡覺。他還說：「革命沒有不流血的。我被清政府查拿，現在已經第七次了。」第二天，外國巡捕再到愛國學社緝捕時，章太炎指著自己的鼻子對巡捕說：「章炳麟就是我」，然後痛快地被巡捕抓走了。

章太炎被捕後，上海《新聞報》上有文章，嘲笑章太炎主動送上門，「不去為愚」。章看見此文後，寫下〈獄中答新聞報〉一文，刊登在最後一期《蘇報》上。章在文中稱，在當今的時代，必須實行革命，而「吾輩書生，未有寸刃尺匕足之抗衡，相延入獄，志在流血，性分所定，上可以質皇天後土，下可以對四萬萬人矣！」最後，章太炎嘲諷《新聞報》的記者說：「斥鷃井蛙，安足與知鯤鵬之志哉！」、「滾開吧！新聞記者。請看五十年後，巍巍矗立於雲表的銅像到底是我還是你？坐以待之，用不著多說什麼了！」[12]

這些作為，跟他的理論是完全一致、若合符節的。

那麼，關於俠的起源，哪種說法比較正確呢？應該說都正確，這些說法都能形成一定有益的認識，但也都有偏頗之處，不能完全涵蓋、全面揭示出俠的內涵。我們還是把這幾種說法放在一起來考慮，形成一個綜合認識：俠不太可能完全出於某一個學派或某一種階層，它是一類有特殊的血性氣質和行為的人群。既可以是讀書人，也可以是販夫走卒，但是內在的氣質和精神一致。

12　參見民國文林《細說民國大文人．章太炎．囚禁》，現代出版社二〇一〇年版。

第三講　俠的意涵變遷

現在可以說一說俠的概念了。「俠」應該分成三個層次來理解：廣義、中間義和狹義，這是一個逐漸收縮的過程，可以看到「俠」的意涵的變遷軌跡。

國家的害蟲

最早為俠下定義的人是大思想家韓非子。他在名篇〈五蠹〉中提出，國家要想安定繁榮，有五種大患必須祛除：縱橫家、貴族門客、商人、儒家知識分子與遊俠。對後兩種，韓非子有句名言：「儒以文亂法，俠以武犯禁。」「儒以文亂法」是說知識分子四處散布輿論，造成國家不和諧、不穩定；「俠以武犯禁」則是說俠客憑藉暴力對抗正常的統治秩序。這兩類人都是國家的害蟲。

韓非子的目的是想「幹掉」俠，卻無意中為「俠」提供了一個廣義界定，提供了一個最根本、最廣泛的屬性。我們看武俠小說的時候可能會有這種困惑：某某場合，各路「豪俠」在此聚會，裡面有不少打家劫舍、殺人放火的江洋大盜。在我們心目中，「豪」是褒義詞，「俠」也是褒義詞，為什麼可以用來形容這些聲名狼藉之輩呢？要注意，這裡用的就是俠的廣義，只要「以武犯禁」，那就是俠。按照這種廣義界定，現在社會上的黑惡勢力，諸如車匪路霸、欺行霸市、打手殺手，都可以稱之為「俠」，因為他們具有「以武犯禁」的特徵。

一九三一年，「上海皇帝」杜月笙在浦東高橋鎮建成杜氏家祠，典禮聲勢浩大，賓客多達五、六千人。蔣介石、張學良、于右任、段祺瑞、吳佩孚、張宗昌等都送了匾額或祝詞，其中，國學大師章太炎的〈高橋杜氏祠堂記〉格外引人注目，文中有這樣的「警句」：

> 末孫鏞自寒微起為任俠，以討妖寇，有安集上海功，江南北豪傑皆宗之。

無獨有偶，楊度在〈杜氏家祠落成頌〉裡，將杜月笙譽為「今世大俠」：「賦性豪俠，急公尚義，有求必應，有諾必踐，有德不矜，有功不伐，謙懷自抑，有君子之風。」這裡頭當然有文人的誇飾成分，從今天的眼光來看，他們所使用的「俠」主要是廣義。一個被歷史認定為黑社會大龍頭的杜月笙，怎麼能當得起那些褒獎之辭呢？反正他是黑社會，「以武犯禁」，稱為「俠」不能算錯也就是了。當然，杜月笙抗戰期間曾經做過不少有益的工作，這也不能諱言、不應抹殺[13]，他的整個人生軌跡也有待重新審視。

「武俠小說」的誕生

韓非子的另一個貢獻是：他點出了「武」和「俠」的關係。「俠」必有「武」，無「武」不「俠」，這就奠定了我們熟悉的「武俠」概念。

有意思的是，儘管戰國時期韓非子就提出了「武」、「俠」的緊密聯繫，但作為一個整體概念的「武俠小說」則出現得非常晚，晚到了二十世紀初的一九一五年。「武俠小說」概念的出現與一位著名文人有莫大關係，那就是大翻譯家林紓。

學過中國現代文學的讀者對林紓都不陌生。在白話文運動風起雲湧的過程中，林紓是「螳臂擋車，不自量力」的「妖孽」、「謬種」形象，在文學史上留下了相當負面可笑的形象。但林紓並非一味的守舊派，他是中國近現代最偉大的翻譯家，經他手翻譯的歐美小說有

13　參見章君穀《杜月笙傳》，中國大百科全書出版社二〇一一年版。

一百七十種之多，其中包括《茶花女》（林譯名《巴黎茶花女遺事》）、《塊肉餘生記》（林譯名《塊肉餘生述》）、《湯姆叔叔的小屋》（林譯名《黑奴籲天錄》）、《魯賓遜漂流記》、《伊索寓言》等。當時無數讀者看「林譯小說」的感覺是「若受電然」，嚴復甚至寫詩說，「可憐一部茶花女，銷盡支那蕩子魂」，那是何等的震撼[14]！而林紓自己的身價也很高，當時翻譯小說一般給稿費每千字一銀元居多，三銀元最高，唯獨林紓可以拿到五銀元。他一天翻譯個幾千字就是幾十大洋，所以朋友們為他取了個外號叫「造幣廠」。當然，林紓是應該值這麼多錢的。

還有個小花絮也順便一說。林紓這麼了不起的翻譯家居然一個外文單詞都不認識！那怎麼翻譯呢？他有幾位合作者，比如魏易啊、王壽昌啊，合作者是懂外文的。他根據合作者講的小說情節，用典雅漂亮的桐城派古文把這個故事再重寫一遍，那就風靡天下了。

林紓自己也寫一點小說，一九一五年，他在包天笑主編的《小說大觀》第三集上發表了一篇題為〈傅眉史〉的文言短篇小說，編輯第一次在目錄和正文中明確標出「武俠小說」四個醒目的字樣，從此以後，這個概念才固定下來。這是武俠小說史值得記住的一件大事。

14　近年張俊才先生的林紓研究甚見功力，可以參看。

俠的三原色

前文我們說過司馬遷為「俠」下的三個層次的定義，這就構成了俠的中間義。再來回顧一下：第一，「言必信，行必果，已諾必誠」，強調的是一個「信」字；第二，「赴士之厄困，不愛其軀」，強調的是一個「勇」字；第三，「既已存亡死生矣，不矜其能，羞伐其德」，強調的是一個「隱」字。這三個字構成了俠的三原色。

對「言必信，行必果」，我們沒必要解釋太多了，「勇」字後面還會集中講，這裡我們先來討論一下「不矜其能，羞伐其德」。

「矜其能」就是炫耀、吹牛、得意，不知人上有人、天外有天，那是很輕浮的表現。《聊齋志異．佟客》中的董生，以及金庸小說的一些小配角，如《碧血劍》中的楊鵬舉、《天龍八部》中年輕的黃眉僧都是這一類，總得接受一些教訓才知道自己的分量；「伐其德」則更加要不得，那叫做「市恩」，是最壞、最要不得的一種特質。

《神鵰俠侶》裡寫了這樣一個情節：小龍女誤認為楊過愛上郭芙，心灰意冷，情花毒發作，昏倒在絕情谷。適逢絕情谷主公孫止路過此地，把小龍女救回家去。公孫止本來一時慈悲，做的乃是一件好事，結果發現自己救回來的是一個驚為天人的美女，於是色心大動，懇求小龍女嫁給自己。小龍女情場失意，心裡儘管對楊過念茲在茲，但還是答應了。正在準備婚禮，陰差陽錯，楊過、金輪法王一批人闖進了絕情谷。小龍女看見楊過，這顆心本來已經是古井不波，現在又開始波瀾壯闊，對公孫止講：「公孫谷主，你的救命大恩沒齒難忘，但是我要毀婚，不能嫁給你了。」

按照司馬遷提出的原則，公孫止應該「羞伐其德」，放手讓小龍女和楊過離開，但他沒有這樣做，明知道小龍女只剩下幾十天生命，還是居心惡毒地要脅威嚇，非要霸占小龍女。與楊過同進絕情谷的莽漢馬光佐心直口快，大聲叫道：「公孫老兒，你若要做個大仁大義之人，不如今日就讓他小倆口在此間拜堂成親，洞房花燭。若是你救了一位姑娘，便想霸占她身子，豈不是如同下三濫的土匪賊強盜？」公孫止的作為就是典型的「伐德」、「市恩」，那是與「俠」背道而馳最「下三濫」的行徑了。

走向另外一個極端的例子是《警世通言》所載的〈趙匡胤千里送京娘〉。趙匡胤本是流浪軍漢，一身好武功，《水滸傳》所謂「一條桿棒等身齊，打天下四百座軍州都姓趙」。這一日浪蕩江湖，遇見兩個響馬劫奪一個弱小女子。他路見不平，打殺了響馬，救下這個女孩子。一通名姓，這個女孩子說：「我也姓趙，叫京娘。多謝恩公救命，可我一個弱質女流，千里迢迢，怎麼回家呢？」趙匡胤動了俠義之心：好吧！救人救到底，送佛送到西，我索性送你回家便是！但是孤男寡女，要避嫌疑，咱們又都姓趙，不如結拜兄妹最好！

在路上相處越久，京娘越加愛上這位救命恩人，乾脆挑明了自己的心事：

京娘道：「小妹深閨嬌女，從未出門。只因隨父進香，誤陷於賊人之手……今日蒙恩人拔離苦海，千里步行相送，又為妾報仇，絕其後患。此恩如重生父母，無可報答。倘蒙不嫌貌醜，願備鋪床疊被之數，使妾少盡報效之萬一。不知恩人允否？」

公子大笑道：「賢妹差矣！俺與你萍水相逢，出身相救，實出惻隱之心，非貪美麗之貌。況彼此同姓，難以為婚，兄妹相稱，豈可及亂？俺是個坐懷不亂的柳下惠，你豈可學縱欲敗禮的吳孟子！休得狂言，惹人笑話。」

京娘羞慚滿面，半晌無語，重又開言道：「恩人休怪妾多言，妾非淫汙苟賤之輩，只為弱體餘生，盡出恩人所賜，此身之外，別無報答。不敢望與恩人婚配，得為妾婢，伏侍恩人一日，死亦瞑目。」

公子勃然大怒道：「趙某是頂天立地的男子，一生正直，並無邪佞。你把我看做施恩望報的小輩，假公濟私的好人，是何道理？你若邪心不息，俺即今撒開雙手，不管閒事，怪不得我有始無終了。」

公子此時聲色俱厲，京娘深深下拜道：「今日方見恩人心事，賽過柳下惠、魯男子。愚妹是女流之輩，坐井觀天，望乞恩人恕罪則個！」

公子方才息怒，道：「賢妹，非是俺膠柱鼓瑟，本為義氣上千里步行相送。今日若就私情，與那兩個響馬何異？把從前一片真心化為假意，惹天下豪傑們笑話。」

京娘道：「恩兄高見，妾今生不能補報大德，死當銜環結草。」

話說到這一步，京娘絕望至極，最終懸梁自縊。一場美事，落得一個悲劇結局，引人扼腕嘆息。趙匡胤確實太迂腐、太不近人情了，但是他的所作所為總比公孫止要高尚很多吧？所謂「不矜其能，羞伐其德」，最起碼趙匡胤是不愧這個「俠」字的。信、勇、隱三種美德具備，方能稱俠。司馬遷對這種行為無疑是非常稱賞的，所以他說：「其行雖不軌於正義，蓋亦有足多者焉」——就算他們「以武犯禁」，挑戰了正常社會秩序，那也還是有很多美德值得效仿讚譽的。

《遊俠列傳》的心理學分析

與此相關，我們還要提出一個問題：司馬遷撰寫的《史記》是第一部紀傳體通史，囊括了自上古以迄漢武帝時代數千年歷史，分為十表、八書、十二本紀、三十世家、七十列傳，共一百三十篇。幾千年歷史只寫七十篇列傳，無數的治亂興衰，無數的偉人偉業，為什麼司馬遷會拿出三十五分之一的篇幅——《遊俠列傳》、《刺客列傳》，去書寫一個全景、立體、豐富的俠文化景觀呢？我們來推究一下司馬遷的現實原因與心理原因，是可以找到合理解釋的。這要從司馬遷人生的重大轉捩點說起。

天漢二年（西元前九十九年）夏天，漢武帝派自己的大舅子、李夫人的哥哥、貳師將軍李廣利領兵討伐匈奴，另派別將李陵押運輜重。李陵帶領步卒五千人出居延，孤軍深入浚稽山，與匈奴八萬鐵騎遭遇。論人數已經是一比十六了，更何況一個騎兵戰鬥力抵得上若干個步卒？實力如此懸殊的情況下，經過八晝夜苦戰，李陵斬殺了一萬多匈奴官兵，但由於得不到主力部隊的後援，彈盡糧絕，不幸被俘，只好投降。

李陵是名將李廣的孫子，自己也是朝野聞名的虎將，他的投降當然使漢武帝龍顏大怒，下令滿朝官員合議李陵之罪。

合議合議，有何可議？人家皇上早有了主意，所謂「合議」也者，無非是讓大家拚命附和，造成「一致通過」的良好效果而已。對此，久諳官場奧祕的各位重臣全都心領神會，憤怒聲討李陵的大逆不道之罪，誰想到，從角落裡還能蹦出一個最事不關己的太史令呢？對於這場惹來大禍的事件始末，李國文說得最為辛辣：

子承父業繼任太史令的他，在國史館裡，早九晚五，當上班族，何等愜意？翻那甲骨，讀那竹簡，渴了，有女祕書為你沏茶，餓了，有勤務員為你供飯。上自三皇五帝，春秋戰國，下至陳勝吳廣，楚漢之爭，那堆積如山的古籍，足夠他白首窮經，研究到老，到死的。而且，他和李陵，非親非故，「趨舍異路」，不相往來，更不曾「銜杯酒，接殷勤之餘歡」，有過私底下的友誼。用得著你狗拿耗子，多管閒事嗎？但是，知識分子的通病，總是看高自己，總覺得他是人物，總是不甘寂寞，總有一種表演的欲望。

他認為他應該說話，他要不站出來為李陵說句公道話，還有誰來主持正義呢！他說：一、李陵「提兵卒不滿五千人，深踐戎馬之地，橫挑強胡，仰億萬之師」；二、李陵「能得人之死力，雖古之名將，不能過也，身雖陷陣，彼觀其意，且欲得其當而報於漢，事已無可奈何，其所摧敗，功亦足以暴天下也」；三、李陵「轉鬥千里，矢盡道窮，救兵不至，士卒死傷如積」。學問太多的人，易愚；愚，則不大識時務；不識時務，就容易在錯誤的時間，錯誤的地點，做出錯誤的事情。

他這一張嘴，果然捅了天大的婁子。

漢武帝是讓他講話來著，他該懂的，陛下給臉，垂詢你的意見，是要你講他願意聽的話。你如果不想對李陵落井下石，你完全可以裝糊塗，千萬別進逆耳之言。這位多少有些受寵若驚的關西大漢，遂以「款款之愚」、「拳拳之忠」全盤托出他的真實想法。一句「救兵不至」，不但毀了他的前程，連男人的看家本錢也得根除。他不是不知道，那個未能如期會師，致使李陵孤軍奮戰，兵敗而降者，正是陛下心愛的李美人之兄長、貳師將軍李廣利。但他要說，這個認死理的司馬遷。

結果，「明主不曉，以為僕沮貳師，而為李陵遊說，遂下於理」。一個略輸文采的統治者，收拾這個當場得罪了他、得罪了他小舅子、更得罪了他心愛之人的文學同行，還不容易？陛下吩咐了，不用砍掉他的腦袋，只消宮掉他的XX就行了，然後捲簾退朝。劉徹，肯定會為他這得意一筆，回到後宮，跟李美人一塊偷著樂的。妲己，曾讓商王紂殺比干剖腹驗心；褒姒，曾讓周幽王舉烽火報警取樂；那麼，漢武帝宮太史令討美人歡心，又算得了什麼？[15]

從這件事，我們能看出來：第一，司馬遷本人就是一個路見不平拔刀相助、具有很濃重的俠義精神者，他在寫歷史的時候，眼光就會自覺不自覺地射向那一班有著相似心性氣質的遊俠、刺客，形成心理上的深度認同；第二，他當年被下蠶室、施宮刑的時候，可謂呼天天不應、叫地地不靈，他會多麼渴望出現一個俠客把自己拯救出去！可惜，沒有。於是，司馬遷必然就要把這種在現實中得不到滿足的情感，透過心理補償的方式，大寫特寫於史書之中。不看懂這一點，不能算是看懂了《史記》的這兩傳。

15〈司馬遷之死〉，李國文《中國文人的非正常死亡》，人民文學出版社二〇〇四年版。

司馬遷不死

關於司馬遷的結局，仍然是李國文先生寫得最妙，很值得讀一讀：

後來，我明白了，這固然是中國文人之弱，但也可能正是中國知識分子之強。連我這等小八臘子，在那不堪回首的「右派」歲月裡，還曾有過數度憤而自殺的念頭呢！因為那些王八蛋作踐得你實在不想活了。那麼，司馬遷，這個關西硬漢，能忍受這種度日如年、生不如死的苟活日子嗎？他顯然不只一次考慮過「引決自裁」，但是，真是到了打算結束生命的那一刻，他還是選擇了中國大多數知識分子在無以為生時所走的那條路，寧可含垢忍辱地活下去，也不追求那死亡的剎那壯烈。一時的轟轟烈烈，管個屁用？

因此，我想：

第一，他不死，「所以隱忍苟活，幽於糞土之中而不辭者，恨私心有所不盡，鄙陋沒世，而文采不表於後世也」，他相信，權力的盛宴，只是暫時的輝煌，不朽的才華，才具有永遠的生命力。

第二，他不死，一切都要等待到「死日然後是非乃定」。活著，哪怕像孫子，像臭狗屎那樣活著，也要堅持下去。勝負輸贏，不到最後一刻，是不見分曉的。你有一口氣在，就意味著你擁有百分之五十的勝出機率，幹嘛那樣便宜了對手，就退出競技場，使他獲得百分之百呢？

第三，他不死，他要將這部書寫出來，「藏之名山，傳之其人，通邑大都，則補償前辱之責，雖萬被戮，豈有悔哉」，很明顯，他早預計到，只要這部書在，他就是史之王，他就是史之聖；他更清楚，在歷史的長河裡，漢武帝劉徹者也，充其量，不過是眾多帝王中並不出色的一位。而寫出「史家之絕唱，無韻之《離騷》」（魯迅語）的他，在歷史和文學中的永恆地位，是那個「宮」他的劉徹，再投胎十次也休想企及的。

所以，他之不死，實際是在和漢武帝比賽誰更活得長久。

在文章末尾，李國文沉痛地說：「生年不詳，卒年更不詳，這或許是治史的司馬遷，故意留給後人的一筆告白：生在哪年，是不重要的，死在哪年，也是不重要的。活著，才是人生的全部目的。」這樣明顯的反話，居然有很多人完全看不懂，愣是批評李國文宣揚「好死不如賴活著」的犬儒哲學，其智商真是何其低下乃爾！所謂「豎子不足與謀」，此之謂也！[16]

16 參見拙作〈是誰粗陋與輕薄？——與張義來先生商榷〉（《廈門文學》二〇〇四年第六期）、〈「李國文體」發微——兼與張宗綱先生商榷〉（《書屋》二〇〇六年第二期）。

值不值得沉淪

狹義的俠就是前文我們說過的，以為國為民、俠之大者為最高目標，以譚嗣同、郭靖為代表的儒家之俠。儒家之俠的出現既與「俠出於儒」的認識有關，也與儒家在中國古代思想體系中的壓倒性地位有關，但是，明確把俠提到「為國為民」的高度，其時間相當晚。南宋大臣羅點有篇〈任俠十三戒〉，其中「第九戒」提出「毋叛本國，毋拜夷狄」，這顯然是南宋偏安一隅形態下國家民族情緒高漲的結果，同時也為「為國為民」的目標打下了理論基礎。

到了《水滸傳》時期，我們看到，攻打曾頭市一戰，晁蓋被史文恭射死，宋江正式坐上梁山第一把交椅。初掌大權，宋江第一件事就把原來的「聚義廳」改成「忠義堂」，從此梁山打出了「替天行道，保國安民」的旗號，為將來接受招安埋下伏筆。可見在小說產生的元末明初，「為國為民」的概念就已經比較清晰了。

我覺得中國歷史上有三個俠文化的黃金時期：第一個是春秋時代；第二個是漢代；第三個是晚清。晚清時期，遊俠傳統尚存，西方思潮漸入，從而引發了又一代熾盛的俠風，「為國為民、俠之大者」正式成為大眾認可、依歸的常識。

我們之前說過了譚嗣同，還可以再說說徐錫麟。徐錫麟家世豐裕，本來可以安閒地當個富家翁，因為民主革命思想的影響，成為光復會首領之一，準備以暴力推翻滿清政府。懷抱這樣的目的，徐錫麟打入滿清官府，得到安徽巡撫恩銘重用，任命他為安徽巡警尹、兼任巡警學堂會辦，相當於安徽省公安廳廳長兼安徽公安學院院長。

一九〇七年七月六日，恩銘來到巡警學堂參加畢業典禮。徐錫麟呈上畢業名冊，突然說：「報告，今天有革命黨人起事！」恩銘拍案高聲說：「在哪裡？什麼人？」徐錫麟應聲答道：「在這裡，就是我！」朝恩銘連射數槍，將其擊斃。公堂之上，主審官質問徐錫麟：「恩銘待你不薄，為何刺殺？」徐錫麟厲聲道：「恩撫待我，私惠也；我殺恩撫，天下之公也。」主審官又問：「汝常見恩銘，為何不於署中殺之？」徐錫麟道：「署中，私室也；學堂，公地也。大丈夫作事，須令眾目昭彰，豈可鬼鬼祟祟？」遂自寫供詞，願一人承擔責任，不牽連他人。第二天，徐錫麟被處死，心肝被挖，炒而分食，時年三十五歲。

作為辛亥先烈，徐錫麟贏得了很高的讚譽。孫中山說「光復會有徐錫麟之殺恩銘，其功表見於天下」；章太炎說「安慶一擊，震動全域，立懦夫之志，而啟義軍之心，則徐錫麟為之也」。雖然如此，徐錫麟的作法也有讓我們這些庸人覺得難以接受的地方。革命的理想當然是神聖的，可為此非要槍殺自己的恩人，這樣的代價真的是必須付出的嗎？

顧炎武在他的《日知錄》中有一段話：「有亡國，有亡天下，亡國與亡天下悉辨？曰：易姓改號，謂之亡國；仁義充塞，而至於率獸食人，人將相食，謂之亡天下。」他的意思是說：「亡國」和「亡天下」是不一樣的。易姓改號叫做「亡國」，比如說唐朝李姓滅亡了，代之以五代，然後變成了姓趙的宋朝，這叫亡國；朱姓明朝滅亡了，代之以愛新覺羅的清朝，這叫亡國。如果仁義都被堵塞，而至於野蠻到食人的程度，這就叫「亡天下」。

順著顧炎武的思路，我們不難推導出這樣的結論：如果徐錫麟沒有以這種方式刺殺恩銘，民國可能會更晚到來，甚至不會建立，那就近似於「亡國」；可是徐刺殺恩銘的結果是「仁義充塞」，人性的底線都被突破，那就是「亡天下」。「天下」都已經完了，民國建立與否又能怎麼樣呢？孟子云：「殺一不辜而得天下，不為也」，馬奎斯在《百年孤獨》中說「人世間沒有任何理想值得以這樣的沉淪作為代價」，這些話是很耐人尋味的。

但是也難免有人會問：《射雕英雄傳》裡郭靖刺殺拖雷不也是一樣的情況嗎？我覺得不一樣。當時的大宋朝危在旦夕，刺殺拖雷，國家可保，否則亡國就在眼前，此種情勢下不容許有第二種選擇。與徐錫麟事件相比，正所謂「時移世易」也。

第四講　儒俠互補

天地有正氣

儒與俠是一對共生互補的概念，聯繫很多，區別不少。我們來梳理一下。

儒俠聯繫的第一個概念是「義」。孔子云：「君子義以為質。」「質」，根本也；又說：「君子義以為尚。」「尚」者，崇高也。還有一句話叫做「不義而富且貴，於我如浮雲」，對「義」的推崇可謂無以復加，但在孔子的思想體系中，「義」畢竟不算是核心概念。到了孟子手裡，「義」的地位大幅度提高了。孟子把它和生命放在天秤兩端來稱量，所謂「生，我所欲也；義，亦我所欲也。二者不可得兼，捨生而取義也」。這樣的觀念，俠文化顯然是非常認同且樂於遵循的。

捨生赴義是儒俠共同稱許的理想境界，只不過對「義」的理解各有偏重。儒家較看重家國之義、君臣大義，而俠更重視「江湖義氣，拔刀相助」的義。

不管怎麼理解「義」，「義所當為」的事如果不做，即為「無勇」。孔子云：「見義不為，無勇也。」可見，「勇」與「義」緊密相聯，那就構成了儒俠關係的第二個關鍵概念。「勇」在孔子那裡也比較邊緣化，提到次數不多，孟子則又一次把它提到核心位置，大講特講。儒家文化史中經常說，孟子是孔子思想的光大者，在這些概念的衍化提升過程中我們是能夠看到這一點的。

「勇」的原則，孟子又把他表述為「浩然正氣」，所謂「我善養吾浩然之氣」。浩然之氣就是浩然正氣，氣雖無形，但充斥於天地之間，也充斥於高尚的心靈。有了這種浩然正氣，我們就可以做到一些常人不能為、不敢為的偉大事情。比如說「三不能」：「富貴不能淫，威武不能屈，貧賤不能移」。再比如說「自反而不縮，雖褐寬博，吾不惴焉；自反而縮，雖萬千人吾往矣」。「縮」在這裡是「正確」的意思，孟子這兩句話是說：我做了一件事情，如果我反思了以後認為它是不正確的，那麼對方雖然是穿著破爛衣服的弱勢群體，我也不會透過恐嚇的手段來強迫他們接受我的想法；我做的事情反思了以後，我覺得是正確的，即便有千萬人攔住我的去路，我也會勇往直前，絕不退縮。

孟子這些表述，是在儒家文化史上第一次明確提出的理想化修身目標，使後來的精英群體產生了強大的精神動力和思想動力，甚至鼓舞他們在很多情境下犧牲自己無比寶貴的生命。信仰情操所能產生出的巨大威力在「浩然正氣」理念下是完全可以展現出來的。

文天祥就是一個好例子。文天祥是科舉考試的「幸運兒」，他進入進士考試最後排名的時候本來不是第一名，但皇帝翻閱卷子，喜歡上了文天祥的名字，「天祥」這兩字本身就很吉祥了，關鍵是他表字「宋瑞」，那就更讓皇帝開心了，於是，他一躍成為狀元。從科舉的角度講，這應該是幸運，但就夕陽西下、日暮途窮的大時代而言，就不好說是幸運還是悲劇了。文天祥本來不乏紈綺習氣，現在本著浩然正氣和家國天下的擔當感投身到抗元鬥爭當中去。抗元鬥爭失敗，文天祥被捕，被關押在大都（北京），忽必烈花了三年時間軟硬兼施，但文天祥凜然不屈，寫下了著名的〈正氣歌〉：

余囚北庭，坐一土室。室廣八尺，深可四尋。單扉低小，白間短窄，汙下而幽暗。當此夏日，諸氣萃然：雨潦四集，浮動床几，時則為水氣；塗泥半朝，蒸漚歷瀾，時則為土氣；乍晴暴熱，風道四塞，時則為日氣；檐陰薪爨，助長炎虐，時則為火氣；倉腐寄頓，陳陳逼人，時則為米氣；駢肩雜遝，腥臊汙垢，時則為人氣；或圊溷、或毀屍、或腐鼠，惡氣雜出，時則為穢氣。疊是數氣，當之者鮮不為厲。而予以孱弱，俯仰其間，於茲二年矣，幸而無恙，是殆有養致然爾。然亦安知所養何哉？孟子曰：「吾善養吾浩然之氣」，彼氣有七，吾氣有一，以一敵七，吾何患焉！況浩然者，乃天地之正氣也，作正氣歌一首。

天地有正氣，雜然賦流形。下則為河嶽，上則為日星。於人曰浩然，沛乎塞蒼冥。皇路當清夷，含和吐明庭。時窮節乃見，一一垂丹青。在齊太史簡，在晉董狐筆。在秦張良椎，在漢蘇武節。為嚴將軍頭，為嵇侍中血。為張睢陽齒，為顏常山舌。或為遼東帽，清操厲冰雪。或為出師表，鬼神泣壯烈。或為渡江楫，慷慨吞胡羯。或為擊賊笏，逆豎頭破裂。是氣所磅礡，凜烈萬古存。當其貫日月，生死安足論。地維賴以立，天柱賴以尊。三綱實繫命，道義為之根。嗟予遘陽九，隸也實不力。楚囚纓其冠，傳車送窮北。鼎鑊甘如飴，求之不可得。陰房闃鬼火，春院閟天黑。牛驥同一皂，雞棲鳳凰食。一朝蒙霧露，分作溝中瘠。如此再寒暑，百沴自辟易。哀哉沮洳場，為我安樂國。豈有他繆巧，陰陽不能賊。顧此耿耿在，仰視浮雲白。悠悠我心悲，蒼天曷有極。哲人日已遠，典型在夙昔。風簷展書讀，古道照顏色。

〈正氣歌〉長序寫得極其精彩，絕不在後世名篇、方苞的〈獄中雜記〉之下，同時也說得很清楚，這首詩產生的理論源頭就是孟子的「浩然正氣說」或曰「勇」。文天祥在詩中列舉了天地、歷史、人間的各種「正氣」形態，用以表達和勉勵自己「三不能」、「雖萬千人吾往矣」的大丈夫人格，構成了「浩然正氣」（勇）的最理想模範。每個時代中為了理想信仰而犧牲生命的仁人志士，齊太史、董狐、張良、蘇武、諸葛亮、張巡、顏真卿……他們身上無不有孟子標舉的「浩然正氣」（勇）的存在，例子很多，我們不再多舉。

大戰聚賢莊

在俠文化界域內，「勇」也是至高原則之一。我們舉《天龍八部》「喬峰大戰聚賢莊」一場為例，這是喬峰出場以後最讓人心潮澎湃、熱血賁張的一場大戲。

喬峰已經失去了令人敬仰的丐幫幫主身分，成為人人欲殺之而後快的無恥匪類。武林豪傑在聚賢莊召開英雄大會，目的就是要剷除喬峰這個禍端。喬峰明知他們的意圖，但為了拯救阿朱的性命，還是隻身闖莊。大家注意，這時他對阿朱還談不上愛情，只是覺得花朵一般的生命被自己誤傷，生命垂危，無論如何要把這個女孩子救活。喬峰為什麼必須來呢？因為莊上有一位薛神醫，有起死回生之能。所有人都覺得不可思議，懷疑他有什麼陰謀詭計，蕭峰則是「自反而縮」，泰然自若。薛神醫又好笑又好氣：我們開英雄大會就是想除掉你，你憑什麼要求我救這個女孩子的命？蕭峰說：我有一個交換條件，今天我喬某人來了，也沒打算活著回去。等等大戰起來，我饒你的命，你和這個女孩子一命換一命！

數百人圍在四周，聽了這話，群情激奮，但又被喬峰的英雄氣概所懾，面面相覷，居然沒有人敢先向喬峰出手。接下來金庸寫了這麼一段：

喬峰說道：「兩位游兄，在下今日在此遇見不少故人，此後是敵非友，心下不勝傷感，想跟你討幾碗酒喝。」

眾人聽他要喝酒，都是大為驚奇……片刻之間，莊客便取了酒壺、酒杯出來。

喬峰道：「小杯何能盡興？相煩取大碗裝酒。」兩名莊客取出幾隻大碗，一罈新開封的白酒，放在喬峰面前桌上，在一隻大碗中斟滿了酒。喬峰道：「都斟滿了！」

喬峰端起一碗酒來，說道：「這裏眾家英雄，多有喬峰往日舊交，今日既有見疑之意，咱們乾杯絕交。哪一位朋友要殺喬某的，先來對飲一碗，從此而後，往日交情一筆勾銷。我殺你不是忘恩，你殺我不算負義。天下英雄，俱為證見。」

……眾人越看越是駭然，眼看他已喝了四五十碗，一大罈烈酒早已喝乾……喬峰卻兀自神色自若。除了肚腹鼓起外，竟無絲毫異狀。眾人均想：「如此喝將下去，醉也將他醉死了，還說什麼動手過招？」

殊不知喬峰卻是多一分酒意，增一分精神力氣，連日來多遭冤屈，鬱悶難伸，這時將一切都拋開了，索性盡情一醉，大鬥一場。

他喝到五十餘碗時，鮑千靈和快刀祁六也均和他喝過了，向望海走上前來，端起酒碗，說道：「姓喬的，我來跟你喝一碗！」言語之中，頗為無禮。

喬峰酒意上湧，斜眼瞧著他，說道：「喬某和天下英雄喝這絕交酒，乃是將往日恩義一筆勾銷之意。憑你也配和我喝這絕交酒？你跟我有甚麼交情？」說到這裏，更不讓他答話，跨上一步，右手探出，已抓住他胸口，手臂振處，將他從廳門中摔將出去，砰的一聲，向望海重重撞在照壁之上，登時便暈了過去。

這麼一來，大廳上登時大亂。

喬峰躍入院子，大聲喝道：「哪一個先來決一死戰！」群雄見他神威凜凜，一時無人膽敢上前。喬峰喝道：「你們不動手，我先動手了！」手掌揚處，砰砰的兩聲，已有兩人中了劈空拳倒地。他隨勢衝入大廳，肘撞拳擊，掌劈腳踢，霎時間又打倒數人。

這樣一個場面，讀起來令人血脈賁張，蕩氣迴腸，極具陽剛之氣、大俠風範。值得注意的是這一回的回目——〈雖萬千人吾往矣〉。孤身一人的喬峰能夠產生那麼大震懾力，除了他武功高，更重要的是他身上的浩然正氣（勇氣）。

眾人與國士

第三個，報施觀念。報施，即「回報施與」，對方怎樣待我，我就怎樣平等地回報對方。《史記．刺客列傳》所記載的豫讓故事就是報施觀念的典型反映。

豫讓乃晉國人，曾做過范氏和中行氏的門客，但並不知名。後來智伯消滅范氏和中行氏，豫讓轉到智伯門下，智伯對他極為器重尊敬。不久，「三家分晉」大戲上演，趙襄子攻滅了智伯，還把智伯的頭製成酒器，以解心頭之恨。豫讓長嘆道：「女為悅己者容，士為知己者死，不替智伯報仇，我的魂魄也會感到羞愧！」於是變更名姓，漆身吞炭。「漆身」就是在身上塗漆，讓皮膚長滿惡瘡；又怕趙襄子認出自己聲音，吞下火炭，燒壞聲帶，在市上行乞，連妻子見了也認不出他。金庸在《倚天屠龍記》中寫的明教光明右使范遙改名苦頭陀，臥底汝陽王門下，用的就是豫讓這一手，只不過把漆身改成毀容，把吞炭改成裝啞巴而已。

不久，豫讓埋伏在趙襄子必經的橋下，伺機刺殺，但被趙襄子發覺。趙襄子一臉問號：「你在范氏、中行氏門下做過事，智伯把他們全滅了，你不僅不為他們報仇，反而改換門庭，投靠了智伯。現在智伯被我殺了，你為什麼這樣執著地為他報仇呢？」豫讓說：「我在范氏、中行氏門下做事，他們以眾人（一般人）待我，我自然以眾人報之；智伯以國士待我，我又怎能不以國士報之呢？」說罷橫劍自刎。

「士為知己者死」，這是俠的基本報施原則，在中國文化、民眾心理層面影響巨大。到了清代，蒲松齡在《聊齋志異》中描寫的田七郎也是此種觀念影響下的人物。

故事中，大富翁武承休做了一個怪夢，有人跟他說：「你門客眾多，交遊廣泛，但都是濫交而已，真有緩急，非田七郎不可。」武承休醒了一打聽，田七郎是個窮獵戶而已，但還是卑辭重幣、禮數周到，親自跑到田家。沒想到，田七郎的母親一口拒絕，她說：「受人知者分人憂，受人恩者急人難。富人報人以財，貧人報人以義。無故而得重賂，不祥，恐將取死報於子矣！」武承休聽了非常佩服，越來越想親近田七郎。

半年左右，武承休忽然聽到消息，說田七郎跟人爭一頭獵豹，毆死人命，被官府逮捕下獄。武承休急忙去探視，田七郎只說了一句話：「老母以後麻煩老兄你了。」武承休拿出重金賄賂縣令，又以一大筆錢安撫苦主，終於把田七郎營救出獄。田母見了兒子，慨然道：「你的命是武公子給的，老身我已經不能做主了，但願武公子無災無患，那就是你的福氣。」田七郎準備去感謝武承休，田母說：「去是可以去的，但見了不必感謝。小恩可謝，大恩不可謝。」看這老太太，都是警句！

再到後來，武承休遭僕人背叛，縣令又百般包庇，將武承休的叔叔下獄拷打，武承休憤懣欲死，求告無門。某日，僕人被殺，暴屍荒野。田七郎主動來縣衙投案，當場自刎。縣令下堂驗屍，田七郎在血泊中突然翻身而起，殺了縣令，這才真的倒下死去，以生命報答了武承休的知遇之情。

故事的末尾，蒲松齡以「異史氏」的名義如此評說：

一錢不輕受，正一飯不敢忘者也。賢哉母乎！七郎者，憤未盡雪，死猶伸之，抑何其神？使荊卿能爾，則千載無遺恨矣。苟有其人，可以補天網之漏，世道茫茫，恨七郎少也。悲夫！

他將田七郎與荊軻並列，正說明俠的報施傳統餘韻不絕，源遠流長。

朱元璋殺孟子

到了儒家手裡，這種個人化的「報施」逐漸上升成為國家君臣的大義，不再是簡單的快意恩仇了。孟子有一段排比句，就揭示了君民間的對等報施關係：君主怎樣對待臣民，臣民就可以同樣對待君主。孟子說：「君之視臣如手足，則臣視君如腹心」──君主對臣民如手足一般愛護，臣民就會愛戴景仰君主；「君之視臣如犬馬，則臣視君如國人」──君主對臣民如犬馬一般輕賤，臣民對君主就如同沒有感情的陌生人；「君之視臣如土芥，則臣視君如寇仇」──君子對臣民如土塊草籽一般踐踏，臣民對君主就如同強盜、仇人，用暴力把他推翻。這話是說得極其犀利鋒銳的。

在戰國時代，孟子能講出這話是很了不起的，同時我們也應該看到，當時群雄爭霸，沒有形成統一的中央集權態勢，人才爭奪戰極其劇烈，士階層可以憑藉智力優勢笑傲王侯，君主不會對他們形成巨大壓力。所以孟子有條件講出這些話，講出來以後也不會太聳人聽聞，誰聽了不高興，也拿孟子沒什麼辦法。但是到了後代，隨著「君權神授」觀念日益深入人心，在很多專制欲望極強的君主那裡，孟子這些民主思想就越發顯現出鋒芒，會刺痛他們內心那些最脆弱、最柔軟、最怕傷害、最怕觸碰的部分。

我說這話是有所指的，那就是明太祖朱元璋。我們的小標題叫做「朱元璋殺孟子」，大家可能看到覺得奇怪，他們兩個相隔幾千年，為什麼朱元璋能夠殺孟子呢？這是孟子接受史上很有名的一件事。

朱元璋是中國歷代皇帝中家庭出身最不好的一位，小時候沒有受過好的教育，用他自己的話講，是「淮右布衣」。朱元璋憑藉自己的智慧，在元末亂世中脫穎而出，趕走了蒙元統治者，建立了大明朝。打天下的時候，朱元璋還是比較英明果斷的，但坐天下的時候，早年的貧苦經歷在他內心裡積聚的自卑，漸漸釀成了一種變態的心理。特別到了執政的晚年，面對著誰來繼承江山的難題，朱元璋的變態行為越演越烈，一直隱藏得很深的流氓惡棍本質完全煥發出來，從而在洪武王朝演出了一場驚悚的歷史大戲，其矛頭指向的就是知識分子階層。

我們都知道「文字獄」的說法，文字獄清代居多，其實朱元璋洪武王朝的文字獄也非常嚴重，而且非理性的程度遠遠超過清朝。比如說，有一位府學教授上奏章歌功頌德，其中有「光天之下，乃生聖人，為世做則」之語。按正常人的思維，這都是好得不能再好的吉祥話，但朱元璋勃然大怒。首先，「光天」的「光」他不喜歡，因為朱元璋當過和尚，這就是諷刺我剃過光頭；其次，「生」和「聖」他都不喜歡，因為這兩個字和「僧」諧音，還是諷刺我當過和尚；再次，「則」與「賊」是同音字，諷刺我當過強盜。十二個字裡有四個字朱元璋看了不高興，把這位府學教授就地斬首。這是我看過最慘的拍馬屁拍到馬蹄子上的事了。

還有一個例子：有一位法號來復的印度和尚，元朝來到中國傳播佛教，朱元璋對他也很敬仰，經常邀他進宮講說佛法。有一天，來復上人向朱元璋講辭行，準備回國。朱元璋大張筵宴，為來復送行，非常隆重。這位大和尚一激動，說：「皇上，我為您寫首詩吧！」大家看，會寫詩有什麼好？你安安靜靜地離開不好嗎？非要寫首詩惹禍。來復惹禍的詩是這麼兩句：「金盤蘇合來殊域，自慚無德頌陶唐」，詩中的「金盤蘇合」大約指的是佛教法器，袈裟、禪杖、缽盂之類，「來殊域」是指從異國他鄉來到中國，「殊域」就是「異域、異鄉」的意思；「自慚無德頌陶唐」是說我受到大皇帝這麼隆重的禮遇，自慚沒有什麼美德可以配得上大皇帝的英明仁厚。這話沒問題吧？當然沒問題，因為我們是正常人，但在朱元璋的眼裡就覺得有問題。他勃然大怒，拍案而起：「殊」字拆開，就變成「歹」、「朱」兩個字，這不是辱罵我嗎？一道聖旨下來，來復和尚從座上客變成階下囚，不久就死在監獄之中。

在朱元璋這種極度變態的心理之下，不僅同時代的活人遭遇不幸，連跟他相距將近兩千年的孟子也受到了波及。朱元璋當了皇帝，需要文官講聖賢之道給自己聽。講著講著，就說到了《孟子》的「民為貴，社稷次之，君為輕」。朱元璋一聽之下勃然大怒，憤憤地說：「此非臣子所宜言！」氣憤地把《孟子》「啪」的摔在地上。文官們趕緊把書撿起來，放在皇帝手裡，跟皇帝苦口婆心地講：「皇上！人家孟子是大聖人，人家講這個東西是不會錯的，你應該好好聽。」勸了半天，朱元璋終於妥協了。

又講了幾天，講到「君有大過則諫，反覆不聽，則易位」。怎麼換君主呢？不排除暴力革命的可能性。聽到這話，朱元璋更火了，「啪」的一下把《孟子》摔在地上，講了一句狠話：「使此老今日尚在，寧可免耶？」——這個老傢伙，如果今天還活著的話，我非宰了他不可！文官們又一次撿起書，苦口婆心勸了半天，朱元璋終於按住自己的脾氣，接著往下聽。又聽了幾天，聽到「君之視臣如土芥，則臣視君如寇仇」這句了，朱元璋這次大火特火，第三次把《孟子》摔在地上，這一次誰勸都不撿了。

不僅不撿，而且連續下發兩道聖旨。第一道聖旨：把孟子塑像從文廟中給我搬出來，取消孟子的聖人資格；第二道聖旨緊跟著第一道聖旨發出去，他說：我知道我取消孟子的聖人資格會有許多人求情，但是我警告你們，剛才那道聖旨不是一時衝動，是深思熟慮的結果。我已經忍孟子很久了！誰敢為孟子求情，殺無赦！

氣勢洶洶，鋒芒畢露，這說明朱元璋對孟子的影響力是有比較充分的評估的，但他畢竟還是低估了孟子的影響力。聖旨明明發出去了，但是以刑部尚書錢唐為首的一百多位官員全跪在朝堂之上為孟子求情。史書記載，這些人「袒胸受箭」：「皇上，我們就是要為孟子求情，你可以隨時讓弓箭手放箭射死我們，我們為孟子而死，死得光榮！」朱元璋是什麼人呢？用柏楊《中國人史綱》的話說，這個人性格中最大的特點就是極度的自私，殘忍冷血，一生最大的愛好就是看著別人跪在自己面前求饒，而自己又絕不饒恕，但這一次，在如此強大的輿論壓力之下，他破例收回成命，保留了孟子在文廟陪孔老先生享受香火的位置。

但是朱元璋也沒饒了孟子。他回頭跟這些文官談判：我不取消孟子的聖人資格，但是孟子文章中有很多大逆不道的言論得刪掉，不能讓它傳播天下，流毒無窮。他命令文官刪了八十五則自己覺得不滿意的孟子言論，形成了《孟子》的刪節本。我們只知道《金瓶梅》有刪節本，可能想不到《孟子》也有刪節本吧？這個刪節本的名字叫做《孟子節文》，將其頒布天下，作為讀書人的標準化教材，被刪掉的部分老師不許講，學生不許聽。這個版本的《孟子》使用了一百年上下，直到明武宗正德年間才恢復全貌。由此可見，孟子的報施觀念是綻放出了民主思想的光芒的，其中的陽剛英雄氣質與俠文化相互映射，熠熠生輝。

假如李逵住對面

再來談談儒和俠的區別。第一點，儒重禮，特別看重綱常秩序，所謂君君臣臣，父父子子。長幼貴賤尊卑有序。這一點為俠者所不取，俠士是不太在意綱常秩序的，如果在意的話就不會「以武犯禁」了，這個好理解。第二點，儒家講恕道，所謂「己所不欲，勿施於人」，做事情不要做得太極端，不要用殺伐決斷的方式來解決問題，俠講究快意恩仇，容易走極端，這跟儒的規定性背道而馳。

《水滸傳》三十回叫做「血濺鴛鴦樓」，乃是一場屠殺大戲。武松本受到張都監的很多款待，心裡把張都監當做恩人，後來發現張都監和蔣門神沆瀣一氣，要致自己於死地，於是先在飛雲浦殺了兩個解差與蔣門神的兩個徒弟，回張都監府裡的鴛鴦樓報仇。所謂「血濺畫樓，屍橫燈影」，一共殺了十五個人。不僅三個仇人張都監、蔣門神、張團練殺了，張都監的妻子、丫鬟，還有一個養馬的後槽，也都殺了。這就是江湖邏輯，俠的邏輯，非要殺掉對方滿門老幼良賤，「方才心滿意足」（武松語）。但那十二個人真是該殺的嗎？晚明有位大思想家李贄，離經叛道，最推崇《水滸》的英雄人格，但對這事也實在看不下去，忍不住夾了一句眉批：「只合殺三個正身，其餘都是多殺的」，這就可見儒、俠文化形態的巨大差異。

還可以再說說黑旋風李逵。金聖歎評《水滸》的時候曾經列出一個英雄排行榜：第一名是武松，第二名是魯智深，第三名是黑旋風李逵。金聖歎為什麼把銅牌頒發給李逵呢？他說：「富貴不能淫，威武不能屈，貧賤不能移，正是他好批語。」這有點驚世駭俗，「三不能」是無數儒家門徒都沒有做到的大丈夫境界，金聖歎居然用它稱道梁山強盜，觀點確實叛逆。這裡我們想追問的問題是：從現代人文立場上看，李逵真當得起大丈夫的稱許嗎？

多年前，南京大學苗懷明教授寫過一篇小文章〈李逵：一頭失控的江湖怪獸〉。這個說法很有意思，李逵身上有很多優點：英勇善戰，快人快語，淳樸孝順……但他身上有一種東西是我們無論如何不能接受的，那就是嗜血。李逵殺人已經達到了沒有任何功利性的行為藝術的境界，對生命的輕賤令人髮指。

我們來看李逵的三場殺人「大戲」：第一場是江州劫法場。當時宋江、戴宗被推上法場要殺頭，梁山好漢在晁蓋率領下展開營救行動。他們帶著宋江、戴宗往梁山撤退的路上，看見黑凜凜一條大漢，光著上身，只穿了一條直裰，手裡握著兩把車輪大小板斧，在江邊趕著看熱鬧的閒人排頭砍將過去。你看，李逵實際上對能不能劫出宋江、戴宗兩位哥哥不太在意，而是在江邊砍那些看客。魯迅也說看客很討厭，好像被人提著脖子的鴨一般。討厭是討厭，但罪不至死啊！這兩把車輪大小板斧排頭砍將過去，會砍死砍傷多少看熱鬧的無辜者呢？

第二場，三打祝家莊。這場戲裡，原本是扈家莊、李家莊、祝家莊形成犄角之勢，互相支持。後來李家莊首先和祝家莊翻了臉，處於中立地位。一打祝家莊的時候，扈家莊和祝家莊組成聯軍，扈家莊的女將一丈青扈三娘連續戰敗梁山幾員大將，後來被林冲生擒活捉。他哥哥扈成擔憂妹妹的安危，帶著禮物上梁山求宋江饒命，宋江提出條件，要求扈家莊保持中立，扈成同意了，這說明扈家莊已經不是梁山的敵人。可三打祝家莊的時候，李逵殺祝家莊的人不過癮，一拐彎到了扈家莊，把扈家莊上上下下百八十口人全都殺了個乾乾淨淨。其實我覺得這是《水滸傳》的一處敗筆，我們沒有辦法理解，這樣的血海深仇，扈三娘怎麼可能在梁山上坐一把交椅，跟李逵變成同事呢？

李逵回來，找宋江報功。宋江大怒：「你不知道扈家莊跟我們已經不是敵人了嗎？你違抗軍令有罪，但殺祝龍有功，功過相抵吧！」大家看李逵聽了這話什麼反應，李逵笑著說：「雖然沒有了功勞，也吃我殺得快活！」李逵殺人到了什麼境界不是很清楚嗎？

第三場，最無法接受的是美髯公朱仝上山。朱仝出於義氣，私放了好友插翅虎雷横，因此犯罪，流配滄州。知府見他一表人才，頗為愛惜，又趕上知府四歲的小兒子特別喜歡朱仝，撲到朱仝懷裡：「我要這個鬍子抱。」知府非常高興：既然如此，你就當個保姆，幫我哄這個小兒子吧！朱仝巴不得如此，整天抱著小孩東遊西逛，拿出錢來買東西給孩子吃，他自己的日子好過了嘛！

有一天晚上，朱仝帶著小公子看燈，身後有人拍了拍自己肩膀，回頭一看，大驚失色，正是自己私放上了梁山的雷横。雷横說：「我一直惦記著感謝哥哥，有幾句話想跟你說。」但這個四歲小孩怎麼辦？作者這個細節處理得很符合生活邏輯，四歲小孩有什麼特點呢？第一，你說他不懂事吧，他有點懂事，聽了你的話以後他可能跟別人說；第二，你說他懂事吧，他又不太懂事，他不知道事情的輕重緩急。所以，朱仝跟雷横說話不能讓這個孩子聽見，於是把小孩放下來：「小公子，你在這等我，千萬別走，幾分鐘我就回來。」

他和雷横到僻靜之處，三言兩語，趕緊回來找小公子，已經蹤影皆無。朱仝心慌，連忙沿著雷横剛才來的方向追趕，追來追去，看見一片松樹林，一個人站在對面。一看相貌，再看兩把車輪大小板斧，正是江湖上傳說的黑旋風。朱仝趕緊問：「李逵！你把我那小公子怎麼樣了？」李逵說：「沒事啊，好好的在前面松樹林裡睡覺呢！」朱仝三步並做兩步趕進樹林，果然，月光照耀之下，小公子躺著睡覺呢！到跟前一抱，壞了，腦袋被大斧子劈作兩半。到了這個地步，朱仝徹底斷了退路，也只好被逼上梁山了。但他對李逵恨之入骨，要先殺李逵，才能上山。李逵說：「笑話！我是奉晁蓋哥哥、宋江哥哥將令，把這個小公子殺了斷你後路的，關我屁事！」這是真話，主謀確實是晁蓋、宋江，但還是值得我們想一想：晁蓋、宋江為什麼要派李逵來執行這個任務，而不是派別人呢？那恐怕就是要殺掉一個四歲的無辜小孩，只有李逵是毫無顧忌地下得了手的吧！

從這個意義上講，李逵確實是一部嗜血的殺人機器，是一頭失控的江湖怪獸。所以，我也常說這句話：李逵在小說裡你喜歡，他要住你家對面你再試試看！他要跟你生活在一個屋簷下，你睡得著才怪呢！

這裡我是想說，不管對「浩然正氣說」還是受到它影響的俠文化，我們學習傳統文化，都應該有一種現代人文精神指引下的反思。尊重生命的價值，這是人倫大限，沒有什麼其他原則可以置身其上。

以儒為體，以俠為用

說了那麼多，到底該怎樣理解儒俠互補呢？我想，應該有兩種形態：第一，外儒內俠與外俠內儒。什麼叫外儒內俠？司馬遷是一個典範，譚嗣同也是一個典範。什麼叫外俠內儒？金庸小說中的郭靖、蕭峰，當然也包括隱居前的陳家洛、袁承志、張無忌，都是。他們的目標都是為了天下蒼生、黎民百姓，這跟儒家的規定性是完全吻合的。

第二個原則，以儒為體，以俠為用。顯然，這個說法我是從「中學為體，西學為用」借鑑來的，要解決誰更重要、誰更本質的問題。我覺得在儒俠人格裡面，儒的規定性更本質，更具有約束力，更容易得到認同。

沒有俠的參與，儒就容易成為毫無生氣的小人儒。孔子認為，儒有君子儒，有小人儒。小人儒胸懷庸俗，沒有高遠的眼光與宏大的理想，沒有是非，隨波逐流，孔子又稱其為「德之賊也」的「鄉愿」。有了「俠」的介入，小人儒才能增添一些陽剛之氣，向君子儒的方向大大跨進一步。當然，小人儒畢竟也還是儒，做不成君子儒後果也沒有多嚴重，但如果沒有「儒」的規範，「俠」就非常容易淪為李逵那樣胡作非為的匪類，那就糟糕得多了。

俠是一柄雙刃劍，當代中國社會的武俠熱也難免有副作用。中國的武俠熱始於一九八二年電影《少林寺》的上映，據說看完電影之後，全中國有成百上千的孩子都跑到少林寺學武功去了（不知演員王寶強是不是其中一個）。當年有很多人以此為藉口反對武俠熱，但是道理很簡單：不能因噎廢食。菜刀可以成為兇器，但菜刀的本來功能是切菜而不是殺人。

應該去其糟粕，取其精華，從俠文化中汲取那些有益的營養。比如說珍視友情、守信不渝、慷慨輕財、見義勇為、陽剛氣質、施恩不求報等等，那不是很能塑造出一個健全且有魅力的人格嗎？詩人蔡恆平曾以「王憐花」為筆名寫過一本《江湖外史》，在書裡他感慨地說：「我們的教育是不教人怎麼做人的，我之所以成為一個『人』，一大半都是從武俠小說裡學的。」這恐怕是我們那一代武俠迷的共同心聲。

《讀庫》雜誌的主編張立憲也講過一件事。他說，我前幾天去見了一個陌生的朋友，看見他在匯款給一個貧寒學生。匯款單的備註欄裡他寫了一行字：「謝謝你接受我的捐贈，這些錢你愛怎麼花就怎麼花。」張立憲說，因為這一句話，我就覺得這是一個可以深交一生的朋友。為什麼？他不「市恩」，而最壞的品德之一就是「市恩」。我們很多企業家、很多政府部門捐資助學，大張旗鼓搞捐贈儀式，還要讓那些孩子拿著捐贈品在大庭廣眾下感恩。孩子們沒有自尊心嗎？你們考慮過孩子的自尊心嗎？如果有點「俠」的精神：不矜其能，羞伐其德，這樣的事還會出現嗎？

蔡恆平說得好，張立憲也說得好，只要善於汲取，去蕪存菁，「俠」就會成為我們人生中盛放的花朵，播散出迷人的馨香。

第三編

金庸小說的哲學意蘊

作為偉大的文學家，金庸小說的哲學意蘊也不可忽視。其實前面講的「儒俠互補」也是哲學，金庸在道家思想方面也有比較多的表達，但集中談其哲學意蘊，我們還是選擇佛教思想來與金庸做一個連結。為什麼選擇佛教思想呢？需要先解釋一下。

一方面，佛教思想是中國文化的三大哲學基礎之一，凡涉及中國文化之大題目者，都無法跨過佛教談問題；另一方面，金庸本人對佛教既有著濃厚的興趣，也有很深湛的修養。特別是人到中年，其長子查傳俠自殺，佛教成了金庸治療心靈巨大傷痛的靈藥。從此以後，他更加投入地研究佛教，成為一名虔誠的居士，而他對於佛教的種種感悟也都不同程度地展現在自己的小說之中。佛教，是我們透視金庸小說的一扇別具意味的窗口，甚至也可以說，離開佛教思想，我們將無法看懂金庸、讀透金庸。

第一講　極簡佛教史

釋迦族的珍珠

我們從佛教史說起[17]。佛教創始於西元前六世紀的印度，這時相當於中國的春秋時代，所以在一段傳統相聲《吃元宵》裡，釋迦牟尼和孔子被安排成了結拜兄弟，這是有一點歷史的影子的。釋迦牟尼的誕生地叫做迦毗羅衛國，在今天的尼泊爾境內，屬於古印度的一個屬國，釋迦牟尼的身分是淨飯王太子，名叫喬達摩．悉達多。他出生的時候，有很多超自然的神蹟，這是宗教的特徵之一，不足為奇。據佛經描述，釋尊降生時，向東西南北各走七步，一手指天，一手指地，云：「天上地下，唯我獨尊。」看到這個場景，我們感覺不像佛祖出世，有點像恐怖片。不管怎麼說，這預示著眾生之苦將在這個小孩手中得到解脫。

喬達摩．悉達多就如同童話裡描述的白馬王子一樣，高大英俊，文武雙全，娶了一個鄰

17 以下敘述大抵從興味起見，並不全是嚴肅意義上的闡述，讀者諸君幸諒察之。

國的公主，生下一個活潑可愛的兒子。但是，騎著白馬在國土上巡行的過程中，喬達摩．悉達多逐漸體會到，人類有一些苦痛永遠無法解脫，那就是生、老、病、死。為了度脫世人這種痛苦，在二十九歲這一年，喬達摩．悉達多發下願心，捨棄王位，到山林裡苦行。此後六年中，他吃盡了苦頭，無數次瀕臨死亡。到三十五歲這一年，他又一次被餓昏在尼連禪河岸邊，幸虧兩名牧女難陀和波羅用牛乳救活了他。

這一次，喬達摩．悉達多發下無上願心：「我今如不證得無上大覺，寧可此身粉碎，終不起身。」於是背朝西，面朝東，倚靠一棵畢鉢羅樹（即菩提樹）坐下，身下鋪吉祥草，苦思七七四十九天，「示現種種禪定境界，遍觀十方無量世界和過去、現世、未來一切事，洞見三界因果。此時大地震動，天鼓齊鳴，天雨諸花」。喬達摩．悉達多終於大徹大悟，開始傳播佛法。為紀念這件佛教初創的大事，後人把這一天稱為「佛成道日」，折合成中國的時間，正是十二月初八日。我們這一天喝臘八粥，正是受到佛教影響而形成的一個習俗。

自三十五歲徹悟成佛，至八十歲圓寂，喬達摩．悉達多一直孜孜不倦傳播佛法，影響日深，信眾出於無上尊敬，稱他為釋迦牟尼，意思是「釋迦族的珍珠」。又稱他為「佛」，即先知、智者之意。

在他身後兩百年左右，西元前三世紀，阿育王的孔雀王朝時期，佛教被正式定為國教，這是佛教發展的一個里程碑。再經過兩百年，西元前一世紀左右，佛教分裂成原始的小乘與後起的大乘兩個教派。兩者最大的差別在於：小乘佛教以自己灰身滅智、證得阿羅漢果為最高境界，大乘佛教強調除此之外還要普渡眾生。「乘」是運載工具的意思，小乘是獨木船，只能搭載一個人；大乘是豪華遊艇，可以搭載很多人。就今天佛教的分布情況來看，東亞地區主要是大乘佛教，而東南亞地區小乘佛教居多。

佛教在印度的發展到了西元七世紀左右達到巔峰，最具代表性的事例我們都很熟悉，那就是玄奘西行求法。

玄奘在貞觀三年（西元六二九年）前往天竺遊學求法，途經高昌國時，深受國王麴文泰的賞識崇拜，與他結拜為兄弟。《西遊記》中所說的「御弟哥哥」就是這麼來的，其實他不是唐太宗的結拜兄弟。當時麴文泰想留下玄奘做國師，玄奘堅決不肯答應，於是絕食相抗（此橋段似乎是「女兒國」故事的原型），麴文泰只好送他四個小沙彌做隨從，僧服三十套，面衣、手套、靴襪若干，黃金一百兩，銀錢三萬，綾及絹等五百匹，馬三十匹，馬夫二十五人……最重要的是，送了玄奘二十四封書信，通告沿途二十四國給予方便。所以當玄奘到達印度佛學中心那爛陀寺的時候，他已經成為中國歷史上最為闊氣的留學生了。

在那爛陀寺，玄奘拜九十多歲的戒賢法師為師，精通經、律、論三藏之書，獲得「三藏法師」的榮譽稱號，大致相當於今天的「世界佛學院院士」，所以他也是第一個「為國爭光」的中國留學生。

十二金人

一般認為，佛教是西元一世紀傳入中國的，年份我們也可以定得很精準——西元六十四年到西元六十七年，那就是東漢明帝永平七年到永平十年。永平七年的某一天，漢明帝做了一個怪夢，夢見西方有十二金人。找來專家一圓夢，專家說，這是大吉大利之兆，預示著西方有聖人出現。為應夢兆，漢明帝派出一個使團一路西行，尋找聖人。三年以後，這個使團回來了，帶回來兩位印度和尚，一位叫迦葉摩騰，一位叫竺法蘭。這是中國大地上第一次出現和尚這個身分的人群。他們兩位隨身帶了傳入中土的第一部佛經，大家很熟悉的一部書，那就是《鹿鼎記》中韋小寶到上書房裡頭去偷的那一部——《四十二章經》。和尚也有了，佛經也有了，給他們安排個地方住吧！於是就在東漢首都洛陽修建了一座寺廟。因為這個使團中白馬居多，這座中國大地上第一座寺廟就稱為白馬寺。以這三個「第一」為標誌，佛教正式輸入中國。

佛教輸入以後，並沒有獲得迅猛發展。漢明帝也是一時心血來潮，現在看見兩個和尚長相奇形怪狀，說話嘰哩咕嚕，並不太感興趣，就晾在一邊了。此後一百五十年到兩百年左右的時間，大眾把佛教徒當成「巫祝星相者流」來對待，完全不當回事。佛教也就非常冷清，處於自生自滅的狀態。到什麼時期開始出現一個大發展的機緣呢？要到漢末魏晉、儒家文化發展的低谷期。

隨著西漢武帝時期董仲舒提出「罷黜百家，獨尊儒術」，中國誕生了一門新的學問，叫做「經學」。經學創設，大批虔誠的儒家信徒被培養出來。他們以修身、齊家、治國、平天下為己任，信奉浩然正氣、世界大同的最高理想。然而，這些理想在東漢中後期開始四處碰壁，遭遇低潮。東漢是中國歷史上比較黑暗的一個政治時段，中後期大部分時間皇帝都是傀儡，最高權力淪落在兩大集團手中。一個是皇帝的男性姻親權力集團，也就是皇帝的岳父、大舅子、小舅子等，史稱「外戚」；另一個是宦官集團，元朝以後稱「太監」。這兩個集團輪流坐莊，大權旁落，政治一天比一天黑暗糜爛。這種情況下，被儒家理想陶冶出來的知識分子集團一直在努力和宦官、外戚集團殊死鬥爭，甚至是一種自殺式的、雞蛋碰石頭式的對抗。東漢歷史上有一個著名的「黨錮之禍」，外戚、宦官囚禁殺害了一大批著名的知識分子。儒家信徒付出了青春、鮮血和生命，卻沒有看到光明和希望，信仰必然發生動搖。正是從這一時期開始，儒家文化走向低谷，到了魏晉時期，最終演變成了另外一種思潮：我們在中國思想史上也稱為「一代之學」的魏晉玄學。

玄學是一門什麼樣的學問呢？簡單說，玄學是儒道互滲，但遠儒而近道，「玄學」的「玄」字就是從《道德經》中「玄之又玄，眾妙之門」這一句來的。因為要逃避現實，大家更加關心宇宙、時間、生命等玄遠的問題，而佛教在這些問題上有著非常獨特高妙的看法。

「世界」的概念是人家提出來的，「過去、現在、未來」也是人家提出來的。正如現在網路上常問的問題：「意不意外？驚不驚喜？」於是，在這些具有話語權的知識分子鼓吹之下，不入流的佛教開始出現了一個極大的上升態勢。

南朝四百八十寺

在這個上升的過程中，佛教和中國本土文化之間必然要產生很多激烈的分歧。比如孝道的問題。佛教講究六根清淨，斷絕一切世間情緣，親情也應當在斷絕之列。但是中國文化以孝為本，帝王「以孝治天下」。「孝」不是簡單的倫理原則，而是關係到國家生死存亡的超重量級問題。在家不能「父父子子」，在朝就不能「君君臣臣」，這成何體統，怎麼能妥協呢？經過長時間的爭議後，最終佛教向中國本土文化低頭。在《本生心地觀經》、《佛說父母恩重難報經》、《盂蘭盆經》等經典中強調孝道。宋代高僧契嵩甚至寫出《孝論》十二章，提出「戒孝合一論」，認為持戒即是盡孝、盡孝即是修行，被尊為中國佛教的《孝經》。

再如「沙門是否禮敬王者之爭」。沙門，即是僧人，他們是「出家人」，也就是脫離了世俗世界掌控的人，那麼也就脫離了「王者」的權力控制，不必對其「禮敬」。不用說，這又是與中國的傳統理念相悖離的。所謂「普天之下，莫非王土。率土之濱，莫非王臣」，自古以來，中國就是「政權」最大，怎麼可以出現一種「神權」超越政權呢？

也是經過長時間的激烈爭議，東晉時期的淨土宗初祖慧遠寫出《沙門不敬王者論》五篇，提出沙門應高尚其事，不以世法為準則，不敬王侯，以破除世俗的愚暗，超脫貪著的妄惑，但同時也指出，這樣做的目的在於「協契皇極，在宥生民」。佛法與名教只是理論形式和實踐方法的不同，根本宗旨相通，最終目的一致，「如來之與堯、孔，發致雖殊，潛相影響；出處誠異，終期則同」，都是為了天下長治久安。經過這樣的調和之後，僧人可以不像「在家人」一樣以世俗方式禮敬王侯了，但中土佛教形成了一個「以忠孝做佛事」的基本準則，這是其他國家地區的佛教沒有的特點，是佛教與中國文化融合的必然結果。

透過一系列博弈，佛教最終在中國不僅站穩了腳跟，而且開始生枝散葉，開花結果。到南北朝時期，佛教迎來了傳入中土後的第一個高潮。

說到南北朝出現佛教傳播高潮，大家很容易想起一首著名的唐詩，杜牧的〈江南春絕句〉：「千里鶯啼綠映紅，水村山郭酒旗風。南朝四百八十寺，多少樓臺煙雨中。」「南朝四百八十寺」這一句，很多人說是用了誇張的手法，極言寺廟之多，其實杜牧是完全寫實的，而且還「摟著」呢！我們看相關文獻就會發現，當時僅南朝都城建康（今南京）一地，即有佛寺五百餘所，僧尼十餘萬眾，服食奢侈，資產豐沃。這完全是得力於以皇帝為代表的貴族階層的強力支持，其中的典型代表是梁武帝蕭衍。

蕭衍沉溺佛教，不可自拔，竟然一生三次捨身出家，而且他每次出家前還不安排好朝廷大事，一激動就失蹤了。大家好不容易找到寺廟，勸他回去當皇帝，他說：那也行，但是要交「捨身錢」給寺廟，贖買我不能當和尚的罪業。我們怎麼聽都像綁票，不像出家。因為他的三次出家，朝廷共支出「捨身錢」高達四萬萬之多，幾乎掏空了大梁朝的財政，同時也埋下了大梁朝滅亡的禍根，所以韓愈說他「在位四十八年，前後三度捨身施佛，宗廟之祭，不用牲牢，晝日一食，止於菜果，其後竟為侯景所逼，餓死臺城，國亦尋滅。事佛求福，乃更得禍」[18]。

北朝的佞佛之風比南朝毫不遜色。由於青壯年男子紛紛出家為僧，導致北朝兵源匱乏，糧食布匹短缺，溫飽與國防都出現了問題。為解決這些困難，北朝出現了兩次大規模的「滅佛」運動。其中北周武帝宇文邕發起的滅佛運動中，僧尼還俗者高達三百萬人，占其統治區人口的七分之一左右，可見「滅佛」之前大家狂熱到何等地步。這三百萬人還俗以後都做些什麼呢？「皆復軍民，還歸編戶」——男子該服兵役的服兵役，女子回家從事耕織。不這樣做，國家的運作基礎都已經動搖了。

18〈諫迎佛骨表〉。

禪、淨經濟學

中土佛教的第二個高潮發生在唐代，標誌是八大宗派的出現。其中禪宗與淨土宗最為著名，影響也最為深遠。

我們可以來探究一個有意思的問題：為什麼八大宗派都曾顯赫一時，最後卻是禪宗與淨土宗一頭獨大，占據了中土佛教市場的最大分額呢？站在文化研究的立場，而不是宗教本位，我給出一個解釋：這裡面有一個基本經濟學原理在發揮作用，那就是無所不在、可以解釋無數現象的「成本—收益」原理。

總體而言，中國人缺乏虔誠的宗教精神，他們選擇信仰哪一種宗教是要經過一番盤算的：投入的成本有多少？收益有多大？兩者是否對等？能不能有賺頭？當然，其他宗教也是如此，只不過中國人身上表現得更為典型一些而已。

我們知道，很多佛教宗派都有「慧根」、「鈍根」之說。慧根，就是本生俱來的智慧，不太需要苦修就能修成正果；鈍根，當然是本生帶有的愚鈍，縱然苦修也未必成功。如果一個人付出了很多時間成本，苦修了大半輩子甚至一輩子，最終被告知「你是慧根」還好，如果被告知「你是鈍根」，你會是什麼心情呢？這叫做成本投入巨大，而收益完全不確定。久而久之，大家自然會敬而遠之。

禪宗和淨土宗就大幅度降低了成本，提高了收益。禪宗提出「人人皆有佛性，人人皆可成佛」，這就打破了「慧根」、「鈍根」的成本門檻；針對最大規模信眾普遍文化水準低下的現實，又進一步提出「不立文字，挑水劈柴做飯也是修行」的主張。看看！幾乎是零門檻的投入，而收益極其巨大，換了你，你選哪個呢？

淨土宗也是如此。首先給出一個「西方極樂世界」的美景作為「收益藍圖」：「在這個極樂世界中，無量功德莊嚴，國中聲聞，菩薩無數；講堂、精舍、宮殿、樓觀、寶樹、寶池等均以七寶莊嚴，微妙嚴淨；百味飲食隨意而至，自然演出萬種伎樂，皆是法音。其國人等智慧高明，顏貌端嚴。但受諸樂，無有痛苦，皆能趨向佛之正道」[19]。那麼，這樣的極樂世界怎樣才能「往生」呢？很簡單，在寺廟「觀像念佛」即可；如果不在寺廟，在任意地方供奉懸掛佛像也可；如果沒有佛像，「觀想念佛」，就是說想像諸佛聲容、口持佛名也可。我們看到，淨土宗一直在降低投入的門檻，但收益（西方極樂世界）是固定的。換了你，你會選嗎？

這種情況下，其他宗派的競爭力就大大下降，最終形成禪淨獨大、漸成壟斷的基本格局，而印度佛教也完成了中土化，成為中國傳統文化的三大思想基礎之一。

19 「弘善佛教」網路版。

第二講　苦海無邊

走到燕莎淌眼淚

第二講我們需要說一說佛教的基本教義，這也是我們談金庸小說與佛教文化的前提。佛教的基本教義說簡單也簡單，兩個字就可以概括，叫做「四諦」。「諦」就是真理，「四諦」就是四個真理。哪四個呢？苦、集、滅、道。

第一諦，「苦」是描述芸芸眾生的現實狀態，所謂「眾生皆苦」，把這個「苦」字說明白，佛教才有立論依據，佛教的理論大廈才能構建起來；第二諦，「集」，就是探討「苦」產生的原因；第三諦，「滅」，即「寂滅」、「涅槃」，講芸芸眾生努力的目標；最後一諦，「道」，講解脫的途徑。這四個字表達起來很簡單，但一環扣一環，邏輯相當嚴密，佛教理論大廈靠這四個字支撐起了整個骨架。

四諦之中，苦諦最為重要，我們略作闡發。關於苦，我們最熟悉的一個詞叫做「苦海無邊」，這四個字我們還得分兩層意思來講。第一，何謂苦海？苦海應該包涵兩個層面，一個是物質層面的苦，那就是生、老、病、死，合稱「四苦」。除此之外，還有精神層面的無盡煩惱，即求不得苦、怨憎會苦和愛別離苦。

求不得苦，就是欲望無限而時間、能力有限，兩者必然產生追求某種東西而得不到的巨大煩惱。金庸《書劍恩仇錄》中的西湖名妓、「花國狀元」玉如意唱過一支小曲，說的就是這種情況：

終日奔忙只為饑，才得有食又思衣。置下綾羅身上穿，抬頭卻嫌房屋低。蓋了高樓並大廈，床前缺少美貌妻。嬌妻美妾都娶下，忽慮出門沒馬騎。買得高頭金鞍馬，馬前馬後少跟隨。招了家人數十個，有錢沒勢被人欺。時來運到做知縣，抱怨官小職位卑。做過尚書升閣老，朝思暮想要登基。一朝南面做天子，東征西討打蠻夷。四海萬國都降服，想和神仙下象棋。洞賓陪他把棋下，吩咐快做上天梯。上天梯子未做起，閻王發牌鬼來催。若非此人大限到，升到天上還嫌低，玉皇大帝讓他做，定嫌天宮不華麗[20]。

郭德綱相聲《夢中婚》裡說自己想發財都想瘋了，每次走到燕莎那裡都淌眼淚：「這麼

20《書劍恩仇錄》第七回。

大買賣什麼時候是我的呀？」最常見的是追求一個女孩，追了好多年，人家結婚了，新郎不是我……這都是求不得苦。

「怨憎會苦」中的「會」是「相逢」的意思，「怨憎會」，就是你要被迫與憎惡的東西並存在同一時空之中，你不喜歡，但是你擺脫不掉。比如說，到了夏天我們會對蚊子產生怨憎會苦，到了冬天我們會對寒冷產生怨憎會苦。小時候跟最不喜歡的同學坐在一起，在課桌中間拿小刀畫條線，手肘超過這條線他就可以用圓規戳你一下。一坐幾年，怨憎會苦也少不了。《水滸傳》裡扈三娘被迫與殺了她全家的仇人李逵做了同事，會有多少怨憎會苦！

最後一個，愛別離苦。愛別離苦和怨憎會苦是一個硬幣的兩面，怨憎會是你不喜歡但是你不能擺脫，愛別離是你喜歡但你留不住。愛別離包括最常見的別離，尤其對古人來說，交通、資訊都不發達，一離開幾百里路都不一定哪年再能見面，還能不能活著見面，所以江淹才寫出「黯然銷魂者，唯別而已」這樣的千古名句，每讀一遍都蕩氣迴腸。當然，愛別離苦不限於此，更難容忍的是情感上的別離，甚至天人永隔。我們都愛自己的父母師長，但一般來說，父母師長會比我們更早離開這個世界，這是人生永恆的深沉痛苦與悲哀。

《飛狐外傳》中，化名袁紫衣的小尼姑圓性就在與胡斐分手之際「雙手合十，輕念佛偈」：

一切恩愛會，無常難得久。生世多畏懼，命危於晨露。由愛故生憂，由愛故生怖。若離於愛者，無憂亦無怖[21]。

「恩愛會」是「怨憎會」的反義詞。這篇佛偈是說人生最美好的情景終會逝去，生命就如早晨草葉上的露水一樣短暫。因為執著於「恩愛」，必然產生憂愁與怖懼。只有放下對「恩愛」的執著，才能擺脫那些痛苦。

過去、現在、未來

物質四苦、精神三苦，加在一起就構成了「苦海」，那麼這個苦海有沒有邊際？能不能上岸呢？佛教告訴我們，除非走上涅槃之道，否則你永遠不能上岸。因為這個「苦海」是在一條無限延伸的線段上運行的，沒有起點，沒有終點。幫這條線段取個名字吧，叫——時間。時間是什麼？這是今天人類還不能解答的幾個終極科學謎題之一。這個概念的提出意味

21 這篇佛偈前四句出自《佛說鹿母經》，後四句出自《佛說妙色王因緣經》。

著佛教在哲學層面達到了非常高的境界。

對時間這條線段再做切分，找一個中間點，這個點叫「現在」，點的一邊叫做「過去」，另一邊叫做「未來」。這三個概念合起來就形成一個重要的概念——「三世」，與之對應的是「三世佛」。「現在佛」就是釋迦牟尼，如來佛；「未來佛」我們也很熟悉，就是那個大肚子和尚，「大肚能容，容天下難容之事；開口便笑，笑世間可笑之人」——是的，那就是彌勒佛。相比之下，「過去佛」我們就不太熟悉，他叫燃燈佛。在《封神演義》裡有個燃燈道人，輩分很高，本事不小，後來入釋成佛，那就是燃燈佛。這是道教信徒自高其位的說法，在佛經中，燃燈佛在已過去的莊嚴劫為佛，是釋迦牟尼佛之前的佛，曾在過去世預言釋迦牟尼未來將成佛，是授記釋迦牟尼佛之師。這個地位是高不可攀的。

說到燃燈佛，我們打個岔，說一個小笑話。郭德綱有段很精彩的相聲叫《河南戲》，裡邊面提到河南的草台班子唱戲，沒有固定的劇本，只有提綱，演員水準又差，經常出舞臺事故。比如說演到《黃河陣》一出，兩個角色，一個是趙公明，騎著一頭黑老虎，手持一條打將鋼鞭，還有一位就是仙風道骨的燃燈道人，騎著一頭梅花鹿。兩個人陣前對話，話不投機就要開打。這個地方有幾句唱：

趙公明我把黑虎跨（趙），燃燈道人我上梅花（燃）……

本來這兩句應該是這樣的，結果扮演趙公明的演員不小心唱錯了：「趙公明我上梅花」，燃燈道人一聽傻了，這怎麼唱啊！急中生智接了一句：「你騎了梅花我騎啥？」趙公明唱第三句：「我的老虎你騎吧。」燃燈縫一句腿兒：「我騎老虎我害怕。」合轍押韻，還真唱下來了！

目連救母

「三世」概念的提出很好地完成了對「無邊」的解釋，但這並不是唯一的解釋。除了無限延伸的線段，在一個圓上做無限循環運動不也是「無邊」嗎？所以還有「六道輪迴」之說，以六種形態在苦海中無限循環，那也是「無邊」。

所謂「六道」，包括天道、人道、修羅道，這是「三善道」；畜生道、餓鬼道、地獄道，這是「三惡道」。無論善惡，無論福報或災殃，六道的共同之處是都身在「苦海」，不涅槃，就只能在輪迴中苦苦掙扎。

關於餓鬼道和地獄道，我們需要多說幾句。其實在餓鬼道裡，食物非常豐富，而且都是你愛吃的東西，什麼火鍋啊，燒烤啊，三杯雞啊，要什麼有什麼，但只要你伸手去拿，它們馬上就燃燒成火。把手一縮回來，仍然香噴噴擺在你面前。一頓兩頓還行，時間長了誰受得了啊！

餓鬼道當中有一個名人，那就是觀音菩薩弟子目連的母親。她因為生前不敬佛祖、毀棄佛法，死後被打入餓鬼道。目連出於孝心，在七月十五日舉行「盂蘭盆會」，超渡餓鬼亡靈，以這樣的大功德把母親拯救出來。這就是著名的「目連救母」故事。

「目連救母」是非常有名的佛教傳說，在民間文學藝術方面影響很大，演繹者中也少不了我非常喜歡的相聲演員郭德綱。他的單口相聲《目連救母》似乎只演過一次，但是堪稱罕見的精品。

相聲裡說，目連以觀音弟子的身分來到地獄之中，閻王、判官一看頂頭上司來辦事，趕緊充當導遊，帶目連遊覽參觀。目連一看，這些地獄太可怕了！比如說油鍋地獄，好大的油鍋，都燒開了，「嘎啦嘎啦」在那翻花兒。小鬼有時候把人整個扔裡頭炸；有時候把兩人捏成一團，一擰，一拉，再扔裡頭炸；有時候把人拍扁了，拿小刀劃三道，再扔裡頭炸。這不就是炸油條炸油餅嘛！

再比如說剜眼地獄。小鬼把人眼珠子剜出來，夠十個就串一串，拿到鍋裡蘸上糖，插滿幾十串，就扛著出去賣了。在北京這叫冰糖葫蘆，東西南北城吆喝聲都不一樣，在天津管這叫「糖墩兒」。

最可怕的是無間地獄。裡面有兩扇小山一樣大小的永動石磨，一扇石磨往這個方向轉，一扇石磨往那個方向轉，每轉一圈都有一個交接點。誰進入這個無間地獄，就把他夾在這個交接點上，每轉一圈，這個人就會被碾成細粉，黑風一吹，把粉末吹散了，但是馬上他又恢復原樣，仍然被夾在這個位置上，再被碾碎，再被吹散，永遠重複這個過程。仔細一看，誰在那夾著呢？劉德華、梁朝偉在《無間道》裡扮演的雙重臥底。他們都是雙重臥底，身分上的模糊造成了精神上的極度折磨，就好像被夾在兩扇石磨中不斷被碾碎一樣。在電影正式開始前有一段字幕，出自《涅槃經》第十九卷，講的正是無間地獄的情況。

遊覽了一大圈，目連帶著他母親離開了餓鬼道。可是大家都忽略了一個問題：目連身上有佛光啊，把地獄照得閃閃發亮，而地獄這麼多年從來就沒來過電！十萬六千餓鬼借著這光亮跟著他們倆全跑了！

第二天，判官來找閻王爺：「大王，地獄就剩咱倆了！你看看，咱這兒是不是租出去改倉庫啊！」兩人慌慌張張來找目連：「昨天您從地獄出來是不是跟著很多人啊？」目連說：「對呀！我以為你們派人歡送哪！」這才知道大事不好，於是去求地藏王菩薩，這是佛界駐地獄特派員，最高階主管。地藏王菩薩派了自己的坐騎諦聽獸轉世投胎，投生到一個姓黃的人家，為這孩子取名叫「巢」。「待到秋來九月八，我花開後百花殺。沖天香陣透長安，滿城盡帶黃金甲」，這就是傳統的《殘唐五代演義》故事的開篇。

話說黃巢籌備起義，大軍駐紮在一座寺院當中。寺院主持法號辨律，對黃巢款待得非常殷勤周到。就在黃巢預定的起義日期前幾天，辨律和尚發現佛前長明燈的燈油少了很多。誰偷了我的燈油？辨律晚上不睡覺，等著抓賊。半夜時分，牆壁「啪啦」裂開了，出來兩個小鬼，拿著大盆，往裡頭倒燈油。辨律過去一把給抓住了：「為啥偷我燈油啊？」兩個小鬼說：「這事不怨我們啊！黃巢是諦聽獸轉世，奉地藏王菩薩法旨，收十萬六千餓鬼回餓鬼道。我們奉命到天下各寺廟收燈油，趕寫生死簿！」辨律點點頭：「哦！原來如此！那十萬六千餓鬼都是誰呀？」小鬼一聽樂了：「那麼多人誰能記住，我就知道第一名叫辨律！」

辨律大驚失色，趕緊來找黃巢求饒：「黃大王，我一直對你忠心耿耿，你可不能殺我呀！」黃巢傻了：「我沒想殺你呀！」辨律把小鬼偷油的事一說，黃巢明白了：「那這樣吧！明天我起義，你現在就離開寺廟躲起來，讓我找不著你。起義以後肯定殺人，殺的第一個不是你，你不就躲過去了嗎？」辨律一聽，千恩萬謝，跑了個無影無蹤，不知藏哪去了。

第二天大軍集合，準備起義。黃巢手持寶劍，發表總動員令。講到最後，黃巢說：「咱們今天誓師起義，要殺一個人祭旗！各位都是自家兄弟，不能殺，我就殺寺門口這棵大樹吧！」寶劍一揮，大樹攔腰斬斷——辨律和尚在樹洞裡躲著呢！這叫做在數（樹）難逃！

魯智深坐化

回到我們的主題上來，「三世」、「六道」的概念共同指向「苦海無邊」，所以必須求解脫，走上涅槃大道，這是佛教立論的核心基礎。如何走上涅槃大道？兩個詞很重要：一個叫不二法門，就是求解脫，沒有別的出路和目標；還有一個叫三千法門，條條大路通羅馬，實現涅槃的通道有無數。即使像魯智深那樣殺人放火的花和尚，後來也成了正果：

且說魯智深自與武松在寺中一處歇馬聽候……睡至半夜，忽聽得江上潮聲雷響。魯智深是關西漢，不曾省得浙江潮信，只道是戰鼓響，賊人生發，跳將起來，摸了禪杖，大喝著便搶出來。眾僧吃了一驚，都來問道：「師父何為如此？趕出何處去？」魯智深道：「洒家聽得戰鼓響，待要出去廝殺。」眾僧都笑將起來道：「師父錯聽了！不是戰鼓響，乃是錢塘江潮信響……這潮信日夜兩番來，並不違時刻。今朝是八月十五日，合當三時潮來。因不失信，謂之潮信。」

魯智深看了，從此心中忽然大悟，拍掌笑道：「俺師父智真長老，曾囑付與洒家四句偈言，道是『逢夏而擒』，俺在萬松林裡廝殺，活捉了個夏侯成；『遇臘而執』，俺生擒方臘；今日正應了『聽潮而圓，見信而寂』，俺想既逢潮信，合當圓寂。眾和尚，俺家問你，如何喚做圓寂？」寺內眾僧答道：「你是出家人，還不省得佛門中圓寂便是死？」魯智深笑道：「既然死乃喚做圓寂，洒家今已必當圓寂。煩與俺燒桶湯來，洒家沐浴。」寺內眾僧都只道他說耍，又見他這般性格，不敢不依他，只得喚道人燒湯來，與魯智深洗浴。換了一身御賜的僧衣，便叫部下軍校：「去報宋公明先鋒哥哥，來看洒家。」又問寺內眾僧處討紙筆，寫了一篇頌，去法堂上捉把禪椅，當中坐了。焚起一爐好香，放了那張紙在禪床上，自疊起兩只腳，左腳搭在右腳，自然天性騰空。

比及宋公明見報，急引眾頭領來看時，魯智深已自坐在禪椅上不動了。頌曰：「平生不修善果，只愛殺人放火。忽地頓開金繩，這裡扯斷玉鎖。咦！錢塘江上潮信來，今日方知我是我。」[22]

「平生不修善果，只愛殺人放火」的花和尚最終得成正果，正應了他師父智真長老的預言：「此人上應天星，心地剛直。雖然時下凶頑，命中駁雜，久後卻得清淨。證果非凡，汝等皆不及他」[23]，這真是妙不可言、不可思議。從中我們可以看到，佛教的屬性非常溫和，

22《水滸傳》第九十九回〈魯智深浙江坐化　宋公明衣錦還鄉〉。
23《水滸傳》第三回〈趙員外重修文殊院　魯智深大鬧五台山〉。

其相容性很強，排他性很弱。因為有「三千法門」，除了自己的道路以外，其他道路也各有其合理性，那就不至於動輒把別人當成歪理邪說，非要清除消滅之而後快。這比之某些唯我獨尊的狂妄、愚蠢、簡單、粗暴的世界觀無疑要高明許多。

第三講　金庸小說與佛教思想（上）

經過前面兩講的鋪墊，我們終於可以進入「金庸小說與佛教文化」的主題了。應該看到，金庸作為二十世紀最優秀的中國作家之一，他的小說創作中呈現出了非常複雜多元的思想構成。其中當然不乏現代人文立場，比如說《鹿鼎記》對中國歷史的深沉省思。即便在處女作《書劍恩仇錄》中，陳家洛皈依回教的結局就包含著金庸比較開放的民族觀與宗教觀。總體看來，金庸思想構成畢竟以傳統文化資源為多，佛教文化不僅貫穿在金庸的全部小說創作當中，而且也構成了他小說寫作的一個主要支撐點。

革囊眾穢，爾來何為

我們就從金庸處女作《書劍恩仇錄》說起吧！我認為《書劍恩仇錄》中寫得最好的一個

人物不是陳家洛，也不是霍青桐這些男女主角，而是男配角金笛秀才余魚同。儘管金庸在他身上著墨不多，但是很好地展現出了人性的深刻與複雜。

余魚同是秀才出身，因為打官司弄得家破人亡，鋌而走險加入了黑社會（紅花會），坐了第十四把交椅。在虛擬的江湖世界裡，這不算什麼，他的問題在於「愛上一個不該愛的人」——他的結義四哥、奔雷手文泰來的妻子，同時也是紅花會的十一當家，鴛鴦刀駱冰。既是同事，又是嫂子，這不僅是「求不得苦」，還加上道德倫理的自責：

> 但見她臨去一笑，溫柔嫵媚，當真令人銷魂蝕骨，情難自已，眼望著她背影隱入黑暗之中，呆立曠野，心亂似沸，一會兒自傷自憐，恨造化弄人，命舛已極，一會兒又自悔自責，覺堂堂六尺，無行無恥，直豬狗之不若，突然間將腦袋連連往樹上撞去，抱樹狂呼大叫。

為躲避仇家的追殺，余魚同來到河南孟津一座偏僻的寺廟，叫做寶相寺。在寺廟殿堂見到一組壁畫，畫的是八位高僧出家的經過。一幅畫的題詞中說道，這位高僧在酒樓上聽到一句曲詞，因而大徹大悟。余魚同閉目凝思，那是一句甚麼曲詞，能有偌大力量？睜開眼來，只見是「你既無心我便休」七個字。猶如當頭棒喝，登時便呆住了。

余魚同癡癡呆呆的回到客房，反來覆去的念著「你既無心我便休」七字，一時似乎悟了，一時又迷糊起來。聽著寺外風聲如嘯、松濤似海，往事一幕幕湧上心頭。回想駱冰對待自己，何曾有過一絲一毫情意？你既無心，我應便休，然而豈能便休？豈能割捨？心緒煩躁之下，隨手翻起桌上的一部經書，正是我們前面講過最早傳入中國的《四十二章經》。其中有個「樹下一宿」的故事，敘述天神獻了一個美麗異常的玉女給佛，佛說：「革囊眾穢，爾來何為？」

看到這裡，余魚同胸口猶如受了重重一擊，心想：「佛見玉女，說她不過是皮囊中包了一堆汙血汙骨，我何以又如此沉迷執著？」當下再不多想，衝出去叫醒老僧，求他剃度。那老僧勸之再三，余魚同心意愈堅。老僧拗他不過，只得集合僧眾，在佛前為他剃度了，賜了一個很貼切的法名，叫做「空色」[24]。

我們知道，余魚同並沒有把這個和尚當到底，後來還了俗，而且跟癡愛她的聰明姑娘李沅芷結成了連理。這一節文字不多，只能算個「小場面」，但作為金庸小說與佛教文化的「開場白」，其意義是非同小可的。

24　上文大抵取自《書劍恩仇錄》第十三回。

《百喻經》辯論賽

《書劍恩仇錄》中的「大場面」出現在小說即將結束的第十九回。紅花會總舵主陳家洛率群雄來到南少林，目的是找他義父、紅花會老舵主于萬亭的自白書。這份自白書明白交代了自己違反少林寺規的過程，其中牽扯到一個驚天祕密：乾隆究竟是不是海寧陳家的後人？是不是陳家洛的親哥哥？

陳家洛求見天虹方丈，說明來意。老方丈雙手合十：「善哉！善哉！陳總舵主，于萬亭的自白書本是絕密，不應給外人看，但是此事關乎天下蒼生氣運，我們只好破例，請派人到戒持院來取吧！阿彌陀佛！」老和尚說完走了，陳家洛非常高興，沒想到這事辦得這麼順利。出身少林的鐵膽周仲英明白流程：「總舵主，前赴戒持院須得經過五座殿堂，每一殿有一位武功極高的大師駐守，須得一個人連闖五殿，那才算成功啊！」

陳家洛沉吟道：「這是我家門之事，或者我佛慈悲，能放我過去也不一定。」簡單說，前三關都過去了，第四關遇到的是南少林第二高手天鏡禪師。這個老和尚的武功比陳家洛高很多，雖然勉強放他過去，肩膀已經受了內傷。天鏡禪師好心勸他：「你肯定不是我師兄天虹的對手，我們佛家講六個字，過不去，就回頭。」陳家洛心想：「釋家叫人回頭，我們豪俠之輩卻講究一往無前，死而不悔。」於是行了個禮，帶著近乎絕望的心情來到最後一關。

一進門，吃了一驚，原來裡面是小小一間靜室，少林寺方丈天虹禪師端坐禪床。陳家洛心裡發涼：這房間如此窄小，比試的一定不是拳腳暗器之類，多半是較量內功，自己哪是老和尚的對手？正自驚疑不定，天虹禪師合十躬身，說道：「請坐！我講個故事給你聽吧！」原來是文比！這個場景是設計得非常高檔的，很符合少林方丈的身分。如果一路打下來，不管是輸是贏，都落了低級的俗套。

天虹方丈說：有一個牧羊人，存了不少錢，但很吝嗇，捨不得花，結果就被一個騙子惦記上了。騙子說：「你看看你，現在這麼有錢了，還打著光棍吧？這麼著吧，我知道鄰村有個女孩子，又美又賢慧，我幫你做個媒吧！」牧羊人很開心，給了騙子一大筆錢。過了幾天騙子回來跟他說：「這事已經說成了，那個女孩子已經是你妻子了。」他非常高興，又給了騙子一筆錢。過了一段時間，騙子又來跟他道喜：「恭喜呀！你妻子給你生了一個大胖小子！」他又跳又叫，高興之極，給了騙子第三筆錢。騙子再回來的時候，帶來了一個不幸的消息：「你妻子和兒子得了一場急病，都死了！」牧羊人嚎啕大哭，死去活來。

為什麼天虹方丈會在最後一關講這麼一個故事？他要說明什麼呢？這個故事來自印度佛教一部非常著名的經典，叫《百喻經》。《百喻經》，全稱《百句譬喻經》，印度僧人伽斯那撰。「百喻」，即一百篇譬喻故事，每篇都採用兩步式，第一步是講故事，第二步是比喻，闡述一個佛學義理。

剛才這個故事闡述了什麼呢？我們聽的時候，都會嘲笑這個牧羊人太傻了，為從沒見面的妻兒喜怒哀樂、牽腸掛肚，其實在佛教的立場看來，我們追求的功名富貴、俗世牽掛不也都是鏡花水月、一片空幻嗎？我們這些所謂的「正常人」不也為之喜怒哀樂、牽腸掛肚嗎？我們和牧羊人在本質上又有什麼區別呢？

陳家洛在小說中是舉人出身，對佛經比較熟悉，聽個開頭就知道這是《百喻經》故事。作為「反方」，陳家洛說：「對方辯友，我也來講一則《百喻經》故事吧！」他說：有一對夫婦，中午烙了三張餅，一個人吃了一張，剩下的一張都想獨吞。兩個人就打了個賭：咱倆就坐在這，誰也不准先說話，誰先說話誰就輸了。從中午坐到晚上，誰都不說話。過一會兒，小偷進來了。本來以為沒人，進來一看，炕沿上坐著兩人，正看著自己呢！小偷嚇得夠嗆，但眼看著他倆都不說話，小偷膽子大了，一點一點把屋裡值錢的東西都搬了出去。兩人還是不說話，小偷膽大包天，居然要當場非禮那個妻子。她放聲大叫，那個丈夫樂了：「好啊，你輸了，這個餅歸我吃嘍！」

天虹方丈當然知道這個故事，但聽到這裡，也不禁微笑。陳家洛道：「對方辯友，我講這個故事的意思是說：為了一點小小的安閒享樂，反而忘卻了大苦。為了口腹之欲，卻不理會賊子搶己財物，侵犯自己親人。佛家當普渡眾生，不能忍心專顧一己。」

天虹嘆道：「對方辯友，要知道諸行無常，諸法無我。人之所滯，滯在未有。若托心本無，異想便息。」陳家洛道：「對方辯友，眾生方大苦難。高僧支道林曾有言道：桀紂以殘害為性，豈能由其適性逍遙？」

天虹知道陳家洛熱心世務，決意為生民解除疾苦，也非常敬重，說道：「對方辯友滿腔熱血，可敬可佩。老衲再問一事，就請自便。從前有個老婆婆，臥在樹下休息，忽有大熊要來吃她。老婆婆繞樹奔逃，大熊伸掌至樹後抓拿，老婆婆乘機把大熊兩隻前掌捺在樹幹之上，熊就不能動了，但老婆婆也不敢放手。後來有一人經過，老婆婆請他幫忙，一同殺熊分肉。那人信了，按住熊掌。老婆婆脫身遠逃，那人反而為熊所困，無法脫身。」

陳家洛知他寓意，說道：「救人危難，奮不顧身，雖受牽累，終無所悔。」天虹拂塵一舉，道：「請進吧。」陳家洛跨下禪床，躬身行禮，說道：「弟子擅闖重地，方丈恕罪。」天虹點了點頭。陳家洛轉身入內，只聽身後數聲微微嘆息之聲[25]。

這場「百喻經辯論賽」歷經周折，以陳家洛勝出而告終。以佛法說世情，以世情證佛法，真是舌燦蓮花，展現出了金庸的佛學修養與文化架構，堪稱是他筆下的第一處「大場面」。

25 以上數段文字，大抵為《書劍恩仇錄》第十九回原文。

賊說話

順便一說，佛教對於中國文化的影響是非常深遠的，通俗文藝中取材於佛教故事者可謂數不勝數。比如說剛才我們講到的「夫妻分餅」，後來就影響到了一段經典相聲《賊說話》的創作。

《賊說話》為「壽」字輩的相聲大師張壽臣創作，我們常見的是侯寶林先生的表演。侯寶林說：「我們相聲藝人在舊社會日子很苦啊，下九流，被人瞧不起，每天撂地演出，平地摳餅，對面拿賊，一天下來掙不了兩顆白菜錢。而且還要受天氣影響，有兩句話叫『颳風減半，下雨全完』。在街上說相聲，起風了，要下雨，人就走了一半了；一下起雨來，誰能打著傘聽你說相聲啊？這還是短期影響，相聲是北方曲藝形式，北方一到冬季，死冷寒天，誰也不能零下多少度站外頭聽相聲，所以相聲藝人的難處在於半年要掙出一年的『挑費』。那可不是誰都能掙得出來的，年關年關，過年如過關，很多相聲藝人最怕過年啊！」

侯寶林說：「有一年剛進了臘月，我家就沒錢了，值錢的東西當賣一空，滿家裡踅摸，只有身上穿的棉袍還能換點錢。實在沒轍，把棉袍送到當鋪當了，換了倆錢兒，買了二十斤大米，回來倒米缸裡頭了，就指著這點大米過年了。」

到了晚上，捨不得點燈，燈油也得花錢啊！於是早早上床睡覺了。翻來覆去還沒睡著，就聽見有人動彈自己家門閂——小偷來了！正常人家面對這種情況會怎麼辦呢？一般都是咳嗽兩聲、說兩句話，小偷知道家裡有人不就走了嗎？侯寶林說：「我沒這麼幹。因為有兩句俗話：『不怕賊偷，就怕賊惦記』，你現在把他驚動走了，過幾個小時他還來。我就不吱聲，讓你進來找。你要找什麼？不是找錢嗎？那東西大白天兒我自己都找不著，你黑模糊眼就能找著？」

於是侯寶林就沒出聲，小偷捅開門閂，進到屋裡好一頓摸。這家是真窮，一點值錢東西都沒有！摸著摸著，小偷就摸著米缸裡的白米了。這玩意兒可以偷啊！有道是「賊不空回」，出手一趟說什麼也得偷點東西走，要不也晦氣呀！

想到偷米，小偷犯愁了。這米缸少說百八十斤，不好扛著走；來之前沒想偷米，也沒帶個包袱什麼的，這米可怎麼偷呢？俗話說：「賊有急智」，小偷腦袋飛轉，想明白了：「我身上穿著棉襖，往地下一鋪，大米往上一倒，領子袖子一抓，不就是現成的包袱嗎？」趕緊脫下棉袍，鋪在地上，轉身抱那米缸去了。

侯寶林一看：「好嘛！棉襖正鋪我床邊，在床上一伸手，就把棉襖勾起來蓋自己身上了。正好，自己棉襖白天當了，正冷著呢！」

小偷不知道啊，把米缸搬過來，「嘩——」，往地上倒大米，倒完再抓棉襖的領子袖子他可抓不著了。誒！我明明把棉襖鋪這裡了，到哪去了呢？小偷蹲地上納悶，一納悶他就忍不住出聲了：「嗯——」這一出聲，侯寶林說我女人就醒了：「哎呀寶林哪，這屋裡怎麼有別人的動靜，是不是有賊了呀？」

侯寶林說：「睡吧，沒賊！」他說沒賊，小偷不樂意了：「沒賊？沒賊不能！沒賊我棉襖哪去了？」

這就是《賊說話》，把小偷擠兌得都說話了。大家可以看看，是不是與《百喻經》故事有幾分相似呢？

女性數學愛好者

金庸的宗師級標誌性作品《射雕英雄傳》中也少不了佛教文化的印記，當然與書中最重要的僧人角色一燈大師有關。一燈大師號稱「南帝」，本是大理國皇帝，俗名段智興。本來當著皇帝，一切都好好的，但是趕上全真教教主王重陽帶領師弟老頑童周伯通來大理國進行友好訪問。他有一位心愛的貴妃叫做劉瑛，在跟老頑童學習武功的過程中，陰差陽錯，這位劉貴妃紅杏出牆，而且生下了一個私生子。

段智興雖然看重江湖義氣，忍心要將劉瑛送給周伯通，但內心十分傷痛，陷入了求不得苦加怨憎會苦加愛別離苦：

一燈……道：「……那日我將錦帕擲了給她，此後不再召見。我鬱鬱不樂，國務也不理會，整日以練功自遣……」

黃蓉插嘴道：「伯伯，你心中很愛她啊，你知不知道？若是不愛，就不會老是不開心啦」……一燈黯然道：「此後大半年中，我沒召見劉貴妃，但睡夢之中卻常和她相會。一天晚上半夜夢回，再也忍耐不住，決意前去探望。我也不讓宮女太監知曉，俏悄去她寢宮，想瞧瞧她在幹些甚麼。剛到她寢宮屋頂，便聽得裡面傳出一陣兒啼之聲。咳！屋面上霜濃風寒，我竟怔怔的站了半夜，直到黎明方才下來，就此得了一場大病。」

黃蓉心想他以皇帝之尊，深更半夜在宮裡飛簷走壁，去探望自己妃子，實在大是奇事。四弟子卻想起師父這場病不但勢頭兇猛，而且纏綿甚久，以他這身武功，早就風寒不侵，縱有疾病，也不致久久不癒，此時方知當年是心中傷痛，自暴自棄，才不以內功抵禦病魔[26]。

劉瑛的私生子還沒滿月，就被一個蒙面高手（裘千仞）打成重傷，奄奄一息，出於母

26《射雕英雄傳》第三十一回〈鴛鴦錦帕〉。

愛，她抱著孩子去求自己的丈夫南帝段皇爺救命。在小說裡，段智興是被刻畫成一個仁慈悲憫、情深義重的形象的，但是，自己最心愛的女人抱著跟別人生的孩子求自己救命，面對著這樣的情景，他還是有兩關過不去。第一關就是誰都會有的嫉妒心，佛家講，這叫做「嗔」；第二關叫做名利心。自己若用先天功救了這個孩子，五年之內就會武功全失，失去了參加「華山論劍」、爭奪武功天下第一榮譽的機會。佛家講，這叫做「癡」。因為過不去這兩關，一個本來仁慈悲憫的君主在這一瞬間成了一個卑鄙、冷血、袖手旁觀的小人，眼看著那個重傷的孩子咽下最後一口氣。這也是出家後的一燈大師一生為之懺悔的往事。

從此以後，劉瑛將自己的丈夫段智興當成殺子仇人之一，處心積慮想找他報仇，但又知道憑自己的武功，再練兩輩子也不是人家的對手。怎麼辦呢？她就隱居在一片黑色的沼澤裡，苦心研究奇門術數之學，希望能夠劍走偏鋒，完成報仇的夙願。

奇門術數之學這個詞我們肯定聽過，這裡面有很多神祕文化，但支撐它的主要學科是數學。劉瑛隱居黑沼，苦心研究數學，一來二去在江湖上還闖出名堂了，人送外號叫做「神算子」。問題是，人家已經這麼有名了，為什麼我還這麼苛刻，只說她是「女性數學愛好者」，捨不得給她一個「女性數學家」的稱號呢？在下面這個情節裡，我們將會看到，一個業餘的數學愛好者與專業的數學家之間差距有多大：

黃蓉氣極，正欲反唇相識，一轉念間，扶著郭靖站起身來，用竹杖在地下細沙上寫了三道算題：第一道是包括日、月、水、火、木、金、土、羅睺、計都的「七曜九執天竺筆算」；第二道是「立方招兵支銀給米題」（按：即西洋數學中的縱數論）；第三道是道「鬼谷算題」：「今有物不知其數，三三數之剩二，五五數之剩三，七七數之剩二，問物幾何？」（按：這屬於高等數學中的數論，我國宋代學者對這類題目鑽研已頗精深）[27]

黃蓉出這三道題是什麼用意呢？因為劉瑛出言不遜，她要出這幾道題為難一下劉瑛，聲稱「只要你半年之內算出來，我就承認你是神算子」，可見這幾道題有相當的難度。第一道「七曜九執天竺筆算」是怎樣的題目呢？我自己數學不好，所以考了中文系。但為了這道題，我特別請教過數學系的朋友，他們認為這可能是一道相當複雜的多元多次方程式問題。第二道、第三道題不用我們請教了，金庸已經告訴我們答案了。

在小說中，誰是真正的大數學家呢？黃蓉的父親黃藥師嘛！黃蓉當時才十五六歲，不過是現在高中生的年紀，因為在大數學家父親身邊耳濡目染，學到一點皮毛，水準就已經遠遠超過這位「神算子」了，那麼劉瑛與黃藥師相比，豈不是要有N次方的差距？所以我才

27《射雕英雄傳》第二十九回〈黑沼隱女〉。

說她是女性數學愛好者。

割肉飼鷹

劉瑛報仇不易，因而想借一燈大師替黃蓉療傷的機會消耗他的內功，又唯恐一燈不肯發慈悲之心，於是交給郭靖、黃蓉一方手帕，上面畫著一隻鴿子，一隻鷹，一架天秤，旁立一人，滿身鮮血。筆致甚為幼稚，如同頑童塗鴉一般，郭靖、黃蓉看了多次，莫名其妙，不知這幼稚的圖畫會有什麼魔力，能救黃蓉性命。等到見了一燈大師，才知道這是著名的「割肉飼鷹」故事，出自《大莊嚴論經》。

故事中說：天竺角城有一位屍毗王，每日勤修佛法，滿懷慈悲之心。有一天，一隻大鷹追逐一隻鴿子，鴿子嚇得不行，飛入屍毗王身下，請求庇護。屍毗王請大鷹放過鴿子，大鷹堅決不同意，牠說：「國王你救鴿子是行善，可我就餓死啦！救一命害一命，請問你功德慈悲何在？」

屍毗王覺得大鷹說得有理，說：「那這樣吧，鴿子我肯定要救，我就割下身上的肉給你吃，鴿子我也救下了，你也不至於餓死。怎麼樣？」大鷹說：「這倒可以，」但這大鷹很矯情，「你割下來的肉得跟鴿子一般重，多一點少一點那都不行。」屍毗王同意了，取過一架天秤，把鴿子放在一端，從身上割下一塊肉放在另一端。一隻鴿子能有多重？幾兩而已。可屍毗王把肉放上去，鴿子那一邊紋絲不動，再割一塊，還是不動。到後來，屍毗王全身的肉幾乎都割完了，鴿子照樣紋絲不動。屍毗王說：「既然如此，就拿我來換這隻鴿子吧！」於是舉身而上天秤。在這一瞬間，「唰」的一下，屍毗王全身的傷都好了，音樂起，大地震動，天女散花，各路佛爺、菩薩排著隊過來跟屍毗王握手：「恭喜你，你修成正果了！」

後幾句當然是我演繹的了，原文是「天龍、夜叉等俱在空中嘆道：『善哉善哉！如此大勇，得未曾有。』」這是佛教中的經典案例，與「捨身飼虎」齊名，彰顯的是佛教大慈大悲、勇於犧牲的精神。金庸在小說中插入這一段，既增強了小說的曲折興味，又符合一燈大師的身分特點，可謂精彩之筆。

超渡活人

下一部值得說說的是《倚天屠龍記》。《倚天屠龍記》雖有幾個和尚角色，但大都不重要，這裡面會有什麼高深的佛教文化呢？我們細細道來。

《倚天》男一號張無忌是個博愛主義者，同時但不同程度地愛上了四個女孩子：趙敏、小昭、周芷若、殷離，而且在北極圈的海面上「四美同舟」，羨煞不少男性讀者。四個女孩子中，小昭為救張無忌的性命，捨身遠赴虎狼之域，到明教總教當了教主。剩下三個女孩子，殷離被趙敏所殺，張無忌與周芷若成親，被趙敏大鬧婚禮，演出一場「二女奪夫」的大戲。無數曲折過後，才知道周、趙二女善惡顛倒，原來真殺了自己表妹殷離的兇手正是周芷若。

就在真相大白之際，周芷若忽然嚇得魂飛魄散跑到張無忌這裡來，聲稱自己看見殷離了，肯定是怨鬼回來索命。張無忌百思不得其解，他不信鬼神，但也相信周芷若不會胡說，那麼，世界上到底有沒有鬼呢？

好在，現在就在少林寺，身邊就有高僧空聞方丈可以請教。張無忌找到老方丈，恭恭敬敬：「請問方丈，世間可有鬼嗎？」老方丈微微一笑，雙手合十：「呵呵，張教主，老衲我也不知道啊！」方丈說他不知道，張無忌可就愣了：「既然您不知道有沒有鬼魂，那你們和尚整天給人做佛事，超渡亡靈，那是怎麼回事呢？」老方丈口宣佛號：「阿彌陀佛，善哉善哉！幽魂不須超渡。人死業在，善有善報，惡有惡報。佛家行法，乃在求生人心之所安，超渡的乃是活人。」

原來如此！佛家超渡的不是亡魂，而是活人，這真是一語道破、一針見血！沒有對出世法和世間法的深厚造詣和透澈解悟，能寫出這一句臺詞來嗎？近百年中國作家有幾位能達到這個境界？由此而言，金庸小說真是應該且值得細讀與品味的。

論武功，俗世中不知邊個高[28]

《俠客行》是金庸小說裡跟佛教最扯不上關係的一部書，書裡除了一個道具化的少林派，再也找不到一個僧人的角色，那麼，它怎麼會展現出佛教思想呢？

我們要從一個問題說起：假如把金庸筆下人物完全打亂，來一個「關公戰秦瓊」的話，誰是金庸小說中武功最高的人呢？如果發起一場投票的話，我相信《天龍八部》的無名老僧會以絕對高票當選冠軍。這個答案爭議不大，但我們再往前延伸一步，誰有可能衝進最後決賽，跟無名老僧 **PK** 一下呢？

我認為石破天是有這個實力的。為什麼？

我們來做一個基本的數學運算：先來設一個武功較高的常數為 X，比如說《天龍八部》

28　八三香港無線版《射雕英雄傳》第三部《華山論劍》主題曲，黃霑作詞。

中蕭峰是X，那麼他父親蕭遠山、慕容復的父親慕容博的武功就約等於X，而無名老僧可以一招打死蕭遠山和慕容博，也就是說，無名老僧的武功至少應該是X^2。

這個常數X在《俠客行》中應該放在石破天的結拜義兄張三、李四身上，那麼張三、李四的師父龍島主與木島主至少應該是X，而且很大可能要遠超X。可是結果怎樣呢？龍島主與木島主聯手還打不過石破天，最終把自己活活累死了，那麼石破天的武功至少應該是$2X^2$。這麼算不過分吧？他是完全可以與無名老僧一較高下的，鹿死誰手還不一定呢！

問題在於，石破天是怎麼練出這一身可怕的武功的呢？我們知道，俠客島的山洞裡有一組二十四幅壁畫，畫的是李白的一首詩〈俠客行〉：

趙客縵胡纓，吳鉤霜雪明。銀鞍照白馬，颯沓如流星。
十步殺一人，千里不留行。事了拂衣去，深藏身與名。
閒過信陵飲，脫劍膝前橫。將炙啖朱亥，持觴勸侯嬴。
三杯吐然諾，五嶽倒為輕。眼花耳熱後，意氣素霓生。
救趙揮金槌，邯鄲先震驚。千秋二壯士，烜赫大梁城。
縱死俠骨香，不慚世上英。誰能書閣下，白首太玄經。

每一幅壁畫畫出一句詩，下面加上繁瑣的文字考證，裡頭包含著一套驚人的武功。多年以來，遠赴俠客島的武林中人都將其視為瑰寶，沉溺其中，不可自拔。他們對文字孜孜以求，鑽研討論，簡直到了走火入魔的境地。且看：

白自在誦讀壁上所刻注解：「莊子說劍篇云：『太子曰：吾王所見劍士，皆蓬頭突鬢，垂冠，縵胡之纓，短後之衣。』司馬注云：『縵胡之纓，謂粗纓無文理也。』溫兄，『縵胡』二字應當連在一起解釋，『縵胡』就是粗糙簡陋，『縵胡纓』是說他頭上所戴之纓並不精緻，並非說他戴了胡人之纓。這個『胡』字，是糊里糊塗之糊，非西域胡人之胡。」

溫仁厚搖頭道：「不然，你看下一句注解：『左思魏都賦云：縵胡之纓。注：銑曰，縵胡，武士纓名。』這是一種武士所戴之纓，可以粗陋，也可精緻。前幾年我曾向涼州果毅門的掌門人康昆請教過，他是西域胡人，於胡人之事是無所不知的。他說胡人武士冠上有纓，那形狀是這樣的……」說著蹲了下來，用手指在地下畫圖示形。

……一個白鬚老者說道：「老弟你剛才這一劍設想雖奇，但你要記得，這一路劍法的總綱，乃是『吳鈎霜雪明』五字。吳鈎者，彎刀也，出劍之時，總須念念不忘『彎刀』二字，否則不免失了本意。以刀法運劍，那並不難，但當使直劍如彎刀，直中有曲，曲中有直，方是『吳鈎霜雪明』這五個字的宗旨。」

另一個黑鬚老者搖頭道：「大哥，你卻忘了另一個要點。你瞧壁上的注解說：鮑照樂府：『錦帶佩吳鉤』，又李賀詩云：『男兒何不帶吳鉤』。這個『佩』字，這個『帶』字，才是詩中最要緊的關鍵所在。吳鉤雖是彎刀，卻是佩帶在身，並非拿出來使用。那是說劍法之中當隱含吳鉤之勢，圓轉如意，卻不是真的彎曲。」那白鬚老者道：「然而不然。『吳鉤霜雪明』，精光閃亮，就非入鞘之吳鉤，利器佩帶在身而不入鞘，焉有是理？」

……那身材魁梧的黑臉漢子道：「這壁上的注解說道：白居易詩云：『勿輕直折劍，猶勝曲全鉤。』可見我這直折之劍，方合石壁注文原意。」天虛道人……只是搖頭，說道：「『吳鉤霜雪明』是主，『猶勝曲全鉤』是賓。喧賓奪主，必非正道。」

……那女子安慰他道：「……咱們再想想這一條注解：『吳鉤者，吳王闔閭之寶刀也。』為甚麼吳王闔閭的寶刀，與別人的寶刀就有不同？」那男子收起長劍，誦讀壁上注解道：「『吳越春秋云：闔閭既寶莫邪，復命於國中作金鉤，令曰：能為善吳鉤者，賞之百金。吳作鉤者甚眾，而有人貪王之重賞也，殺其二子，以血釁金，遂成二鉤，獻於闔閭。』倩妹，這故事甚是殘忍，為了吳王百金之賞，竟然殺死了自己的兩個兒子。」那女子道：「我猜想這『殘忍』二字，多半是這一招的要訣，須當下手不留餘地，縱然是親生兒子，也要殺了。否則壁上的注釋文字，何以特地注明這一節。」[29]

數十年來到俠客島的都是武功了得的掌門人，文化水準也都不低，研究得頭頭是道，完全可以稱得上是「《俠客行》學術研討會」。沒想到來了一位石破天，完全文盲，大字不識[30]。那些注釋再詳明再精彩，對他來說都是白饒。既然看不懂文字，那就只好看圖：

石破天……舉目向石壁瞧去，只見壁上密密麻麻的刻滿了字，但見千百文字之中，有些筆劃宛然便是一把長劍，共有二三十把。這些劍形或橫或直，或撇或捺，在識字之人眼中，只是一個字中的一筆，但石破天既不識字，見到的卻是一把把長長短短的劍，有的劍尖朝上，有的向下，有的斜起欲飛，有的橫掠欲墮，石破天一把劍一把劍的瞧將下來，瞧到第十二柄劍時，突然間右肩「巨骨穴」間一熱，有一股熱氣蠢蠢欲動，再看第十三柄劍時，熱氣順著經脈，到了「五里穴」中，再看第十四柄劍時，熱氣跟著到了「曲池穴」中。熱氣越來越盛，從丹田中不斷湧將上來……當下自第一柄劍從頭看起，順著劍形而觀，心記憶體想，

29《俠客行》第二十章。

30《俠客行》第十九章：「在洞中行了兩里有多，眼前赫然出現一道玉石砌成的洞門，門額上雕有三個大字，石破天問道：『這便是迎賓館麼？』那漢子道：『正是。』心下微覺奇怪：『這裏寫得明明白白，又何必多問？不成你不識字？』殊不知石破天正是一字不識。」

內力流動不息，如川之行。從第一柄劍看到第二十四柄時，內力也自「迎香穴」而至「商陽穴」運行了一周……

「俠客行」一詩共二十四句，即有二十四間石室圖解。他遊行諸室，不識壁上文字，只從圖畫中去修習內功武術。那第五句「十步殺一人」，第十句「脫劍膝前橫」，第十七句「救趙揮金槌」，每一句都是一套劍法。第六句「千里不留行」，第七句「事了拂衣去」，第八句「深藏身與名」，每一句都是一套輕身功夫；第九句「閒過信陵飲」，第十四句「五嶽倒為輕」，第十六句「縱死俠骨香」，則各是一套拳掌之法。第十三句「三杯吐言諾」，第十八句「意氣素霓生」，第二十句「烜赫大梁城」，則是吐納呼吸的內功。

他有時學得極快，一天內學了兩三套，有時卻連續十七八天都未學全一套。一經潛心武學，渾忘了時光流轉，也不知過了多少日子，終於修畢了二十三間石室中壁上的圖譜[31]。

那一身神奇的$2X^2$的武功就是這樣練成的，但這與佛教有什麼關係呢？請注意金庸在本書後記寫下的這段話：

31《俠客行》第二十章。

各種牽強附會的注釋，往往會損害原作者的本意，反而造成嚴重障礙……近來多讀佛經，於此更深有所感。大乘般若經以及龍樹的中觀之學，都極力破斥煩瑣的名相戲論，認為各種知識見解，徒然令修學者心中產生虛妄念頭，有礙見道，因此強調「無著」、「無住」、「無作」、「無願」。邪見固然不可有，正見亦不可有。《金剛經》云：「凡所有相，皆是虛妄」，「法尚應舍，何況非法」，「如來所說法，皆不可取，不可說，非法非非法」，皆是此義。寫《俠客行》時，於佛經全無認識之可言，《金剛經》也是在去年十一月間才開始誦讀全經，對般若學和中觀的修學，更是今年春夏間之事。此中因緣，殊不可解。

這裡闡述的哲學道理較為深奧，淺層次地理解，我以為是「理障」二字。所謂「各種知識見解，徒然令修學者心中產生虛妄念頭，有礙見道」，那就是說，拘執住一個小道理，就會蒙蔽認知「大道」、「正道」的眼睛。理障的重要一支是「文字障」，所以禪宗就強調「不立文字」，就是佛經也可以棄之不顧，「法尚應舍，何況非法」，那才能達到終極真理。這樣的意見是層次極高的哲學，是大智慧，很能發人深省。

第四講　金庸小說與佛教思想（下）

高僧還是市儈？

《鹿鼎記》的情況與《俠客行》相似，裡面和尚倒是有幾位，可大都是「只愛殺人放火」的江湖人物，不講佛理的。少林寺裡倒是有幾位修持佛法的，可也迂腐騰騰，是跟韋小寶插科打諢的「陪客」。這裡能有什麼佛教文化呢？

「光環」令人意外地聚集到了一個小角色頭上，讀者或許對此人不太有印象了——那就是五台山佛光寺方丈心溪大和尚。「佛光寺是五台山上最古的大廟，建於元魏孝文帝之時，歷時悠久。當地人有言：『先有佛光寺，後有五台山』……在佛教之中，佛光寺的地位遠比清涼寺為高，方丈心溪，隱然是五台山諸青廟的首腦」，也就是說，佛光寺地位崇高，心溪方丈位尊權重，放在今天，最起碼也是個佛教協會高層幹部，說他是一代高僧並不為過吧？

可是這位一代高僧，不僅「肥頭胖耳，滿臉油光」，一副商人模樣，更「引人入勝」的是他跟韋小寶這一段對話：

韋小寶點點頭，向澄光道：「方丈，我要審那個佛光寺的胖和尚了，你如不好意思，不妨在窗外聽著。」澄光忙道：「最好，最好。」命人將巴顏帶出，將心溪帶來，自己回去禪房，也不在窗外聽審。

心溪一進房就滿臉堆笑，說道：「兩位施主年紀輕輕，武功如此了得，老衲固然見所未見，而且是聞所未聞，少年英雄，真了不起，了不起！」韋小寶罵道：「操你奶奶的，誰要你拍馬屁。」向他屁股上一腳踢去。心溪雖痛，臉上笑容不減，說道：「是，是，凡是真正的英雄好漢，那是決計不愛聽馬屁的。不過老和尚說的是真心話，算不得是拍馬屁。」

韋小寶道：「我問你，你到清涼寺來發瘋，是誰派你來的？」

心溪道：「施主問起，老僧不敢隱瞞。菩薩頂真容院大喇嘛勝羅陀，叫人送了二百兩銀子給我，請我陪他師弟巴顏，到清涼寺來找一……找一個人。老僧無功不受祿，只得陪他走一遭。」韋小寶又一腳踢去，罵道：「胡說八道，你還想騙我？快說老實話。」心溪道：「是，是，不瞞施主說，大喇嘛送了我三百兩銀子。」韋小寶道：「明明是一千兩。」心溪道：「實實在在是五百兩，再多一兩，老和尚不是人。」韋小寶道：「那皇甫閣又是什麼東西？」心溪道：「這下流胚子不是好東西，是巴顏這鬼喇嘛帶來的。施主放了我之後，老僧立刻送他到五台縣去，請知縣大人好好治罪。清涼寺是佛門清靜之地，怎容他來胡作非為？小施主，那幾條人命，連同死了的幾個喇嘛，咱們都推在他頭上。」韋小寶臉一沉，道：

「明明都是你殺的，怎能推在旁人頭上？」心溪求道：「好少爺，你饒了我罷。」[32]

從這裡我們能看出一點，這位心溪高僧跟韋小寶完全是在同一層面上對話的，兩人的思維方式和對話內容絲絲入扣，完全沒有接不上的地方。問題是，韋小寶是市儈小人啊，他應該跟臨時僱用的那個隨從「少一劃」于八談得這麼「愉快順暢」才對呀[33]！那就只能得出一個結論：這位身披「高僧」袈裟的心溪方丈原來在骨子裡跟韋小寶、于八是「一樣一樣一樣」的啊！

市儈小人可以長袖善舞，先登要路，「隱然是五台山諸青廟的首腦」，而佛法淵深、心地清淨的澄光老和尚呢？那就只能棲身於「山門破舊，顯已年久失修」、「連菩薩金身也是破破爛爛的」清涼寺了。

32《鹿鼎記》第十八回。
33《鹿鼎記》第十七回：「韋小寶……說道：『這樣罷，你給我僱一個人，陪我上五台山去做幫手。五十兩銀子是給他的。』老和尚大喜，道：『那容易，那容易！』他有個表弟，在廟裏經管廟產，收租買物，全由他經手，卻不是和尚，當下去叫了他來，和韋小寶相見。此人姓于，行八，一張嘴極是來得，卻有個外號叫做『少一劃』，原來『于』字加上一劃，變成個『王』字，于八便成王八了。三言兩語之間，韋小寶便和他十分投機。這等市井小人，韋小寶自幼便相處慣了的，這時忽然在阜平縣遇上一個，大有他鄉遇故知之感。」

因過竹院逢僧話

金庸這極其諷刺的一筆讓我們想起《水滸傳》中很相似的一幕。魯達三拳打死鎮關西，走投無路，只能跑到五台山文殊院出家，法名智深。方丈智真長老乃是一位高僧大德，不僅包容魯智深的胡作非為，而且預言「此人久後必成正果，你等眾僧，皆不及他」。因為這樣的包容，引起文殊院眾僧的公憤，再加上魯智深兩度醉鬧山門，智真長老再也安放不下他，只好寫了一封書信，把他推薦給開封大相國寺住持、自己的師弟智清長老。

北宋首都在開封，大相國寺也就是「天下第一寺」，住持智清長老的地位還用說嗎？這位「高僧」又是怎樣一副嘴臉呢？他讀罷來書，先是冷冷地吩咐一句：「遠來僧人且去僧堂中暫歇，吃些齋飯」，一副公事公辦的口氣呼之欲出。然後喚集兩班職事僧人，盡到方丈，板起臉來說了一番掂斤估兩的話：

> 汝等眾僧在此，你看我師兄智真禪師好沒分曉。這個來的僧人，原來是經略府軍官，為因打死了人，落髮為僧。二次在彼鬧了僧堂，因此難著他。你那裡安他不的，卻推來與我。待要不收留他，師兄如此千萬囑咐，「不可推故」；待要著他在這裡，倘或亂了清規，如何

使得？[34]

金聖歎非常敏銳地在這段話後面加了夾批：「無如此許多算計，便住持五台山；有如此許多算計，便占坐東京。作者借此特特寫出牝牡驪黃，使後世善男信女，要皈依善知識者，自去揀擇也。」什麼是「牝牡驪黃」？金聖歎在回前有總評云：「真長老云：便打壞三世佛，老僧亦只得甘休。善哉大德！真可謂通達罪福相，遍照於十方也。若清長老則云：侵損菜園，得他壓伏。嗟乎！以菜園為莊產，以眾生為怨家，如此人亦復匡徒領眾，儼然稱師，殊可怪也。夫三世佛之與菜園，則有間矣。三世佛猶甘休，則無所不甘休可知也；菜園猶不甘休，然而如清長老者，又可損其毫毛乎哉！作者於此三致意焉。以真入五台，以清占東京，意蓋謂一是清涼法師，一是鬧熱光棍也。」身為「天下第一高僧」，對一處菜園子如此在意，不是「鬧熱光棍」是什麼？這四個字可謂揭皮見骨，把所謂「高僧」們的袈裟剝得一絲不掛了。

方丈如此，手下職事人員也好不到哪去。首座的職位也不低了，但面對魯智深公然撒謊，眼睛都不眨一下：

34《水滸傳》第六回〈九紋龍剪徑赤松林　魯智深火燒瓦罐寺〉。

清長老道：「你既是我師兄真大師薦將來我這寺中掛搭，做個職事人員，我這敝寺有個大菜園，在酸棗門外嶽廟間壁，你可去那裡住持管領……」智深便道：「本師真長老著小僧投大剎，討個職事僧做，卻不教俺做個都寺、監寺，如何教洒家去管菜園？」首座便道：「師兄，你不省得，你新來掛搭，又不曾有功勞，如何便做得都寺？這管菜園也是個大職事人員了。」智深道：「洒家不管菜園，俺只要做都寺、監寺。」知客又道：「你聽我說與你：僧門中職事人員，各有頭項，且如小僧做個知客，只理會管待往來客官僧眾。至如維那、侍者、書記、首座，這都是清職，不容易得做。都寺、監寺、提點、院主，這個都是掌管常住財物。你才到的方丈，怎便得上等職事。還有那管藏的，喚做藏主；管殿的，喚做殿主；管閣的，喚做閣主；管化緣的，喚做化主；管浴堂的，喚做浴主，這個都是主事人員，中等職事。還有那管塔的塔頭，管飯的飯頭，管茶的茶頭，管東廁的淨頭，與這管菜園的菜頭：這個都是頭事人員，末等職事。假如師兄你管了一年菜園好，便升你做個塔頭；又管了一年好，升你做個浴主；又一年好，才做監寺。」智深道：「既然如此，也有出身時，洒家明日便去。」[35]

35《水滸傳》第六回〈九紋龍剪徑赤松林　魯智深火燒瓦罐寺〉。

魯智深豪傑心性，他是不會計較什麼無聊的幾等職事的，這裡不過特地借他的「計較」來大寫特寫「清公門庭如狗」（金聖歎語）而已。原來空門不空，其世情紛雜，跟俗人也差不了許多，讀之可發一嘆！

由此又想起一則笑談。唐代詩人李涉有一首〈題鶴林寺僧舍〉：

終日昏昏醉夢間，忽聞春盡強登山。
因過竹院逢僧話，偷得浮生半日閒。

詩不錯，但有個條件：「逢僧話」的「僧」得是一位高僧，跟他談談說說，心地清涼，這才會有「偷得浮生半日閒」的感覺。如果碰上一位心溪方丈或智清長老這樣的「庸僧」呢？你還別說，後來有位文人就碰上了一位庸僧，談了半天，頭昏腦脹，於是把李涉的詩次序顛倒了一下：

偷得浮生半日閒，忽聞春盡強登山。
因過竹院逢僧話，終日昏昏醉夢間。

無人不冤，有情皆孽

總體說來，上面都是零打碎敲，小打小鬧，整體呈現金庸小說與佛教文化關係的巨著是《天龍八部》。我們甚至可以說，《天龍八部》一部洋洋二百萬字的大書就是在佛教理念籠罩下寫成的。什麼理念？用八個字來概括，叫做「無人不冤，有情皆孽」。

這八個字不是我說的，是美籍華裔文學評論家陳世驤教授說的；這也不是獨家祕笈，《天龍八部》的末尾附了陳世驤寫給金庸的信，這八個字就是信裡提出的。問題是，何謂「無人不冤，有情皆孽」？從修辭角度看，這兩句是互文關係，也就是「無人不冤孽，有情皆冤孽」。「冤孽」，也常寫作「冤業」、「業冤」，換一個詞也就是「因果」，再換一個詞就是「因緣」或者「緣」。

那麼，什麼是「緣」呢？用現代語言表述得清楚一點，那就是命運，那就是一隻神祕的、無法掌控也無法抵擋的、個人在他面前無比渺小的、任憑它隨意撥弄的命運之手。無論你怎樣驚才絕豔，你都對他無能為力，只能任隨它的意思演出一場場命運的悲喜劇。

我們分別以男一號蕭峰和男二號段譽的人生軌跡來加以證明。

蕭峰在小說中出場的時候，他的身分是丐幫幫主，而且他不僅是一般的幫主，那是武林中幾十年上百年都沒有出現過的奇才。他的武功、智謀、襟懷、氣量全都是超一流的，風華正茂，意氣風發，要帶領丐幫走上武林巔峰。就在這樣的關鍵時刻，丐幫發生大規模內亂。雖然蕭峰憑藉自己的武功、襟懷平定了內亂，但有一個真相他終於無法掩蓋，那就是自己很有可能是大宋朝的死敵、大遼國的契丹族人！

蕭峰身處嫌疑之地，只能扔出打狗棒，自我放逐，離開丐幫。這個時候蕭峰對未來還是比較樂觀的，完全不知道命運之狼會躲在哪個角落向自己齜出獠牙。他向丐幫兄弟許下諾言：「不管我喬某（現在蕭峰還不知自己姓蕭）是大宋人還是契丹人，將來絕不會殺害一位中原的武林好漢！」結果，他沒能兌現這個諾言。在那場浩氣如虹、蕩氣迴腸的聚賢莊大戰中，他不僅殺了很多武林人士，連親如兄弟的丐幫朋友也殺了不少。到這一步，蕭峰成了什麼？之前是武林中人人景仰的「北喬峰」、大英雄，無數「粉絲」想見他一面而不得；現在則變成了殺（養）父母、殺師父、殺朋友，連心愛的未婚妻阿朱都被他一掌打死的大惡人、無恥敗類，人人唾棄不已，人人欲殺之而後快！《天龍八部》裡有一個著名的門派叫做星宿派，星宿老怪丁春秋的門下都是心狠手辣、六親不認之輩，當他們聽到蕭峰的「英雄事蹟」以後，都自愧不如。

中原雖大，蕭峰已經無可容身，而阿朱臨死前托他照顧自己的妹妹阿紫，結果他又把阿紫「打死」了。於是只好「莽蒼踏雪行」，抱著阿紫從中原地區一路向東北方向行進，就來到了我工作和生活的這塊地方。在長白山麓，蕭峰結識了一群女真人，其首領之一叫做完顏阿骨打，也就是後來金國的始祖。跟女真朋友出去打獵的時候，迎面碰上一支大遼國部隊，不由分說，放箭射傷射死了不少女真人。蕭峰激於義憤，憑自己驚人的武功殺入千軍萬馬，把對方的總指揮、一個紅袍大漢生擒活捉。

女真人感覺到此人必是大遼高官，殺了對自己沒好處，還不如勒索一點贖金來得實惠，於是派了最精明的談判專家出來談判：「你的身分肯定非同小可。要想我們放你，非出大價錢不可。你得拿出一百兩黃金，一千兩白銀，五百匹馬，五百頭牛，五百隻羊」等等。對當時粗陋貧困的女真族而言，這完全是獅子大開口了。平常綁一個票，無非是三匹馬五頭牛就贖回去了，這次要了個天文數字，是留給對方「砍價」的空間的。沒想到，這紅袍大漢怫然作色，生氣了，傲然道：「我大遼國富甲天下，何所不有？你們只要這點錢不是瞧不起我嗎？你們如果肯放我回去，我把你的條款每一項加十倍，一千兩黃金，一萬兩白銀，五千匹馬，五千頭牛，五千隻羊……送給你們！」

蕭峰很喜歡這個大漢的英雄氣概，分文不要，把這人放了，而且與他結拜為異姓兄弟。一個頭磕在地下，站起身來，兩個人才通名報姓。蕭峰問：「大哥，你貴姓高名啊？」對方說：「我複姓耶律，單名一個基字。」

跟皇帝拜把子

過了一段時間，蕭峰在打獵途中遇見了自己結義大哥耶律基手下的一個軍官：「哎呀！那不是蕭大爺嗎？我家主人天天惦記著你，我這就帶你去見他。」蕭峰跟著這軍官一路前行，來到一座小山之上，眼看沿途數萬部隊，軍容嚴整，蕭峰心想：「看來我這位結義哥哥在大遼地位肯定不低呀！」

上了山頂，見到大哥耶律基，兄弟二人四手互握。就在此刻，四周數萬官兵全體跪下大呼萬歲。耶律基哈哈大笑：「兄弟啊！結拜的時候我瞞了你一個字，我不叫耶律基，我叫耶律洪基，我就是大遼國皇帝！」蕭峰無意中和皇帝拜了把子了，儘管蓋世豪傑，見了本國皇帝，也不免惶恐。耶律洪基說：「兄弟，上次你對我有救命之恩，我封你一個大官吧！」蕭峰說：「陛下萬萬不可！小弟我只會喝酒，不會當官。」耶律洪基說：「沒問題呀！我這就封你一個只需喝酒、不要做事的大官！」封什麼呢？耶律洪基拍著腦袋還沒想出來呢，四下裡號角齊鳴，數十萬軍隊把這幾萬部隊層層包圍。原來大遼國也發生了內亂，重臣南院大王發動武裝叛亂，要奪取皇位、取而代之。

雙方實力懸殊，幾場大戰下來，耶律洪基眼見大勢已去，做好了必死的準備。窮途末路，垂死掙扎，蕭峰憑藉自己驚人的武功，單人獨騎衝下山去，不僅射殺了南院大王，而且乾脆俐落平定了這場叛亂。蕭峰之前在丐幫平定過內亂，那點經驗都用在這了。蕭峰催馬回到山頂，耶律洪基握著蕭峰的手，激動得眼淚都下來了：「兄弟，從今天開始，這個江山你我兄弟共之！我那天就沒想好封你什麼官，現在有了，我這就封你為南院大王！」

蕭峰大驚失色，趕緊推辭。耶律洪基說：「兄弟，南院大王是我大遼國一人之下萬人之上、最尊貴的官職！如果南院大王你都不要的話，做哥哥的除了以皇帝之位相讓，我也再沒有別的辦法了！」話說到這個份上，也是非常真摯的了。蕭峰沒有辦法，只好跪地叩頭，接受了南院大王之職。

蕭峰到王府上任的路上，契丹百姓自動自覺，鮮花牛酒，排在道路兩邊，滿眼含淚，感謝蕭峰：「沒有蕭大王平定這場內亂，戰火連天，我們的父母兄弟、妻兒手足會有多少人死在這場內戰當中啊！蕭大王，你是我們大遼百姓的大救星！」看到這一幕，蕭峰感慨叢生：「我在大宋朝一意求好，誰都不想得罪，結果成了人人唾棄、人人欲殺之而後快的大惡人。來到大遼，我本無意為善，卻無意中成了大遼國千千萬萬百姓的救星。」他從心底發出一聲長嘆：「人哪！這真是從何說起！」

從何說起呢？只能從這隻任意撥弄人於股掌之間的命運之手說起。

匹配皇帝身分的贖金

到這裡，蕭峰的命運大戲只演了一半，還遠遠沒到高潮呢！有一天，耶律洪基把蕭峰找來了：「兄弟，你別當南院大王了，我給你換個封號，叫宋王。你統領我大遼鐵騎，南下攻滅了大宋，花花江山都是你的了！」聽了這話，蕭峰心頭波瀾起伏。第一，蕭峰三十年一直生長在大宋地界，儘管他從血緣上承認了自己是契丹人，但是他內心深深知道，自己愛大宋極深而愛大遼極淺，他怎麼可能帶領大遼國鐵騎去踐踏自己的祖國和家園呢？第二，他這段時間親眼看見雙方在邊境線上你稱我為「遼豬」，我稱你為「宋狗」，互相屠殺，慘毒萬狀。雙方互相汙衊，互相殘殺。和平年代尚且如此，真正打起大戰，會有多少生靈塗炭，多少妻離子散，多少家破人亡？「我對大遼盡忠報國，是在保土安民，而不是為了一己的榮華富貴，因而殺人取地、建立功業！」[36]

蕭峰堅決拒絕了耶律洪基的命令，這叫抗旨不遵，十惡不赦。耶律洪基龍顏大怒：想不到你蕭峰如此不識抬舉！沒有你，消滅大宋這事我也能完成！於是把蕭峰囚禁在一個關獅

36《天龍八部》第四十三回。下文無名老僧接口道：「善哉，善哉！蕭居士宅心仁厚，如此以天下蒼生為念，當真是菩薩心腸。」

子的鐵籠之中。阿紫假裝投水自盡，脫身出去，找到了中原武林人士，又找了蕭峰的兩位結拜兄弟大理國皇帝段譽、西夏國駙馬虛竹，組成一支小型的聯合國特種部隊，透過挖地道的方式把蕭峰從鐵籠子裡救了出來。這是阿紫出場以後做的唯一一件好事！

蕭峰率領這支幾百人的多國特種部隊且戰且走，來到了雁門關外。耶律洪基得到消息，率領數萬大遼鐵騎在後面緊緊追趕。蕭峰等人雁門關守將馬上開關放行，守將不知底細，不敢開關。蕭峰只能率領幾百武林豪傑，跟敵人數萬鐵騎在雁門關外形成對峙之勢。

耶律洪基對蕭峰上次擒拿自己之事非常忌憚，這次已經有所準備，加派了好幾倍護衛，密密層層，風雨不透，但他沒想到，這次已經不用蕭峰出手了。段譽、虛竹的武功都已經到了爐火純青、隨心所欲的地步，一個攻上三路，一攻下三路，三下五除二，把耶律洪基又抓過來了。

眼看耶律洪基第二次落到自己手裡當了人質，蕭峰也是感慨叢生：「陛下，上次你落在我手裡，我們不知道你的身分，女真朋友要了一百兩黃金，一千兩白銀，五百匹馬，五百頭牛，五百隻羊等等，你回去後兌現諾言，每一項都加十倍給了我，一千兩黃金，一萬兩白銀，五千匹馬，五千頭牛，五千隻羊。我也沒有私有財產觀念，轉手都送給女真族朋友了。」──這是大金國掘得的第一桶金。大金國後來發展起來，滅了大遼，就是從蕭峰給這筆巨額財產開始的──蕭峰說：「陛下，就算你加十倍給了贖金，跟你大遼國皇帝的身分相比還是不值一提。陛下你是普天下身分最尊貴的人，這次我索要的贖金要跟你的身分相匹配。我要什麼？我要你有生之年，大遼國一兵一卒不得踏過宋遼邊界！你活一天，大宋大遼就保持一天的和平！」

耶律洪基一千個不情不願，但知道蕭峰性情剛烈，而且發過誓：「我們兄弟不求同年同月同日生，但求同年同月同日死啊！」那也只好在蕭峰脅迫之下，面對三軍，折箭為誓：「在我有生之年，大遼國一兵一卒不得踏過大宋邊境！」蕭峰兌現諾言，把耶律洪基放回去了。

耶律洪基回到了安全地帶，回頭看了蕭峰一眼，非常諷刺地跟蕭峰說：「蕭大王！你這次為大宋立下汗馬功勞，後半輩子功名富貴不可限量，那是拿穩的了！」蕭峰眼看耶律洪基回歸本隊，一直面沉似水，臉上一點笑容都沒有，現在聽見耶律洪基這幾句話，蕭峰高聲叫道：「陛下！蕭峰身為大遼子民，居然挾持本國皇帝，已經犯下了十惡不赦的逆反大罪！蕭某堂堂七尺男兒，還有何面目立於這天地之間？」回手從身邊一人箭囊中掣出一根雕翎箭，插中自己心臟，雙目緊閉，死在雁門關外。

這就是金庸筆下最具男子漢氣概的大英雄蕭峰的最後結局。讀到這一幕，無數讀者，特別是無數女性讀者，都為蕭峰之死而一灑同情之淚。蕭峰的悲劇是典型的 destiny，伊底帕斯式的命運悲劇。他的武功、智謀、氣量、襟懷，無論哪個指標都是人中絕頂，但在這隻任意撥弄的命運之手面前，他還是非常渺小，只能隨它擺布。魯迅說「所謂悲劇，就是把高尚的東西打碎給人看」[37]，蕭峰就是被命運之手打碎的高尚的東西！

五百年前風流業冤

說完了蕭峰的悲劇，再來看看段譽的喜劇。

段譽的身分高貴，大理國鎮南王世子，在大理國附近「微服私遊」，四處閒逛，旅遊過程中遇見了好幾個美女，跟他們結下程度不等的情緣，而且跟木婉清私定終身。帶著木婉清回到大理國，見了自己的父親鎮南王段正淳。段正淳一看：「兒子從外地旅遊回來了，還帶回來一個女朋友！一看這個女孩子，雖有些山野之氣，沒受過高等教育，讀過研究生什麼的，但是生得秀麗無倫，非常漂亮。段正淳非常欣慰：看來我兒子還是像我，很有眼光嘛！」

本來一家人其樂融融，歡聚一堂，忽然段正淳看見木婉清佩戴的長命鎖，上面寫著生日

37〈再論雷峰塔的倒掉〉。

時辰，一打聽背景，段正淳一拍桌子：「這門婚事不行！為什麼？因為木婉清是我的私生女，是段譽你同父異母的妹妹呀！」段正淳是金庸筆下最風流的人物形象，拈花惹草，四處留情，跟好多女子結下情緣，生下好幾個私生女，木婉清是 first one。

平心而論，這次變故對段譽的打擊並不是很大。因為這段感情裡，段譽是被動一方，木婉清才是主動一方，但畢竟也是混亂糾結。就在這個當口，從吐蕃國來了一位和尚國師鳩摩智，把段譽生擒活捉，一路北行，來到姑蘇城西三十里的燕子塢參合莊，慕容氏家裡。就在這裡，機緣巧合，段譽一眼看見了「神仙姐姐」王語嫣。這可就壞了，用《西廂記》裡張生看見崔鶯鶯的唱詞，叫做「一眼覷定五百年前風流業冤」！段譽看見王語嫣，驚為天人，從此一見鍾情，不可自拔，千山萬水、千難萬險、死皮賴臉地追隨。王語嫣跑到哪他就跟到哪，一見王語嫣遇見危險，他就站出來：「王姑娘！我來救你！」這是段譽最經典的臺詞。

但是落花有意，流水無情，王語嫣一顆芳心念茲在茲，無時無刻不繫在表哥慕容復身上。段譽陷入了深深的求不得苦。可以苦到什麼程度呢？可以看一個細節。

有一個江湖組織叫做三十六洞七十二島，大家集合起來開一個萬仙大會，目的是反抗天山童姥的暴虐統治。在會上，大家紛紛訴苦，有一個人說：「我被天山童姥多少年前打了幾鞭子，每到陰天下雨就苦痛不堪。」旁邊一個和尚說：「你這點傷算什麼呀？小僧我被她用鐵鉤子穿了琵琶骨，幾十年來求生不得，求死不能！」說到傷情之處，這些人非常淒慘地一聲長嘆：「我們這算什麼萬仙大會呀！簡直是萬鬼大會！」

話音未落，旁邊傳來一聲比他們慘得多的長嘆——段譽發出來的！為什麼比他們慘得多呢？因為段譽的眼前就站著王語嫣，但是王語嫣身邊站著慕容復。雖然一步之遙，但是「坐來雖近遠如天」，兩人之間像隔了一道銀河那麼遠。這種求不得苦比那些肉體上的痛苦不知道要慘多少倍！

全宇宙最幸福的人

到此地步，我們都覺得絕望了，但是山重水複，柳暗花明，慕容復為了完成所謂的復國大業，毅然決然拋棄了表妹對自己的愛情，準備到西夏國競爭駙馬，想靠西夏國的國力有所作為。

有一天晚上，慕容復想起要除掉段譽這個競爭對手，把段譽叫出來，三言兩語，點上穴道，扔進旁邊一口深井裡淹死了。王語嫣聽到動靜趕來，靠在井邊趴著喊了兩聲，下面完全沒有動靜。王語嫣知道段譽死了，非常傷心。但這種傷心現在還完全談不上愛情，她最關心的仍然是表哥慕容復到底還能不能娶我。

王語嫣站在井邊，給慕容復下了最後通牒：「段公子幾次救了我的命，我無可報答。表哥，現在我要你最後一句話。你如果娶我，那也罷了；如果你不娶我，我就跳下井去，把這條命還了段公子也就是了。」面對最後通牒，慕容復什麼反應？人非木石，他哪裡不知道表妹對自己一片深情呢？但是「魚與熊掌不可兼得」，江山美人選一個，還是要選江山啊！想到這裡，慕容復沉默不語。

沉默，當然也是一種表態，王語嫣的心裡現在涼了半截。她從慕容復身邊離開，一步一步往井邊走！請注意，這是最後通牒以外的最後通牒：再給慕容復一次機會！從慕容復身邊到井邊要走十幾二十步，慕容復如果伸一把手，萬事都好商量。但是慕容復忍心不動：我伸一把手容易，可是此後情孽牽纏，我的復國大業怎麼辦？

走到井邊，王語嫣心裡涼到不能再涼了，一瞬之間恍然大悟：「哪想得到癡癡愛了這麼多年的表哥，原來涼薄至此！不用說我是你至親的表妹，我們還有婚姻之約，就是個陌生女子跳井，你不也應該伸手把她救回來，居然忍心看她自蹈死地？這麼多年自己都愛錯人了！應該愛誰？應該愛段譽呀！人家段譽鞍前馬後，自己一遇到危難就跑出來說：『王姑娘，我來救你！』」王語嫣曾經問過段譽：「段公子，你如此待我，對你有什麼好處？你求什麼？」段譽說：「我什麼也不求，只要每天看見姑娘的臉上露出笑容，那就是對我最大的好處了！」

站在井邊上，王語嫣把這些事都想起來了，應該愛段譽呀！可惜已經晚了，段譽已經被扔到井裡淹死了！於是，王語嫣高叫一聲：「段公子，我來陪你——」，高高跳起，一個高難度動作，向前翻滾三周半抱膝，「唰」就下去了。

大家知道，我在上面的敘述中埋了一個「包袱」：段譽沒死。這口井倒是夠深，但是一口枯井，沒有水，段譽被扔進井裡摔暈了。現在王語嫣跳下來，正好砸在段譽身上，把他砸醒了。於是兩個人就在伸手不見五指的枯井底海誓山盟，第一次嘗到兩情相悅的滋味。這麼長時間以來，段譽單戀王語嫣，其實王語嫣對慕容復又何嘗不是單相思呢？段譽現在覺得自己是全宇宙最幸福的人，接下來到西夏應徵駙馬，都是走走過場而已，抱得美人歸，帶著王語嫣回去了。

晴天霹靂十次方

回去的路上，段譽忽然聽見了一個相當於晴天霹靂十次方的消息：原來王語嫣又是自己同父異母的妹妹！人生到此地步，你還怎麼有勇氣活下去呢？正當段譽萬念俱灰、生無可戀之際，他母親刀白鳳臨死之前把他叫了過來，趴在他耳邊低低說了一句：「譽兒，你喜歡的這幾個姑娘，鍾靈啊，木婉清啊，王語嫣啊，你愛娶誰就娶誰。為什麼？因為你也不是你爸爸的親兒子！」

整個亂套了！段譽居然不是鎮南王段正淳的親兒子，他的親生父親是誰？天下四大惡人之首段延慶！

段延慶本是大理國皇太子，養尊處優，錦衣玉食，人生在他眼中一片光明。突然急轉直下，他在一場殘酷的宮廷政變中身受重傷，兩條腿被打斷，面目毀損，喉頭被敵人橫砍一刀，聲音也發不出了。他簡直已不像一個人，全身汙穢惡臭，只能在路上像蟲子一樣蠕動爬行，一口氣接不上來就可能隨時死掉。半夜時分，月光照耀之下，迎面走過來一個白衣女子，長髮飄飄，寶相莊嚴，如同寺廟塑像的觀音菩薩一樣。這女子一邊走一邊喃喃自語：「好啊，你四處拈花惹草，跟別的女人好，對不起我。今天我要找一個天下最醜陋、最汙穢、最卑賤的男人來和他相好，來報復你！」說著說著，一低頭看見段延慶了：「這人合適啊，就是他了！」

這白衣女子就是段譽的母親、鎮南王妃刀白鳳，為了報復段正淳四處留情，「她一言不發，慢慢解去了身上的羅衫，走到段延慶身前，投身在他懷裡，伸出像白山茶花花瓣般的手臂，摟住他的脖子……淡淡的微雲飄過來，掩住了月亮，似乎是月亮招手叫微雲過來遮住它眼睛，它不願見到這樣詫異的情景：這樣高貴的一位夫人，竟會將她像白山茶花花瓣那樣雪白嬌豔的身子，去交給這樣一個滿身膿血的乞丐。」[38]就這樣，段延慶成了段譽的親生父親。

短短幾個小時，連續的晴天霹靂十次方，人生的轉折也太可怕了！段延慶冷冷看著段譽：「你母親可能跟你說了，我就是你的親生父親，你認我不認？」段譽能認嗎？從小說第一冊天下四大惡人一出場，段延慶就是自己最大的對頭，現在忽然說最大的敵人是自己的親生父親，誰能認啊？段譽說：「不認！你就是殺了我我也不認！」

段延慶是天下四大惡人之首啊，當即凶性大發：「我本來有了個兒子挺高興，結果這個兒子不認我，那我要這個兒子幹什麼？」臂膀一顫，細鐵杖一寸一寸指向段譽心口。剩下最後一寸，細鐵杖停住了。段延慶用細鐵杖挑起地下一柄寶劍，送到段譽手裡：「好吧！你不認我，可以！我給你個機會，你可以殺了我為父母報仇，我絕不還手！」

現在形勢反過來了，輪到段譽拿著寶劍一寸一寸往段延慶心口逼近，剩下最後一寸，段譽的寶劍也停住了。段延慶等了半天，陰森地問了一句：「怎麼不下手？」請注意段譽的回答。這種情境下段譽能說什麼？我覺得這句臺詞特別能看出金庸作為優秀小說家的卓絕功力。段譽說了十個字，一個字都不能增，不能減，不能動——段譽說：「媽媽不會騙我，我

38《天龍八部》第四十八回。

不殺你。」

背後的潛臺詞是什麼？那就還是認了段延慶為父親了！段延慶完全聽懂了，心花怒放，無可言表。他本是皇太子，因為宮廷政變重度殘疾，人不像人，鬼不像鬼，路上被那個「白衣觀音菩薩」以身相許，這才振作起來，練了一身驚人武功，成為天下四大惡人之首。延慶太子重出江湖，他是什麼心態？他心裡完全是萬年不化的堅冰冷雪，他對這個世界只有黑暗，只有仇恨，恨不得殺盡天下所有幸福的人，毀掉世間所有美好的事物。但是現在，自己居然有了兒子了！那就像一束滾燙的陽光照進了心裡，冰雪全被消融。什麼皇位？什麼復仇？全都化作浮雲，飄然散去。段延慶哈哈大笑，轉身離去，從此不知所蹤。天下四大惡人只有段延慶沒有死於非命，在一定意義上，這是金庸對段延慶極度悲慘的前半生的一種補償。我相信在寫段延慶這個人物的時候，金庸也是滿懷悲憫的。

上天如此安排

段譽帶著王語嫣回到大理國，向自己的伯父、大理國保定帝段正明毫不隱瞞彙報了所有情況：「本來你們兄弟只有我這一個後輩，我是大理國的儲君，但現在我明白了，我是四大惡人之首段延慶的孽種，沒有資格繼承皇位。請伯父收回成命，另選高明吧！」段正明把帽子一摘：「譽兒，你來看！我已經落了髮，燒了戒疤，明天一早，我就到郊外的天龍寺出家，你就是大理國皇帝。為什麼？兩個原因：第一，你是段延慶的兒子，這件事除了那個飄然而去的段延慶，世界上只有你一個人知道。你完全可以不說，但是你居然毫無隱瞞，我們上哪找一個比你人品更好的人來當大理國的皇帝呢？第二，這個皇位本來就是人家延慶太子的。當年宮廷政變，延慶太子不知下落，大家以為他死了，才推戴我當了皇帝。後來延慶太子重出江湖，我雖然知道他的確是延慶太子，但他是天下四大惡人之首啊！我怎麼能把皇位讓給他，禍害大理國的老百姓呢？譽兒，你既然是延慶太子的兒子，我把皇位讓給你，不就等於還給了延慶太子了嘛！上天如此安排，真是再妙不過！」

這就是段譽的大結局：皇帝當上了，王語嫣也娶到手了，自己的人生達到了一個圓滿如意幸福的巔峰。跟蕭峰相比，段譽走向了另外一個極端，演出了一幕命運喜劇。但是，站在命運的高度來講，悲劇和喜劇並沒有區別。那都是命運的偶一為之，命運的隨心所欲。就像一把骰子扔進俄羅斯輪盤，滾到幾就是幾，「一次感冒都足以改變命運」[39]。

這就是「無人不冤」，這就是「有情皆孽」，這就是金庸告訴我們的、那隻神祕的無法

39 我的朋友馬波的詩句，出自他的組詩〈遊戲與消耗〉。

抵抗的命運之手。我覺得金庸在《天龍八部》中傳遞的哲學意蘊極其深刻，它可能沒有那麼積極，沒有那麼陽光，但它是人生的一種真相，是真正從生命和人性意義上來思考這些重大的哲學終極命題的。

第四編

走進文學史的金庸

第一講　武俠小說的鼻祖：唐傳奇

歷史情懷、文化品質、哲學意蘊，前三章內容結束，我們可以回到文學本位來看金庸小說了。

我們講中國文學，特別看重的一件事是流變。中國文學是一條汪洋恣肆、波瀾壯闊的大河，我們要知道河流的上游、中游與下游，才能找到某一個作家或作品所處的位置，畫出他或它的準確座標。講金庸，我們也首先把他放在武俠小說史的長河裡來認識。

橫練與毒蛇

前面說過，中國俠文學的濫觴是《史記》的「遊俠」、「刺客」兩傳。儘管《史記》文學性很強，司馬遷很注重人物刻畫與情節張力，但《史記》畢竟還是紀傳體史書，不是小說。中國武俠小說史的源頭，要追溯到唐傳奇。

魯迅《中國小說史略》有一個著名的判斷：「小說亦如詩，至唐代而一變，雖尚不離於搜奇記逸，然敘述宛轉，文辭華豔，與六朝之粗陳梗概者較，演進之跡甚明，而尤顯者，乃在是時則始有意為小說。」應該特別注意的是「始有意為小說」一句，這確實抓住了唐傳奇在小說史上里程碑式的意義。

武俠小說是唐傳奇的「大宗」，不僅數量頗豐，水準也很高，其中很多「腦洞大開」的橋段都成為後來武俠小說的「公認常識」與「保留曲目」。比如說志怪色彩很濃的《補江總白猿傳》，文中被白猿擄來的女子說：「這頭白猿力大無窮，渾身上下堅如鐵石，只有臍下數寸他經常保護遮擋，看來此處一定不能抵禦兵刃。」依據這份情報，別人拿兵器砍牠全身，如同砍到鐵石一般，毫髮無損。再刺牠臍下，兵刃就沒體而入，鮮血噴射，終於殺死了白猿。

如果去掉小說的志怪成分，白猿這不就是武林高手的橫練功夫嗎？「臍下數寸」不就是所謂的「練門」嗎？我們看《射雕英雄傳》第四章〈黑風雙煞〉：

更有一件棘手之事，這鐵屍渾號中有一個「鐵」字，殊非偶然，周身真如銅鑄鐵打一般。她後心給全金髮秤錘擊中兩下，卻似並未受到重大損傷，才知她橫練功夫亦已練到了上乘境界。眼見她除了對張阿生的尖刀、韓小瑩的長劍不敢以身子硬接之外，對其餘兵刃竟是不大閃避，一味凌厲進攻。

朱聰心想：「有橫練功夫之人，身上必有一個功夫練不到的練門，這地方柔嫩異常，一碰即死，不知這惡婦的練門是在何處？」他縱高竄低，鐵扇晃動……霎時之間，連試了十多個穴道，要查知她對身上哪一部門防護特別周密，那便是「練門」的所在了。

郭靖只見抓住自己的人面色焦黃，雙目射出凶光，可怖之極。大駭之下，順手拔出腰間的匕首。向他身上插落，這一下正插入陳玄風小腹的肚臍，八寸長的匕首直沒至柄。陳玄風狂叫一聲，向後便倒。他一身橫練功夫。練門正是在肚臍之中。別說這柄匕首鋒銳無匹，就是尋常刀劍碰中了他練門，也是立時斃命……「善泳溺水，平地覆車」，這個武功厲害之極的陳玄風，竟自喪生在一個全然不會武功的小兒之手。

在金庸的這段敘述中，「銅屍」陳玄風與白猿的結局是完全一致的，連「練門」在肚臍部位都如出一轍，其淵源顯然在於唐傳奇。

再比如《鄧甲》，小說中寫到鄧甲以法術召集十里內的蛇，「不移時而至，堆之壇上，高丈餘，不知幾萬條耳。後四大蛇，各長三丈，偉如汲桶，蟠其堆上。時百餘步草木，盛夏盡皆黃落」。幾萬條蛇堆成一大堆、四條水桶般的大蛇蟠在蛇堆之上已經很令人驚悚，而作者又點了一筆，「時百餘步草木，盛夏盡皆黃落」，其氛圍之肅殺，真讓人腦後發涼！鄧甲讓病人過來，露出被蛇咬傷的腳，呵斥蛇為他療毒，「蛇初展縮，難之。甲又叱之，如有物促之……不得已而張口向瘡吸之」，於是蛇毒盡去。

這篇小說沒什麼名氣，但極盡精彩，為金庸的《射雕英雄傳》、《倚天屠龍記》、《天龍八部》都提供了養分。可以看看：

只見成千條青蛇從林中蜿蜒而出，後面絡繹不絕，不知尚有多少……忽聽得松林中幾下怪聲呼嘯，三個白衣男子奔出林來，手中都拿著一根兩丈來長的木桿，嘴裡呼喝，用木桿在蛇陣中撥動，就如牧童放牧牛羊一般……群蛇猶似一片細浪，湧入松林中去了，片刻間退得乾乾淨淨，只留下滿地亮晶晶的黏液。

——《射雕英雄傳》第十二章

便在此時，忽覺得一陣寒風襲體，只見西北角上一條火線燒了過來，頃刻間便燒到了面前。一到近處，看得清楚，原來不是火線，卻是草叢中有什麼東西爬過來，青草遇到，立變枯焦，同時寒氣越來越盛。他退後了幾步，只見草叢枯焦的黃線移向木鼎，卻是一條蠶蟲。

——《天龍八部》第二十八章

張無忌吩咐緊閉門窗，又命眾人取來雄黃、明礬、大黃、甘草等幾味藥材，搗爛成末，拌以生石灰粉，灌入銀冠血蛇竹筒之中，那蛇登時胡胡的叫了起來，另一筒中的金蛇也呼叫相應。張無忌拔去金蛇竹筒上的木塞，那蛇從竹筒中出來，繞著銀蛇所居的竹筒遊走數匝，狀甚焦急，突然間急竄上床，從五姑的棉被中鑽了進去……正張口咬往了五姑左足的中趾。張無忌臉露喜色，低聲道：「夫人身中這金銀血蛇之毒，現下便是要這對蛇兒吸出她體內毒質。」

——《倚天屠龍記》第十四章

大家完全可以自己對照，不難看出兩者之間的關係。只不過金庸剔除了志怪成分，寫得更加煞有介事而已。

以俠行騙

唐傳奇中的武俠世界可謂五光十色，斑斕多姿。段成式筆下的和尚被人在頭上打了五彈，毫無感覺，直到第五下，才摸摸腦袋說：「郎君莫惡作劇」（〈僧俠〉），功夫何等高強！

皇甫氏筆下的車中女子對高達七八丈的深坑視若無物，帶著一個人還可以「聳身騰上」（〈車中女子〉）；一個囚徒將繩子扔在半空之中，「其勢如鳥，旁飛遠揚，望空而去」（〈嘉興繩技〉），輕功何等了得！沈亞之筆下的馮燕與別人妻子私通，當情婦暗示他殺掉親夫的時候，斷然殺了情婦，並出面說明真相，救了那位「親夫」的性命（〈馮燕傳〉），行跡何等出人意表[40]！〈崔慎思〉中的少婦為父報仇，隱忍數年，終於殺了郡守，與崔慎思臨別之際親手殺了自己的幼子，以免掛念，心志何等狠辣決絕！

更絕的是，還有一樁借俠而行騙的奇案。被騙的當事人不是無名之輩，乃是寫過「潮落夜江斜月裡，兩三星火是瓜洲」、「故國三千里，深宮二十年。一聲何滿子，雙淚落君前」的名詩人張祜。

杜牧非常欣賞張祜，曾誇獎他「誰人得似張公子，千首詩輕萬戶侯」，可見張祜的豪邁慷慨。因為豪邁慷慨，以任俠自詡，有一天，就來了一個武士打扮的人找他。此人腰懸寶劍，手拎行囊，有血從囊中滲出。進門就問：「此處是張俠士家嗎？」張祜一看這樣的派頭，心中怦怦亂跳：自己景仰的大俠終於出現了！趕緊恭敬地答道：「正是！」來人大馬金刀坐下，豪邁地說：「我有一個仇家，十年沒找到。今夜我將他殺了，高興之極呀！」一指

40 此篇即《歡喜冤家》第八回〈鐵念三激怒誅淫婦〉之藍本。

行囊說：「這就是他的首級。」

這人豪氣沖天地跟張祜喝了幾杯酒，又說：「仇我報了，但離這兒不遠有一位義士，他的大恩我還沒報。聽說張大俠非常講義氣，能借我十萬錢嗎？我送給那位義士，恩仇就都了卻了。此後赴湯蹈火，但憑所命！」

張祜大喜，傾其所有，借給了此人一大筆錢，此人仰天長嘯：「痛快！這才叫快意恩仇，我平生再無憾事了！」扔下行囊，揚長而去。天亮了，此人不見回來，張祜這才感覺不對，打開行囊一看，原來是一隻豬頭。被騙了這麼一把，元氣大傷，從此張祜再也不談豪俠之事了[41]。

風塵三俠

唐傳奇中寫得最好的武俠小說有四篇，那就是杜光庭的〈虬髯客傳〉、袁郊的〈紅線〉與裴鉶的〈崑崙奴〉、〈聶隱娘〉。

41　馮翊子《桂苑叢談．崔張自稱俠》。

〈虯髯客傳〉的三個角色，後人稱為「風塵三俠」，名氣之大，以至於成為茶花的名種[42]，但李靖是沒展現出什麼俠氣的，最光彩照人的是虯髯客。虯髯客一出場即非同凡響，「赤髯如虯，乘蹇驢而來。投革囊於爐前，取枕欹臥，看張梳頭」。不僅相貌奇特，行為也奇特，在賓館看見一個美女梳頭，直接就躺在人家對面，呆呆地看，這也太過分了。待到紅拂拜他為兄，認識了李靖，又馬上變成正人君子，以禮相待。於是「開革囊，取一人頭並心肝……以匕首切心肝，共食之」，可謂豪氣逼人。這個橋段後來被金庸寫入《射雕英雄傳》，用在了丘處機與郭嘯天、楊鐵心不打不相識那一場戲。

本來他是想在亂世中爭一席之地的，一見李世民「不衫不履，裼裘而來，神氣揚揚，貌與常異」，虯髯客心如死灰，馬上得出判斷：「真天子也！」於是將龐大的家產留給李靖，叮囑他輔佐李世民奪取天下。自己則遠赴海外，召集海船千艘，甲兵十萬，殺扶餘國君，取而代之。這些行跡，真是非奇俠不能為！

跟虯髯客的豪俠氣概可以匹配的是紅拂。她作為重臣楊素的侍妾，一眼看中身為布衣、但滿腹才華的李靖，毅然深夜私奔，以身相許。當李靖猶疑楊素的權勢時，紅拂居然一語道

42《天龍八部》第十二章中段譽之說：「再說『風塵三俠』，也有正品和副品之分。凡是正品，三朵花中必須紫色者最大，那是虯髯客，白色者次之，那是李靖，紅色者最嬌豔而最小，那是紅拂女。如果紅花大過了紫花、白花，便屬副品，身分就差得多了。」

破：「彼屍居餘氣，不足畏也。」這是何等氣魄！在虯髯客無禮呆看她時，紅拂正如初識洪七公的黃蓉，本能地覺得此人奇異不凡，所以暗示李靖不要動怒，自己大大方方地上前搭話，三言兩語，就以同姓的緣故拜了一位大哥。如此眼力、氣概、智慧、決斷，完全可以跟虯髯客相映生輝。小說只有短短幾千字，就寫活了這樣的奇男子、奇女子，確乎是刻意經營的經典，也為後人刻寫豪俠形象開了很好一扇法門。

紅拂是沒有武功的，袁郊的〈紅線〉則正面描寫了一位「梳烏蠻髻，攢金鳳釵，衣紫繡短袍，繫青絲輕履。胸前佩龍文匕首，額上書太乙神名，再拜而倏忽不見」、「忽聞曉角吟風，一葉墜露，驚而試問，即紅線回矣」的高來高去、人所莫測的女俠。她不僅以絕妙輕功，一夜間往返七百餘里的長路，而且面對三百護衛守備森嚴的節度使府，如入無人之境，直接取來了節度使枕邊的金盒做為信物，收到了強烈的恐嚇效果，使劍拔弩張的河北河南兩大陣營暫時結成了聯盟。

做了如此驚天動地的大事以後，紅線的選擇是「遁跡塵中，棲心物外，澄清一氣，生死長存」，消失得無影無蹤，那就很好地詮釋了司馬遷提出的遠離紅塵、神龍見首不見尾的對「俠」的要求。從這個意義上說，〈紅線〉也是唐代武俠小說中的翹楚之作。

唐代武俠第一人裴鉶

唐代武俠小說成就最高的作者當推裴鉶。四大名篇中，裴鉶獨占半壁江山，冠軍地位不可動搖。

從「俠」的境界上講，崑崙奴鐵磨勒並不高，無非是幫助自己家「郎君」崔生偷香竊玉而已，但他的武功和自負都很可觀。他先說：「一品宅有猛犬，守歌妓院門，常人不得輒入，入必噬殺之。其警如神，其猛如虎。即曹州孟海之犬也。世間非老奴不能斃此犬耳。今夕當為郎君撾殺之。」那樣可怕的猛犬，估計連藏獒都遠不是對手，鐵磨勒只淡淡一句「世間非老奴不能斃此犬耳，今夕當為郎君撾殺之」，一頓飯功夫，就殺了猛犬回來，真可謂輕描淡寫，舉重若輕，如《三國志演義》中的「溫酒斬華雄」，全從側鋒著筆，把神祕感和想像空間留給了讀者。

有意思的是，當貴官的姬人鐵了心追隨崔生以後，鐵磨勒居然不辭麻煩，不怕暴露，先把姬人的行李、包袱，連同化妝品都先搬運出去，跑了好幾趟。快到天亮了，才背負崔生與姬人飛躍高牆，離開貴官防守森嚴的府第。這種瑣碎恰恰能看出鐵磨勒武功之高強、內心之篤定。兩年後，貴官得知真相，派五十甲士全副武裝捉拿鐵磨勒，「磨勒遂持匕首飛出高垣，瞥若翅翎，疾同鷹隼，攢矢如雨，莫能中之。頃刻之間，不知所向」，到這一句，才正面寫出這位崑崙奴的絕世武功，而後面又再補了一句：「一品悔懼，每夕多以家童持劍戟自衛，如此周歲方止」，那就更顯示出鐵磨勒的威勢懾人。側寫、正寫、補寫，短短一篇，動用多種敘事手段，這是很高明的手法。

裴鉶是唐代武俠小說作者之冠，〈聶隱娘〉則是作品之冠。與〈紅線〉、〈崑崙奴〉主要從側面刻寫不同，〈聶隱娘〉不僅敘事更加曲折，而且對重要關節全不迴避，一一交代詳盡。比如說尼姑師父教她劍術的過程：

隱娘初被尼挈，不知行幾里。及明，至大石穴中之嵌空數十步，寂無居人，猿狖極多。已有二女，亦各十歲。皆聰明婉麗，不食，能於峭壁上飛走，若捷猱登木，無有蹶失。尼與我藥一粒，兼令長執寶劍一口，長二尺許，鋒利，吹毛令剸。遂二女攀緣，漸覺身輕如風。一年後，刺猿狖百無一失。後刺虎豹，皆決其首而歸。三年後，能使刺鷹隼無不中。劍之刃漸減五寸，飛禽遇之，不知其來也。至四年，留二女守穴，挈我於都市，不知何處也。指某人者，一一數其過曰：「為我刺其首來，無使知覺。定其膽，若飛鳥之容易也。」授以羊角匕首，刃廣三寸，遂白日刺其人於都市中，人莫能見。以首入囊返主人舍，以藥化之為水。五年，又曰：「某大僚有罪，無故害人若干，夜可入其室，決其首來。」又攜匕首入室，度其門隙，無有障礙，伏之梁上。至暝，持得其首而歸。尼大怒曰：「何太晚如是？」某云：

「見前人戲弄一兒，可愛，未忍便下手。」尼叱曰：「已後遇此輩，必先斷其所愛，然後決之。」某拜謝。尼曰：「吾為汝開腦後，藏匕首而無所傷。用即抽之。尼曰：「汝術已成，可歸家。」遂送還，云：「後二十年，方可一見。」

聶隱娘這一段自述繪聲繪影，簡直可以成為一部中長篇武俠小說的藍本，可見裴鉶的想像力與敘事能力的確是唐人之冠。至於與精精兒、空空兒決鬥一場，那更是唐代武俠中最棒的一場武打大戲：

是夜明燭，半宵之後，果有二幡子一紅一白，飄飄然如相擊於床四隅。良久，見一人自空而踣，身首異處。隱娘亦出曰：「精精兒已斃。」拽出於堂之下，以藥化為水，毛髮不存矣。

隱娘曰：「後夜當使妙手空空兒繼至。空空兒之神術，人莫能窺其用，鬼莫得躡其蹤。能從空虛之入冥，善無形而滅影。隱娘之藝，故不能造其境。此即繫僕射之福耳。但以于闐玉周其頸，擁以衾，隱娘當化為蠛蠓，潛入僕射腸中聽伺，其餘無逃避處。」

劉如言。至三更，瞑目未熟，果聞項上鏗然，聲厲甚，隱娘自劉口中躍出，賀曰：「僕射無患矣。此人如俊鶻，一搏不中，即翩然遠逝，恥其不中，才未逾一更，已千里矣。」後視其玉，果有匕首劃處，痕逾數分。

不妨忽略「二幡子飄飄然相擊」、「化為蟣蠓」、「自劉口中躍出」等近乎《西遊記》的超自然橋段，更值得關注的顯然是那種可以令屍體「毛髮不存」的神奇藥水，還有那位始終沒有露面、但武功傲氣都奪人心魄的空空兒。「此人如俊鶻，一搏不中，即翩然遠逝，恥其不中，才未逾一更，已千里矣」，雖然在這場決鬥中，空空兒是失敗者，但光彩照人，給人留下的深刻印象絕不在聶隱娘之下，作者這份筆力也真是很可觀的了[43]！

那種神奇藥水被李約瑟《中國科學技術史》認為是世界上最早的無機酸的記載，直到《鹿鼎記》中還是韋小寶的隨身幾大法寶之一，曾用來保護美貌的尼姑師父九難與更美貌的師妹阿珂，功用可謂大矣。梁羽生則更是唐傳奇的「死忠粉」，在他的《遊俠江湖》、《大唐遊俠傳》、《龍鳳寶釵緣》等小說中，虬髯客、鐵摩勒、薛紅線、聶隱娘、精精兒、空空

43 類此自重身分、「恥其不中」者在金庸小說中也屢屢言之。《神雕俠侶》第十五回黃藥師以琴聲未能制住李莫愁，「自顧身分，已不能出屋追擊」。《倚天屠龍記》第十八章：「滅絕師太在這一瞬間，已在蛛兒的右手食指上斬了一劍……哪知蛛兒因斷腕未癒，手上無力，兼之千蛛萬毒手亦未練成，這次出手之前先在手指上套了精鋼套子，滅絕師太……這一劍竟然沒能斬去她手指。滅絕師太……對小輩既然一擊不中，就自重身分，不肯再度出手。」

兒等悉數粉墨登場[44]，只不過梁氏不大會寫小說，我們讀了反而覺得不如唐人所寫的精彩。「百丈之臺，起於壘土」，儘管唐傳奇比之後來武俠小說的汪洋大河顯得簡單枯乾，但作為「鼻祖」的價值是很清晰且值得珍視的。

44　虬髯客只是間接寫到，鐵磨勒在梁氏筆下作「鐵摩勒」，人物身分形象已經變化很大了。

第二講 《水滸傳》與金聖歎：不得不說的故事

三十九個「動」

唐傳奇以下，另一個武俠小說史的高潮階段就是《水滸傳》。儘管這只是一部小說，但它在武俠小說史的地位十分崇高，值得我們多花些篇幅來說一說。

作為四大古典名著之一，《水滸傳》我們可能已經熟得不能再熟了。放在武俠小說發展歷程上，我們還可以給它一張新的名片：中國古代第一部白話長篇武俠小說。要說《水滸傳》，恐怕逃不過奇人金聖歎，就從他開頭吧。

其實金聖歎既不姓金，也不叫「聖歎」，他的姓和名都改了，這比柳三變變成柳永更為徹底。金聖歎據說本來姓張名采，字若采，蘇州人。張采年紀輕輕考中了秀才，這很平常，但他因為一個「歲考事件」把功名丟了，怎麼回事呢？

要先解釋什麼是「歲考」。在古代，一個人考中了秀才以後並不是一勞永逸的，比如說，我沒有什麼進取之心了，一輩子都當秀才，我就不用讀書了，沒那麼簡單，朝廷對秀才一直是有考試的。我們現在讀大學、讀研究所，要期中考試、期末考試，古代叫歲考，一年考一次。根據考試結果把秀才分成六個等級：考一等、二等的，發獎學金；三等、四等的，相當於我們現在說的及格，無賞無罰；考到五等、六等的就是不及格，要打板子。板子可能打不了幾下，也不會打得多疼，但是有失體面。所以很多秀才，特別是那些功課不太好的，都特別恐懼歲考。清朝的笑話集裡就有一個笑話：一個縣官和一個秀才做對聯，縣官說我以自己的生活經驗出個上聯：「天不怕，地不怕，就是老婆也不怕。」這還不怕呢，把老婆和天和地都放在一起了！秀才應聲對出下聯：「殺何妨，剮何妨，縱然歲考又何妨。」把歲考和殺、剮都放在一起了，可見怕到什麼程度。

秀才張采參加的這次歲考，作文題目出自《四書》中的《孟子》，叫做「如此則動心否乎」。考官在出這類題目的時候有一個預設，那就是所有考生都要對《四書》背得滾瓜爛熟，隨便從《四書》拿出一句半句話，考生都要知道前後的語境和表達的主題，然後以此為基礎，演繹聖人的微言大義。孟子講「如此則動心否乎」的語境是這樣的：一個人在追尋理想的過程中，遇到困難就會退縮，遇到誘惑就會動搖，他把這些情況統稱為「動心」。所以他問：「遇到困難和誘惑的時候，你會動心嗎？」然後自己回答：「四十而不動」——到四十歲左右，心就定下來，不再為困難和誘惑所動搖了。

像這樣的作文命題，我們都知道怎麼寫——首先要保證政治上正確，符合主旋律。我們為了崇高的理想，「有困難要上，沒有困難創造困難也要上」（趙本山小品語）。照這樣寫，就算拿不到一等二等獎學金，也不至於弄到五等六等挨板子。結果我們這位張采老兄看到這個題目，突然靈感井噴，智慧爆炸，於是文不加點，倚馬立成，第一個交了卷。他這文章怎麼寫的呢？「深山空谷，有美一人，黃金萬兩」，十二個字先設置了一個情境：獨自在深山空谷之中，眼前堆著萬兩黃金，身邊站著一個絕色美女，問：「如此則動心否乎？」自設一問，然後回答：「動動動動動……」一共寫了多少個「動」呢？張采查得非常精細，一共寫了三十九個「動」字。為什麼是三十九個「動」呢？因為孟子曰：「四十而不動」，四十之前都可以動，所以寫了三十九個「動」字。這文章我們讀著有意思，但考官可不這麼看，他氣得吹鬍子瞪眼：「文體怪異！」一怒之下把張采的秀才資格取消了。其實張采也沒有多少惡意，就是思維活躍，一時好奇，寫著玩的，結果把自己的秀才功名給玩丟了。

當然，丟了秀才功名並不算很慘重，再考回來也就是了。於是，張采花錢買了一個戶口冒名頂替，重新考中了秀才。他買戶口頂替的這個人叫金人瑞，但是他又嫌這個名字不好聽，於是就自己改名叫金喟，字聖歎。這個名字好聽在哪裡呢？這個名字是有來歷的，來歷就在《論語・侍坐》當中。曾皙和孔老師講了「暮春者，春服既成」一段話，「夫子喟然歎曰：吾與點也」。夫子就是聖人，「夫子喟然歎曰」，所以名喟，字聖歎。那麼這個名字什麼意思呢？他的潛臺詞就是：如果現在孔夫子看到我的話，他也會長嘆一聲：「金聖歎，我和你的理想是一樣一樣一樣的呀！」這就是以聖人門徒自居，真是狂得可以。

「早被認定是壞貨」

金聖歎的狂放不羈最主要展現在這樣一件事情上：他以在野的普通文人身分悍然發布了古今最佳文學作品排行榜，用金聖歎的話說叫做「六大才子書」：《離騷》、《莊子》、《史記》、《杜詩》、《水滸傳》、《西廂記》。把《離騷》、《莊子》、《史記》、《杜詩》放在「六大才子書」裡，哪個時代都不會引起爭議，但把《水滸傳》、《西廂記》也放進去，在當時文壇那是相當震撼的。《水滸傳》的主題是「誨盜」，教人造反的；《西廂記》的主題是「誨淫」，描寫偷情的。中國古代但凡禁書，《水滸傳》和《西廂記》作為誨淫誨盜的代表作肯定是榜上有名的，更不用說登上大雅之堂了。但現在，這個在野的小秀才居然把它們抬進了六大才子書的行列，而且還聲稱：《史記》有的好處，《水滸傳》都有；《史記》沒有的好處，《水滸傳》也都有，認為《水滸傳》比《史記》寫得還好，那就當然有一大批人看金聖歎不順眼了。魯迅有一個很有意思的判斷：他說金聖歎後來之所以被殺，是「早就被認定是壞貨了的緣故」。再過若干年，到了清順治十八年，西元一六六一年，這個「壞貨」終於大禍臨頭了。

順治十八年是順治朝的最後一年，順治皇帝去世的訃聞傳到蘇州，當地若干文人秀才在文廟集會，借著悼念大行皇帝的名義發布自己的政治要求，要驅逐一個他們十分憎惡的地方官、吳縣縣令任維初。這種文人集會在明朝是家常便飯，但清代統治層很忌諱這種文人干政的行為。儘管秀才們的政治要求沒有多高，還是很快引起了最上層的注意。於是派了巡撫朱國治鐵腕處置此案，最終認定了十八個組織者、召集人，將其全部斬首，家產沒收，妻子兒女流放黑龍江給披甲人為奴。這就是清初江南五大案獄之一的「哭廟案」[45]。

金聖歎很不幸被捲進了哭廟案，成為這十八人之一。為什麼說很不幸呢？學界研究已經得出結論，金聖歎其實並不是組織者，也不是召集人。他的一個秀才朋友參與籌劃，回家路上經過金聖歎家，一敲門正好金聖歎在家，趁便邀請他為明天文廟的活動站臺助威，主要是利用他的名人效應。結果金聖歎友情客串，站臺站出了殺身大禍。專案組來調查，問當事人：那天你們在現場看見誰了？很多人大家都看見了，但是不認識，金聖歎有名啊，大家都說看見金聖歎了！金聖歎就這樣很不幸地捲了進來。他的無辜大家知不知道呢？很多人都

45 清初江南五大案獄為順治十四年科場案、順治十六年通海案、順治十八年奏銷案與哭廟案、康熙二年莊史案。

知道，但就像魯迅說的那樣，他們早就認定金聖歎是「壞貨」，把他捲進來，順手殺了也不為過嘛！

鹽菜與黃豆同吃

金聖歎從此淪為階下囚，從被關押到被殺頭這段時間非常短，但他創造的傳奇故事並沒有因此而減少。比如說，有一件事叫「鹽菜與黃豆同吃書」。金聖歎被關押在死囚牢中，有一天，他神祕兮兮找來獄卒，拿出一個糊得密密實實的大信封，請獄卒交給自己家裡人。獄卒滿口答應，回頭把信封就交給典獄長了。金聖歎是欽命要犯，他一個小小的獄卒能擔得起嗎？而典獄長也擔不起，戰戰兢兢找來專案組大員，大家三頭六證一起拆看。結果拆開大信封，裡面一個小信封，再拆，裡面是更小的信封，像俄羅斯娃娃一樣……連拆了十來個，在裡面最小的信封裡發現一張二寸寬的字條，大家如獲至寶，趕緊圍過來看，上面寫了兩行小字：「鹽菜與黃豆同吃，大有胡桃滋味。此法一傳，吾死無恨焉。」這幾句話既不是暗語，也不是密碼，就是沒事寫著玩，他明知道獄卒不敢替他送這封密信，故意設了這麼一個局來捉弄大家的。我們能想像，當時這些官員都「無語」了，大家面面相覷，半天誰也沒說話，最後有個官員說了一句話：「金先生啊，你可真行！你自己刀都架到脖子上了，還有閒心跟我們開這種玩笑呢！」

這就是金聖歎，這個人身上有很多缺點，但是生死大事視若等閒，也是豪傑人物。過了不久，死刑命令下來了，金聖歎被推上法場，開刀問斬，術語叫「出紅差」。站在木籠囚車裡推上法場，沿途無數看客，很多江洋大盜、綠林好漢都高叫一聲：「二十年後又是一條好漢！」金聖歎也留下了最後一句話，只不過人家不是綠林好漢、江洋大盜，他留給人間的最後一句話是：「殺頭，至痛也；籍家，至慘也，而聖歎以無意得之，大奇！」這就是說：殺頭最疼，家產妻兒都被沒收，最慘，而我金聖歎怎麼無意當中就活到了這個地步呢？人生真是奇特，人生真是過癮哪！

群小畢集與亂自上作

對於金聖歎，我個人有個評價，稱他為「天下第一會讀書人」。金聖歎是中國文學史上屈指可數的批評大師，他評點的小說《水滸傳》、戲劇《西廂記》都堪稱是中國文學批評史的瑰寶。中國文學批評有「評點之學」應該說自金聖歎開始。作為「天下第一會讀書人」，他最了不起的本事就是：能從沒有字的地方能讀出字來。這是一種很神奇的功夫。

比如說，他就以自己這種神奇的功夫做出了一件令人驚訝的事情：腰斬水滸。金聖歎稱《水滸傳》為「六大才子書」之一，可見推崇喜愛，但他對《水滸傳》的後半截很不滿意。他認為《水滸傳》只有前七十回寫得好，那怎麼辦呢？總得有一個名義把後面掐掉吧？於是他就撒了一個謊，說我看到了一個古本，只有七十回，那三十回或者五十回都是後人加的，我不承認。我就以這個古本為基準來評點出版，這就是我的「金批水滸」。他搞了這麼一套，在前面安了一篇序言，說是施耐庵的序，其實都是他假造的。這是古代文人常見的手法，如果你不這樣就師出無名。

問題是，這個「腰斬本」怎麼結尾呢？你不能說到七十回梁山英雄排完座次，按照石碣上面寫的一百單八將坐好了就沒事了吧？金聖歎加了一個很有現代小說氣息的結尾。在梁山好漢排完座次之後這天晚上，玉麒麟盧俊義做了一個夢，夢見一個很高大的巨人，自己報名是大名人嵇康嵇叔夜。過來把梁山好漢一百多人，像抓小雞一樣都抓起來，拿繩子一捆，都給殺了，一百〇八顆人頭落地，「唰」的一下把盧俊義嚇醒了。醒了之後，看見月光從窗櫺中間照了進來，正照在他眼前的一塊匾額上，上寫著四個大字：「青天白日」。這個段落中的嵇康是影射歷史上的張叔夜平定水滸之亂的，所以後來一直被人抓住把柄，說金聖歎這個人敵視農民起義，你看他多狠，他要把梁山好漢全殺了自己就快活了。

我不太認同這個觀點。為什麼這麼說呢？我們同時要注意另外一些細節。先看這部大書的開頭「洪太尉誤走妖魔」，說的是宋仁宗時東京發生瘟疫，皇帝派殿前太尉洪信帶聖旨到江西龍虎山請張天師禳解。洪太尉在山上碰到一隻老虎、一條白蛇，嚇得半死，回來跟道人埋怨，你們怎麼怎麼樣不敬重我，恐嚇我。道人安撫洪太尉道，太尉你不要害怕，「本山雖有蛇虎，並不傷人」。這麼平常的一句話，金聖歎卻看出了名堂，很敏銳地在上面加了一句批語：「《水滸》一百八人總贊」，「總贊」，就是總評。這些人雖然凶，但是沒有對社會造成實際的禍害，這是一個證據。

還有一個證據，《水滸傳》正文第一回並不是從梁山好漢寫起，而是從高俅寫起的。高俅原本是東京的一個潑皮幫閒，叫做高二，踢得一腳好氣球，是中國最早的超級足球明星。網路上有笑話說：「羅納度退役了，巴西足球八年沒緩過來；席丹退役了，法國足球十二年沒緩過來；巴吉歐退役了，義大利足球十六年沒緩過來；高俅退役了，中國足球一千年沒緩過來。」

這個球星人品不太好，因為幫助一些浮浪子弟使錢，敗壞別人家產，被地方官府驅逐出境，一直到天下大赦，才返回故鄉。經由江湖上結識的柳大郎推薦，在董將士藥鋪裡謀個差使。沒過幾天，董將士覺得不對：這傢伙不是什麼好人，時間長了把我孩子教壞了怎麼辦？趕走了又對不起朋友，那就把他他推薦給小蘇學士吧！這個小蘇學士的原型就是蘇東坡，高俅在歷史上當過蘇東坡的隨從。小蘇學士看了幾天，也覺得不對：把我孩子教壞了怎麼辦？於是照方抓藥，把他推薦給小王駙馬。此人的原型叫王詵，字晉卿。《全宋詞》中還找得到他的作品。偶然的機緣，在小王駙馬府結識了小舅端王，成為他的親隨。端王即後來的宋徽宗，宋徽宗登基以後，出於對超級球星的崇拜，對親隨的關照，半年之間，就提拔他做到殿帥府太尉。高俅新官上任三把火，第一天就整治了與自己有私仇的八十萬禁軍教頭王進，王進一路逃亡，在華陰縣史家莊教了一個徒弟九紋龍史進，梁山第一籌好漢正式登場。

金聖歎極其犀利地提出一個問題：像高俅這樣的人，江湖上安放不下，藥鋪裡安放不下，朝廷裡卻安放得下，其誰為之？為什麼《水滸傳》這部大書要從高俅寫起？寫高俅的目的是告訴讀者：小蘇學士、小王駙馬、小舅端王，這叫做「群小畢集」。既然已經「群小畢集」，必然「亂自上作」——從朝廷開始已經爛透了！所以梁山造反不是「亂自下作」，不是大家吃飽了沒事做。這個認識在今天看來很平常，在當時卻很了不起。

後面還有一回，小旋風柴進的叔叔柴皇城在高唐州受到知府高廉和殷天錫的欺負。高廉是誰呢？高俅的族弟。殷天錫是高廉的小舅子。最後把柴皇城氣死了，把柴進抓起來了。在這個情節下面，金聖歎又一次大發感慨。他說：「朝廷裡面有一個高俅無所謂，但是高俅下面有一百個高廉，一個高廉下面又有一百個殷天錫。這就不是一個高俅的問題，而是一百個高廉，一萬個殷天錫的問題。什麼樣的天下能經住這麼禍害？到處都是這樣的人，想不造反能行嗎？」此外，我們看他在書裡面具體的批語，他說魯智深是佛，是菩薩。說阮小七和李逵是快人，「使人對之，齷齪都消盡」。他說魯達是人中絕頂，武松比魯達還厲害，是天神。又說李逵「富貴不能淫，貧賤不能移，威武不能屈」。大家聽這話很熟悉，這是孟子著名的「三不能」，是儒家的理想人格「大丈夫」的標準。那麼多年，那麼多聖賢都沒當上大丈夫，金聖歎把「大丈夫」這個稱號許給一個強盜。我們就可見他對這些梁山好漢的真實態度是什麼樣子的！

那麼他為什麼要製造「腰斬本」，把結尾修改成這樣子呢？我猜測他還是出於自身的安全需要、吻合主旋律的需要。當時的主旋律還是講忠義嘛，所以他對結尾的這種設計，是為了表示自己不是，至少表面上不是，站在這些土匪強盜一邊的。這是維護自身安全的正常考量，是他釋放的一個煙霧彈。

天下第一會讀書人

「天下第一會讀書人」不僅表現在對《水滸》主旨的理解和表達，也展現在具體的夾批、眉批形式的文本品評之中。

我們來看兩個很平常的段落，平常到極容易忽略的程度，但讓金聖歎一批，我們就看出不一樣了。第一個段落是「魯提轄拳打鎮關西」這一回。在這個經典段落中，我們最關注的是魯達怎麼打死鎮關西的，第一拳什麼樣，第二拳什麼樣，第三拳什麼樣。其實魯達的出場很有講究，這個人物的精、氣、神在這裡都已經交代好了。請看：

一條大漢大踏步進到了茶館裡來，史進起身施禮道：「官人請坐！拜茶！」那人就是魯達，「見史進長大魁偉，像條好漢，便來與他施禮」，很平常一句話嘛！可金聖歎說：「像條好漢，方與施禮。甚矣！英雄之惜施禮也」，魯達本身是個英雄，他不是見誰都施禮的！得看你差不多像條好漢，才能和你施禮。這一句話，魯達的精、氣、神就已經開始出來了。兩人坐下。史進說：「小人大膽敢問，官人高姓大名？」那人道：「洒家是經略府提轄，姓魯，諱個達字。敢問阿哥，你姓什麼？」「敢問阿哥」，金聖歎在這裡有句批語：「看得上眼便叫阿哥，妙絕。」他欣賞史進，一看他還行，所以叫他「阿哥」，這個稱呼也不是隨便放在誰身上都用的。史進道：「小人是華州府華陰縣史家村人氏，姓史名進。請問官人，小人有個師傅，是東京八十萬禁軍教頭，姓王名進。不知在此經略府中有也無？」這是史進向魯達提的問題，但是魯達並不回答他這個問題。一聽說此人是史進，他一直盯著就問史進，史進盯著他一直問王進。這個場面寫的非常漂亮，兩個人各自有自己的興奮點、注意力。所以金聖歎說：「魯達緊緊只問史進，史進緊緊只問王進。寫得一個心頭、一個眼裡，各自有事，極其精神。」

魯提轄道：「阿哥，你莫不是史家村什麼九紋龍史大郎？」史進拜道：「小人便是。」注意這個「拜」字，不是「史進道」，而是下拜，跪地給魯達磕個頭。金聖歎批道：「得一人知我名，便不惜拜之，寫盡史進少年自喜。」史進的精神氣質在這一個字裡面也寫出來了。魯提轄連忙還禮。當時是個什麼情況呢？史進跪下給魯達磕頭，魯達也跪下給史進磕頭。當然我們現在電視劇裡面不能還原這個場景，太不好看了。在當時就是這樣一個禮節，為什麼魯提轄還禮？表示不敢受史進的禮，平禮相待。所以這也是很出格的，你想魯達這一輩子向誰下過跪呀？就算還禮的時候，估計也不會很多吧？所以說對史進也算出格相待。

說了這麼多句之後，才回答史進：「你要尋王教頭，莫不是在東京惡了高太尉的王進？」史進道：「正是那人。」魯達道：「俺也聞他名字，那個阿哥，他在延安老種經略相公府勾當，俺這渭州卻是小種經略相公府鎮守。」王進他從來沒見過面，但「遙望叫阿哥」，史進你在我眼前是個阿哥，王進既然是你的師父，那也自然是「阿哥」。因為愛屋及烏嘛！你看魯達這個人神氣都出來了。「那人不在這裡」，就把王進的事說完了。隨後道：「你既是史大郎時，多聞你的好名字，且與我上街去吃杯酒。」金聖歎批了一句「豪傑之酒，榮於華袞」。有這麼樣一位英雄請我吃酒真是光榮啊！「牽了史進的手」，金聖歎批「看他何等親熱」。「便出茶房來，魯達回頭道，茶錢洒家自還你」，金聖歎很有幽默感，批「欠一處茶錢」。後來魯達在酒店又欠一處酒錢，金聖歎都替他查著。就是這麼一段魯達出場，讀書的時候我們一般是不會注意的，但是魯達的精神形象的確在這些細節裡面都表現出來了，後面他路見不平、三拳打死鎮關西的行為就有了合理性。這一點，沒有「金批」我們體會不了。

我們再看一段。林冲被陷害之後，發配滄州，路上先被公差虐待，在野豬林被魯達救下，來到滄州牢城營。差撥，也就是監獄的小頭目吧，見他不肯拿錢出來，馬上翻了臉：你見我應該跪下磕頭的，你現在卻來唱喏，禮數不夠恭敬。「你這廝可知在東京作出事來？」我們注意看這個地方的夾批，金聖歎替林冲答出心裡話「是作出事來，誰敢辯？」「見我還是大剌剌的」，金批「見公自然不應大剌剌」。「我看這賊配軍，滿臉都是餓文，一世也不發跡」，金批「是滿臉上有餓文」。「打不死，拷不殺的頑囚」，金批「是頑囚」。「你這把賊骨頭好歹落在我手裡」，金批「是賊骨頭，是落在手裡」。「叫你粉骨碎身，少間便見功效！」這是差撥恐嚇林冲，金批就總評一句「都是嚇死人語，讀之痛心！」他不光是指這個情節，也是指著黑暗現實來說的。

林冲等他發作完了，去取五兩銀子，陪著笑臉告道：「差撥哥哥，些小薄禮，休嫌輕微。」差撥看了道：「你教我送與管營和俺的都在裡面？」你看看這個細節，一看只有五兩銀子：這五兩銀子是我自己的呀？還是我們兩個人的呀？林冲說：「只是送給差撥哥哥的，另有十兩銀子，就煩差撥哥哥送與管營。」差撥見了，看著林冲，笑道——剛才不是翻了臉一頓痛罵嗎？現在見了錢，看著林冲，笑道：「林教頭！」金批「是教頭」。「也聞你的好名字」，金批「是好名字」。「端的是個好男子」，金批「是好男子」。「想是高太尉陷害你了」，金批「是陷害，並非作出事來」。「雖然目下暫時受苦，久後必然發跡」，金批「是必發跡，臉上並無餓文」。「據你的大名」，金批「不敢」。「這表人物」，金批「不敢」。「久後必做大官」，金批「不敢，不敢」。這個段落裡，差撥臉色的前後變化極富漫畫感覺，真正展現了什麼叫做「有錢能使鬼推磨」。金批也痛快淋漓、譏刺入骨，表現出一種巨大的嘲諷力量。

第三講　說英雄誰是英雄

中國第一部長篇白話武俠小說

上一講中我們提到一個重要判斷：《水滸傳》是中國第一部長篇白話武俠小說，現在我們就分別從「武」、「俠」兩個層面進行一點分析。

如果把「俠」理解成一種行為、氣質、精神，那麼，它可以離開「武」而單獨存在。只要你匡扶正義、勇於犧牲，那都是「俠」。如果把「俠」理解成一種社會身分，「武」就變成了「俠」的必要條件，無「武」不成「俠」。你不能想像一個大俠去闖江湖，總是三拳兩腳就被人打死了，「出師未捷身先死，長使英雄淚滿襟」，那還成什麼俠[46]？作為一部武俠小說，《水滸傳》必然要有關於「武」的場景描寫，而且，其武功描寫的細膩精彩在小說史上是空前的，很有開拓意義。

46　這兩句話用了陳平原先生《千古文人俠客夢》書中語意。

《水滸傳》有三場武打大戲：第一場，史進和他的師父王進。史進是怎麼拜王進為師的呢？王進當時在史家莊作客，已經準備出發了，在場院看見史進使棒，車輪一樣骨碌碌轉，圍觀的閒人轟天價喝彩。王進看了半天，失口說道：「這個棒使得也好，可惜是花棒，贏不得真好漢。」這一句話把史進惹火了，我苦練這麼多年，你說我是花棒？來吧，咱們倆試試，看誰贏。如果你贏了，我拜你為師！

就這麼個話，兩人打起來了。王進很是沉穩，手拿一條棒，使得一個旗鼓，取守勢。史進則是年少氣盛，覺得自己的功夫很不錯，大踏步直趕過來。王進的做法是退、退、退，連續退幾步，見史進趕進來的步法亂了，看準一個空檔，先拿棒在他腳踝骨上，砰！敲一下，再把棒捅進他的棒圈裡，一攪，把史進的棒攪飛了。就這麼三招兩式，史進服了，跪下拜師：「沒奈何，師父，只得請教！」這個描寫雖然簡單，但很有實戰性，而且很符合後來武俠小說裡「後發制人」的基本原則：先退，退到你亂，然後我再進攻。

第二場，林冲與洪教頭在柴進莊上比武。這個描寫就比前者要細了，第一場戲中只有幾個姿勢，沒有明確的招數。這次卻是有名堂的。洪教頭瞧不起林冲：一個賊配軍，你敢大模大樣的坐在柴大官人的首席，而且你也是教頭，有可能威脅到我的地位。書裡說，他恨不得一口水吞了林冲，使了一個招式，叫「舉火燒天」。金聖歎很敏銳，批了一句「棒式亦驕橫之至」，這和當時洪教頭的心態是吻合的。林冲還了一個招式叫「撥草尋蛇」，金批：「棒式亦敏慎之至」，非常敏捷嚴密，這和林冲的心態也是吻合的。當然，豹子頭的功夫豈是跑江湖的洪教頭可以相比，退了兩步，手起一棒，把對手打翻在地。

玉環步，鴛鴦腳

第三場寫得最細、最精彩，那就是醉打蔣門神。武松受了施恩的照顧，同意去打蔣門神，但提出一個要求，叫做「無三不過望」。見到酒望子，也就是酒旗，我就喝三碗，否則不過去。施恩一算，那可了不得，從此地到快活林得有十二、三處酒店，你得喝四十來碗酒，豈不是醉也醉死了？武松說，沒問題，我武松平生好酒，有一分酒就有一分氣力，景陽崗的老虎就是這麼打死的。這麼著，連喝了四十來碗酒。這個時候武松才喝到七、八分酒意，卻裝作十二分醉，踉踉蹌蹌來到快活林。先看見一個大漢，腆胸疊肚，搖著蒲扇，躺在樹底下乘涼呢。武松知道這是蔣門神，但現在不打他，也不理他，從他身邊過去，來到酒店，喊一聲：「小二，上酒！」

店小二拿上來一碗酒，武松喝一口，「噗」，吐了！「這酒不好，給我換上好的酒來！」明明就是找碴挑刺、尋釁滋事嘛！店小二服務態度非常好，連續換了三次，最後把家裡窖藏的最上等好酒都拿出來了。武松實在找不到碴了，只好誇獎一句：「還是這酒沖得人動！」又開始想新轍：「你家主人姓什麼？」店小二說：「姓蔣。」「為什麼不姓張啊？」完全是無理取鬧。店小二忍氣吞聲，把這事又壓下了。

二計不成，武松再生三計：「那櫃檯裡面站的那小娘子是誰啊？」「呀！不要瞎說，那是我主人家的娘子！」「叫她過來陪我喝酒！」老闆娘之前一直壓著火兒，到這兒終於生氣了，一推櫃檯門，出來了：「哪兒來的野種，在我們這兒撒野火？」武松可不客氣，抓著她腰帶，「咚」地一下，大頭朝下給豎到酒缸裡了。這回真打起來了，夥計、廚師都上來了，被武松三拳兩腳，打個稀里嘩啦。

有人飛跑著報信給蔣門神，他才從自己乘涼的地方趕過來。他趕過來，武松這邊打完了迎過去，兩個人心態很不一樣。蔣門神根本不知道武松要算計他，以為只是醉漢來鬧事的，所以心浮氣躁，沒有防備；武松則是蓄謀已久、有心來算計他的，看似跌跌撞撞，其實沉穩之極。兩個人一個在明，一個在暗，這種對應煞是好看。

兩個人走了一個碰頭，但是武松沒有直接上去打他，只是拿拳頭在他面門上「虛影一影」，轉身就走。蔣門神氣壞了，一把無名火連自己後腦勺都燒著了，騰騰騰大踏步追來，步伐全亂了。武松忽然止步，轉身飛起一腳，踢在他小腹上，再一腳，踢在蔣門神面門之上，當即踢倒在地，掙不起身。此處作者自己加了注解，說：「這是武松生平的真才實學，非同小可。有個名堂叫『玉環步，鴛鴦腳』。」

《水滸傳》裡這三場武打，一場打得比一場細，一場打得比一場精彩，實戰性很強，文學性也很強，至今很多武俠小說裡仍在沿用著這樣的路數。

路見不平一聲吼

《水滸傳》是一部英雄傳奇，小說開篇便是史進傳，然後轉入魯達傳，由魯達傳轉入林冲傳，再由林教頭雪夜上梁山轉入智取生辰綱，過渡到宋江傳，再轉入武松傳等等，形成了若干個英雄傳奇的連屬結構。小說中塑造了很多英雄，這些英雄既有普通人的喜怒哀樂，又有超出普通人的膽識、智慧、勇氣、武力。他們可以赤手空拳打死老虎，也可以一發力就倒拔垂楊柳，那都是普通人難以做到的事情。

那麼，在這麼多的英雄裡面，我們查一查誰是英雄？用一句古話說，就是「說英雄，誰是英雄」[47]。需要再回頭來說金聖歎。金聖歎在評點《水滸》的時候列了一個英雄的排行

47　元代張鳴善〈雙調水仙子・譏時〉。

榜：武松是英雄裡面的冠軍，魯達是亞軍，李逵是第三名，銅牌獲得者。對金聖歎我是很欣賞的，也是很佩服的，但是他的這個排名我們得說道說道。他說魯達這個人，寫得好，寫得「心地厚實，體格闊大，你說他粗魯，他也有點粗魯；你說他精細，他也有點精細」。這個人身上有很多優點，但是不知道為什麼，魯達看起來就是不如武松。「想來魯達已經是人中絕頂，若武松直是天神」，在這個評語裡面，他把兩個名次固定了，武松強於魯達。

我不同意金聖歎的觀點，我覺得應該把魯達和武松的金銀牌對調一下，把冠軍獎牌頒發給魯達。為什麼？因為武松是「快意恩仇」，他的每一次出手都與自己的切身利益相關，而魯達是「路見不平」，他行俠仗義的「純度」比武松高多了。

先看武松，打虎我們不用說了，這跟道德水準沒關係，老虎要吃人，誰都得比劃幾下，我們不去批評他不懂得保護野生動物也就是了。殺西門慶和潘金蓮，是因為他哥哥武大郎一條人命。再後來，幫助金眼彪施恩醉打蔣門神，重奪快活林，是因為施恩對他「施恩」了，並談不上正義原則。施恩和蔣門神其實是一路貨色，都是孟州地面上斂分子錢、收保護費的黑惡勢力。武松的原則是：誰對我好我就幫誰。如果是蔣門神對我好，我也幫蔣門神打施恩，沒有問題。

再後來，武松來到張都監府。張都監對他不錯，一口一個「義士」，他就一口一個「恩相」，可以說是奴氣十足。後來明白了張都監要害他，才大鬧飛雲浦，血濺鴛鴦樓，弄出了十幾條人命。這些都有切身的恩怨在裡頭，所以，武松是「快意恩仇」，而不是「路見不平」。倘若西門慶、潘金蓮害死的不是他哥哥武大，而是別的不相干的人，武松會出手嗎？多半不會，而魯達會。

我們看魯達是怎麼決心去打鎮關西的，接著上文魯達、史進喝酒的情節來說。魯達、史進去酒樓的路上，遇見史進的開手師父、耍槍棒賣藝的打虎將李忠，看在史進的面子上，也邀請著一道去喝酒。三人正說得入港，只聽見隔壁一陣陣嗚咽之聲，魯達大怒：「誰攪擾酒家的興頭？」叫來一問，正是金翠蓮父女。聽說原委，魯達更火了：「呸！俺只道哪個鄭大官人，卻原來是殺豬的鄭屠！這個醃臢潑才，投托著俺小種經略相公門下做個肉鋪戶，卻原來這等欺負人！」注意他的臺詞，魯達是喜歡上了金翠蓮嗎？沒有。與鄭屠有仇嗎？沒有。有其他利益訴求嗎？也沒有。就是因為他「這等欺負人」，所以魯達說：「你們兄弟且坐一坐，洒家去打死了那廝便來！」

史進、李忠再三勸說，魯達這才罷手，從懷裡掏出五兩銀子，說：「那我給你爺兒倆些盤纏，打發你們回家去吧！只是我不曾帶出來很多錢，你們兩位兄弟借我一些，明天洒家自還你！」史進雖然落魄，畢竟是史家莊的大少爺，隨手從懷裡掏出十兩紋銀，往桌子上一扔，道：「值什麼要哥哥還！」魯達又一視同仁地問李忠：「你也借些出來與洒家？」李忠是賣藝人，日子清苦，就沒那麼爽快了，在懷裡摸了半天，只拿出了二兩碎銀。魯達看不上眼，只把十五兩銀子給了金氏父女，二兩碎銀扔還給了李忠。

注意魯達的心情變化，他與史進、李忠吃了幾杯酒，「回到經略府前下處，到房裡，晚飯也不吃，氣憤憤地睡了」。看見別人受欺負，他的心情與自己受欺負是一樣氣憤的，所以也把這件不平事當成自己的事情來處理。第二天一大早就來到了金氏父女的客棧，催促他們趕快啟程。店小二受到鄭屠的囑咐，不肯放行，魯達攬在自己身上也是不准。魯達大怒，伸出蒲扇般大小的手掌到店小二臉上輕輕摸了一下，店小二的牙就都掉光了。

一巴掌打得店小二縮在一旁，魯達又掇條長凳，堵在客棧門口，足足坐了兩個時辰，估摸著他們再也追不上金氏父女了，這才到狀元橋肉鋪找鄭屠算帳，三拳打出了人命官司。

這一場大戲，包括後面桃花山怒打小霸王周通那場大戲，魯達全無一點自己的恩怨利害在其中，他只是秉承「路不平有人鏟，事不平有人管」的原則，一聲怒吼，拔拳就打。這是更純粹的「俠」的精神與境界，比之武松，要高明得太多了。

至於金聖歎稱賞的「季軍」李逵，我們在前面分析過，站在現代人文立場上，哪裡稱得上「英雄」二字，不過是視人命如草芥、我們避之唯恐不及的江湖怪獸而已！

真實、殘酷、立體的江湖

《水滸傳》的另外一個重要貢獻是寫江湖人，說江湖事，為我們刻畫了一個真實的、殘酷的、立體的江湖。在這個江湖上，我們能看到人性的美好和高尚，也同樣能看到人性的卑鄙、醜惡和殘酷。

比如說我們剛才說的金眼彪施恩。他自己跟武松說，小弟在快活林經營買賣。經營什麼買賣呢？快活林這百十里地的酒店和娼寮都歸我管——娼寮就是小型的妓院——每個月都要來和我交常例錢（保護費），每個月我能拿到二、三百兩銀子。在宋朝，一年幾千兩銀子，算是不小的一筆財富了，可惜是不義之財，這和梁中書搞的「生辰綱」有什麼區別？這不就是地方豪強黑社會嗎？更惡劣的是，施恩背後還有國家公權力作靠山，他爸爸是牢城營的典獄長，他才能經營這個一本萬利甚至無本萬利的買賣。

施恩是有靠山的，沒有靠山的怎樣呢？且看船火兒張橫、浪裡白條張順這哥倆，也有自己的生意經。張橫說：「我們哥倆有時候一起做買賣。我在江上作艄公擺渡，我兄弟張順裝成普通客人，也背個包袱，混雜在若干客人裡面一塊兒上我的船。先把票價定好，比如說一貫錢，划到大江中心，不走了，跟乘客要一百貫、二百貫，坐地起價。大家當然不給，我就先從張順要起，張順說不給，我就抓住他的腰帶，『咕咚』，扔到河裡去。」張順是浪裡白條，水性多好啊！跳進水裡，打個浪花，潛水游走了。別的客人害怕了，有多少給多少。不給就殺人，誰受得了啊？就用這種方式詐搶客人的錢財。

這是哥倆一塊合夥「做買賣」。後來張順不幹了，到江州壟斷水產行業，做魚牙子去了。張橫單個人擺渡，就乾脆直接動用武力了。宋江怎麼認識張橫的？宋江跟兩個差役被後面穆春、穆弘追得無處可逃，在江邊看見一個艄公：「艄公過來！」上了船，划到江中心，艄公張橫把船槳一放，給宋江出了一道選擇題：「你要吃餛飩，還是要吃板刀麵？」宋江懵了，趕緊問：「餛飩怎麼講？板刀麵怎麼講？」張橫從船艙裡抽出明晃晃一口快刀：「吃餛飩好辦，囫圇個兒自己跳下去，東西留下。板刀麵就是我一刀一個把你們砍下去！」幸虧混江龍李俊來得快，救了宋江這條命，否則這三人就完了！

再說追宋江的穆春和穆弘，宋江怎麼跟他們結仇的呢？在揭陽鎮上，宋江看到一個人使拳棒賣藝，使得很好——這個人叫病大蟲薛永，後來也是一籌梁山好漢——宋江說：這個人功夫不錯，怎麼沒人給錢呢？他給了薛永一些錢，惹惱了小遮攔穆春：「哪來的賊配軍？敢來滅我揭陽鎮上的威風！這個人來鎮上打拳賣藝，居然沒有到我家來拜碼頭，沒經過我的批准，所以我早就吩咐過揭陽鎮上的人，誰也不要給他錢。你憑什麼給他錢？」就這麼著打起來了。我們透過這樣一個細節就可以看出，穆春和穆弘這哥倆在揭陽鎮上也是一霸！每一個到他這來賣藝的人，都要到他那去打招呼，繳保護費。這些人平時做的是什麼勾當！

這是一個很真實的江湖，充滿著很黑暗、很下作、很殘酷、很血腥的勾當。大家有興趣可以統計一下《水滸》裡有幾次滅門。每次對付自己的仇人，都是殺他「滿門老幼良賤」，少時一二十人，多時百八十口。當時就是這麼一個江湖規則，大家也不認為這種做法有什麼不對。斬草除根，一個不剩。管他誰是僕人傭人，誰是窮苦人，誰受過壓迫？不管那套，全殺，哪有什麼是非善惡可言！可見，不光是李逵在製造血腥，李逵某種意義上我們還可以原諒，因為他智商太低。還有很多智商很高的人也一樣在做這種殘酷的勾當。

比如被金聖歎稱為「恁地文秀」的小李廣花榮，他的絕戶計更加狠毒，令人髮指。他要逼霹靂火秦明落草，先設計把秦明生擒。秦明說：你想殺就殺，我絕不投降。花榮滿臉堆笑：我哪能殺你呢？咱們兄弟感情多好啊！這麼著，你不願造反，我們不強求。我請你喝酒，咱們喝完酒，明天我們就讓你下山。秦明說：那倒不用，你把我的馬匹、狼牙棒、盔甲還我吧。花榮說：不著急，明兒早上走我一定還你。秦明沒辦法，喝了酒，過一夜，第二天一早帶上衣甲、馬匹、狼牙棒回到青州城。到這兒一看，大驚失色。青州城裡城外一片瓦礫廢墟，硝煙還沒散盡。知府站在城門上破口大罵：秦明！你還有臉回來，昨晚上你領著那麼多人來打青州城，殺了多少人？你倒反朝廷，我已經把你一家人都給殺了！把秦明的母親、妻子，家裡大小人等的腦袋從城上扔下來。這下秦明絕了後路了，只能上山了。我們知道，這是花榮設計的計策：讓一個長得像秦明的小嘍囉，帶人去打青州城，殺了不少百姓，這麼大罪過，知府當然要殺他全家了！問題在於，花榮在設計這條計的時候，他不可能不想到這個後果，實際上這個計策的核心就是要斷送秦明一家幾十口人，絕秦明的後路。他早就想好了，再見到秦明，他說：我把我妹妹嫁給你，最後變成秦明的大舅子了。為了讓秦明上山，秦明搭了一家人無辜的性命，青州百姓搭了幾百上千無辜的性命。這就是殘酷、血腥、真實的江湖，不是我們理想中美好的江湖。

再說小霸王周通，強搶民女，行徑可恥，但最起碼還算有禮貌，見了劉太公知道打招呼，叫岳父。比周通水準更差的是雙槍將董平。董平是「五虎將」之一，武功很高，號稱「風流雙槍將」，他作武官的時候，喜歡上了太守程萬里家的女兒，跟程萬里求親。不知程萬里不喜歡，還是這女孩不喜歡，反正屢次求婚，程萬里都不答應。其實董平對梁山沒有任何好感，是敵視梁山的。當王定六和郁保四到城裡面下書的時候，董平建議把這兩人給殺了，還是程萬里放了這兩人。後來投靠宋江，領著宋江打下城池。第一件事，跑過去把程萬里一家殺了，搶了他女兒當老婆。這還不如周通哪！這跟那些文人痛恨的強盜有區別嗎？我看更下作！可這，就是江湖，真實的江湖。所以我們讀書也好，看電視劇也好，對這些所謂的「好漢」，多拿出懷疑的眼光掃幾眼，沒壞處。

第四講　民國武俠小說風潮

無俠不成書

與《水滸傳》相比，清代武俠小說的發展走進了一個低谷。無論是《施公案》、《彭公案》，還是水準最高、影響最大的《三俠五義》，都消解了「俠」與公權力的對抗關係，把「俠義小說」變成了「俠義公案小說」。雖然也很受歡迎，但境界品位都大幅度下滑，武俠小說的下一波高峰要到民國時期才拉開大幕。

拉開大幕的作品《江湖奇俠傳》出現在一九二三年，作者平江不肖生，真名向愷然，湖南平江人。平江不肖生是近百年武俠小說家中唯一精通武術的人（鄭證因、李壽民、溫里安據說也通武術，但似乎只是愛好者水準，「職業化程度」不高），不僅著有《拳術見聞錄》、《拳經講義》等武術專著，而且曾赴日本，與柔術家、劍術家實踐切磋，在湖南創辦國術訓練所和國術俱樂部。

因為這樣文武兼具的功底，他才有條件寫出影響巨大的《江湖奇俠傳》。這本小說取材於頗為著名的平江、瀏陽兩縣縣民爭奪趙家坪史事，加入了虛構的崑崙、崆峒兩派弟子的恩怨情仇，並融入清末四大奇案之一的「張汶祥刺馬」，從而在多個維度上都顯得富有張力與魅力，贏得讀者的廣泛追捧。其中很多情節都被搬上銀幕，紅極一時。比如蝴蝶主演的《火燒紅蓮寺》，一經上映，即轟動全國。雖然現在看裡面的劍光鬥法、掌心吐雷，全是「渣特效」，但在一九二八年，引起的震撼一點也不亞於《阿凡達》，破中國國產電影賣座紀錄毫無懸念。此後連拍十八集，帶動武俠電影第一個創作高潮。直到二〇〇七年，陳可辛還根據小說的相關橋段改編了著名的《投名狀》，請來李連杰、劉德華、金城武、徐靜蕾等擔綱，成為武俠電影的又一經典。

《江湖奇俠傳》之所以被稱為一代風潮的開山之作，它最重要的貢獻是將立足點重新移到「江湖」上來，「不只是拋開了一個清官，更重要的是恢復了俠客做人的尊嚴、濟世的責任，以及行俠的膽識。令狐沖、楊過、金世遺、李尋歡們之所以比黃天霸、歐陽春更為現代讀者所激賞，其中一個重要原因，就是前者那種不受朝廷王法束縛因而顯得自由瀟灑無所畏懼的『江湖氣』」[48]，陳平原先生的這個判斷是非常準確的。

《江湖奇俠傳》的成功讓很多文人看到了「商機」與「錢途」，吸引不少人加入武俠小

48 陳平原《千古文人俠客夢》。

說的寫作行列，以至於市場上出現「無俠不成書」的盛況。就連張恨水的言情名著《啼笑因緣》都被要求加上兩位俠客，否則「會對讀者減少吸引力」[49]，他很不情願，但也只好無奈地照辦了。這股「武俠風潮」持續了二十多年，雖然兵荒馬亂，也一直堅挺地維持了下來。

平江不肖生以下，另一個產生巨大影響的小說家是宮白羽。跟別的小說家相比，宮白羽的「文壇出身」是比較高的，他曾得到魯迅、周作人兄弟的賞識，一度交接密切，但迫於生計，「下海」寫了武俠小說以後，儘管在別人看來功成名就，日子也好過得多，他卻覺得如名花墮溷、魂斷藍橋，寫這些不入流的東西來賺「阿堵物」是辜負了魯迅先生的殷切期望，就自動斷絕了聯繫。不僅別人瞧不起，連自己都瞧不起，宮白羽的這種反應是武俠小說處在「文學鄙視鏈」底端的一個絕好例證[50]。

宮白羽雖然因為慚愧而「自絕於」魯迅，但還是把魯迅的教誨融入了武俠小說寫作之中。他筆下的俠客已經完全洗去了「仙氣」與「妖氣」，充滿了人性的崇高光明、渺小自私與無能無奈，所以具有較高的文學品位。其名著《十二金錢鏢》、《太極楊捨命偷拳》影響

49 張恨水《我的寫作生涯》中自述語，轉引自陳平原《千古文人俠客夢》。
50 詩人牛皮明明《中國武俠90年》中說：「最早一批給報紙寫武俠連載的人，多是吃不起飯的底層文人，付不起房租的酒鬼、賭徒、被趕出家鄉的人，本著『男人賣字，等於女人賣身』的心態賣字，拿到稿費感到倍受侮辱，發瘋似地趕快花完。」

最為巨大，但產生更大影響的是另外兩件事：一是他創造了「武林」一詞，又無中生有虛構了「蜀中唐門」這個神祕家族，二者皆為其後無數小說家所默認遵循；二是「新派武俠」開山鼻祖梁羽生的筆名也自他而來，「羽生」，即「自居為宮白羽的學生」之意[51]。

奇情與悲情

民國武俠小說家中最具現代氣息的當推朱貞木，他本名朱楨元，浙江紹興人，三〇年代初受同事李壽民（還珠樓主）之鼓勵而「下海」，代表作有《虎嘯龍吟》、《七殺碑》、《羅剎夫人》等。

朱貞木的小說有兩大特點：一是詭異精巧，很多橋段包含著濃烈的懸念感與推理意味；二是喜歡用現代語詞行文敘事，連回目也打破了傳統章回體的對仗格式，不求整齊，不拘一格。比如說《七殺碑》的一些回目：

51 二〇〇五年在香港浸會大學演講時，梁羽生首度公開解釋筆名由來。他說由於南北朝之「梁」先於「陳」，也是文人輩出時代，故取姓「梁」，結合臺灣友人贈句「羽客傳奇，萬紙入勝；生公說法，千古通靈」成名，但這個說法遠不及坊間傳說取義「白羽學生」為盛，俟考。

第一回　新娘子步步下蛋
第二回　陳大娘的紙撚兒
第三回　鐵腳板
……
第十四回　禿尾魚鷹的血債
第十五回　拉薩宮
第十六回　活僵屍
第十七回　大佛頭上請客
……
第二十五回　齊寡婦
……
第三十回　天曉得
……
第三十四回　仇兒的急報

敏感一點的讀者馬上就會意識到誰受到了朱貞木影響最大——古龍，且看古龍名作《蕭十一郎》的回目就可以一目了然：

第一章　情人的手

第二章　飛大夫的腳

第三章　夜半歌聲

第四章　割鹿刀

第五章　出色的女人

第六章　美人心

第七章　沈太君的氣派

……

第十二章　要命的婚事

第十三章　秋燈

……

第二十三章　嚇壞人的新娘子

從此意義上講，與其說朱貞木對新派武俠小說都有影響，不如說他尤其為古龍所崇尚。

能開啟古龍這位一代武俠天才的山門，已經足夠顯示出朱貞木在武俠小說史上的地位了。

朱貞木的奇詭新穎影響到古龍，王度廬的「悲劇俠情」則為金庸所繼承並發揚光大。王度廬的代表作是「鶴鐵五部曲」，即《鶴驚崑崙》、《寶劍金釵》、《劍氣珠光》、《臥虎藏龍》、《鐵騎銀瓶》。其中所寫的四段悲情——江小鶴與阿鸞、李慕白與俞秀蓮、羅小虎與玉嬌龍、韓鐵芳與春雪瓶，都極盡纏綿悱惻、刻骨銘心之能事。在王度廬之前，雖也有把兒女之情引入刀光劍影的，但都沒有他寫得那樣令人掩卷淚下、拍案長嘆。從這一點看來，王度廬不愧為「文藝氣息」最足的「言情聖手」，所以李安才一眼看中他的小說，以自己的高超功力把王度廬推向了世界。接受採訪的時候，李安說：「我最欣賞作者的傳統手法，對中國古典社會文化充滿懷舊味道，某種程度上，它十分寫實，沒有嘩眾取寵，沒有離經叛道，而且女角的設計尤其突出，還有一個悲劇結局，兩者都是武俠片絕無僅有的。」

這種「寫情入悲」的筆法由金庸推向了一個新的高峰，無論是《書劍恩仇錄》的「浩浩愁，茫茫劫，短歌終，明月缺」，《飛狐外傳》的「若離於愛者，無憂亦無怖」，《神雕俠侶》的「問世間、情為何物，直教生死相許」，還是《天龍八部》的「塞上牛羊空許約，燭畔鬢雲有舊盟」，都令人迴腸蕩氣、徒喚奈何，成為金庸「吸粉無數」的「絕活兒」之一。

還君明珠淚雙垂

民國武俠小說風潮中高手林立，但要只推一位「大宗師」，則非還珠樓主莫屬。他的人生雖不如他的小說那麼變幻詭異，但也非常傳奇，拍個民國題材電影，當遠勝時下某些編劇的胡拉硬扯、錯漏百出[52]。

還珠樓主原名李壽民，四川長壽（今屬重慶）人，十二歲時父親去世，隨母親到蘇州投奔親戚，住在養育巷，勤儉度日。在身邊的友人裡，有一位名叫文珠的姑娘，年長李壽民三歲，二人以姐弟相稱。數年之間，漸漸產生了一段銘心刻骨的戀情。可是，幾年之後，李壽民迫於生計，遠赴天津工作。他和文珠雖信誓旦旦，最後還是不得不分手，而文珠竟由於種種原因墮入煙花柳巷。後來，李壽民曾寫過一部小說《女俠夜明珠》寄託這份初戀情思，其筆名還珠樓主既取張籍名句「還君明珠淚雙垂」的悽愴語意，「珠」字也是從文珠的名字而來。

這次青梅竹馬的初戀以悲劇結局告終，下一段戀情雖修成正果，亦歷盡曲折。

52 以下關於還珠樓主傳奇人生的敘述，大抵來自觀賢、觀鼎〈回憶父親還珠樓主〉，《人民日報》（海外版）一九八八年三月十五日－四月二日。

李壽民在天津郵政局任職，經人介紹，又到大中銀行董事長孫仲山公館裡兼做家庭教師，在教習過程中，竟與小他六歲多的二小姐孫經洵發生了又一段戀情。此事被孫董事長知道，大發雷霆。他先喚來二小姐，以「門不當，戶不對」、「師生相戀，敗壞家風」為由進行訓斥，無效；又「請」來李壽民，企圖誘之以利：「只要李先生肯與小女一刀兩斷，要多少錢不成問題。」李壽民則針鋒相對：「只要二小姐親自表示同我斷絕關係，我立即遠走高飛，永不登門，又何言『錢』字呢？請莫要大小看人了！」一番話，「噎」得孫仲山瞠目結舌，半晌說不出話來。第二天，李壽民冒著風雪去孫公館授課，被僕人拒於大門之外：「李先生不必來了！」

這些阻撓並沒能斷絕這對情侶的交往。他們想出了一個妙策，利用孫仲山的汽車傳遞情書。每天孫仲山上車前，二小姐把信用膠帶貼在汽車牌背面；待其在銀行門前下車後，李壽民便悄悄將信取走。同樣，李壽民寫信給孫經洵寄情，也用這個辦法。說來可笑，孫董事長上下班的汽車，竟成了情侶問傳情遞意的「郵車」了。李壽民後來寫過一部言情小說《輪蹄》，便是以這段生活經歷為素材提煉而成的。

輪蹄傳情，未能長久。二小姐天天繞著汽車轉，引起司機的疑心，於是東窗事發。孫經洵與父親大吵一架，乾脆離家出走，與李壽民同居。盛怒中的孫仲山以「拐帶良家婦女」為罪名，把李壽民送進監獄。

一九三〇年十一月某日，天津市地方法院開庭審判李壽民「拐帶良家婦女」一案，成為轟動津門的新聞。孫經洵的大哥孫經濤代表父親出席，作為原告。原告剛剛提訟，孫經洵就從旁聽席站起身來，在眾目睽睽之下，理直氣壯地質問哥哥：「我今年二十四歲，早已長大成人，完全可以自主。我和李壽民也是情投意合，自願結合，怎麼能說『拐帶』？」這一問，原告竟成被告，那位孫大少爺再也說不出話來。孫二小姐如此情意膽色，也真配得起還珠樓主的才華！

中華人民共和國成立後，武俠小說不能再寫了，李壽民應聘擔任了上海天蟾京劇團總編導、總政文化部京劇團編導等職，改編創作諸多京劇的同時，又撰寫了《岳飛傳》、《劇孟》、《遊俠郭解》、《十五貫》等小說，頗受讀者歡迎。但反右運動風起雲湧的一九五八年，一篇〈不許還珠樓主繼續放毒〉的「棍子」文章給了李壽民重重一擊，讀到這篇文章的第二天就突發腦溢血，造成左偏癱，生活不能自理。

一九六〇年二月，李壽民躺在床上，開始口授創作小說《杜甫》，一年後終於完成初稿。口授到杜甫「窮愁潦倒，病死舟中」那一段時，李壽民說：「二小姐，我也要走了。你多保重！」第三天，一代奇才即溘然長逝，享年五十九歲，恰與杜甫同壽。

武俠小說界的李白

還珠樓主與杜甫同壽，又以《杜甫》的寫作終局，但後人則稱他為「武俠小說界的李白」[53]。這主要是針對其心遊萬仞的想像力與汪洋恣肆的才氣而言的。

就想像力而言，他的第一名著《蜀山劍俠傳》有「武俠小說的百科全書」之譽。「武俠小說常見的奪寶、復仇及爭霸情節，早被還珠樓主打磨得純熟；角色掉進山洞偶獲至寶以至功力大增的金牌武俠情節亦是屢見不鮮……另外，那些武俠小說中的閃光的專有名詞、奇珍異寶、功夫招式以及行走江湖必備的暗器毒藥，更是層出不窮，花樣繁多，蔚為大觀，並且絕大多數都是獨家特製」。「他筆下的劍仙世界雄奇浩瀚，人物翻江倒海，無所不能，在這點上，只會拿著一個木製魔法杖的《哈利波特》怕是難以匹敵。場面營造上，還珠樓主的大腦堪稱一部先進的電腦，能描繪出你意想不到的諸多奇觀，就像好萊塢大片一樣。當你看到李英瓊騎著神雕遨遊天際，看到紅花姥姥升天時地動山搖、火山噴發，看到綠袍老祖凌空大戰紅髮老祖門下，讓人覺得六七十年前的作者簡直像是電影導演詹姆斯．卡麥隆、羅蘭．艾默瑞奇和徐克的合體，而當時的中國，還是黑白片的世界」。

53「豆瓣」網文〈把愛情留給金庸〉。

這些奇幻瑰瑋的想像直接影響到了金庸、梁羽生以下幾代武俠小說作家的套路，「看到化骨丹，不由會想起韋小寶隨身攜帶用以滅人形跡的化屍粉；看到生肌靈玉膏，則會想起《倚天屠龍記》中的黑玉斷續膏；看到降龍八掌，洪七公等人的降龍十八掌則不免呼嘯而至；看到主角李英瓊身邊的兩雕一猿，郭靖及袁承志的故事又不期浮到眼前……最明顯的要數『乾坤大挪移』，一字未改，被金庸原封不動地搬到了自己的小說中」[54]。

就才氣而言，《蜀山劍俠傳》的規模在中國小說史上堪稱空前，全書自一九三二年至一九四八年，十六年共寫成五十集、三百〇九回、四百一十萬字的篇幅。這個數字相當於《紅樓夢》的六倍，相當於《射鵰》三部曲的總和。而且，這還是沒完成的「半截書」，據說按照還珠樓主原來的寫作計畫，這本書要寫到兩千萬字左右，那就相當於全部金庸小說總和的兩倍，與《古龍全集》的篇幅相當了。

一部小說怎麼可以寫到這麼長的呢？主要原因在於，它不是一般意義上的武俠小說，而是融神話、志怪、劍仙、武俠於一體的「奇書」，接近我們現在網路上的「玄幻小說」。那麼，他就可以設計一個非常重要的技術處理方式——轉世。小說家為了製造懸念，製造撼動人心的效果，要經常不情願地「處理」掉書中的一些人物，別的小說裡面死了就死了，在還

---

54 同53。

珠樓主這兒好辦，還可以寫他的下輩子，或者下下輩子……照這麼寫，兩千萬字似乎也不會太難。

從此意義上講，還珠樓主就是當時中國的J.K. 羅琳與喬治・馬丁，可惜我們只有一個徐克，拍了一部不怎麼樣的《蜀山傳》。如果有一個頂尖團隊，以《哈利波特》與《權力遊戲》的手段還原《蜀山劍俠傳》，說不定能掀起一個世界級的「蜀山熱」呢！

第五講　新派武俠三駕馬車

一點也不精彩

隨著中華人民共和國的成立，在「破舊立新」的指導方針下，武俠小說與偵探小說、言情小說、黑幕小說等通俗文學類型一起，作為「毒害青少年心靈的毒草」被「掃進了歷史的垃圾堆」，但在香港還保留著一線生機。

彼時的香港在一定程度上得到了和平發展的機緣，且成為持「不同政見的各路英雄」與「一段緩衝地帶」，「中西混雜，新舊混雜，雅俗混雜，忠奸混雜，舞影燈光，繁華似夢」[55]，形成了色調斑駁、音聲雜遝的「文化半島」效應。所以，在對中國人民解放軍的軍威之恐懼稍微解除後的一九五四年，香港又開始有了一點歌舞昇平的氣象，又有了一點閒情逸致。

55 黃坤堯《陳步墀〈繡詩樓叢書〉與晚清文學在香港的延續和發展》。

這一年，香港武術界的太極派掌門人吳公儀和白鶴派掌門人陳克夫發生爭執，先是在報紙上互相攻擊，後來相約擂臺比武，一決雌雄。這場比武經報刊的大肆渲染而轟動港澳，很多報刊的頭版頭條都是相關消息，大家一起倒數計時，期待著這場「太白大戰」的到來。總算盼到了比武那一天，出人意料的是，整個過程一點也不精彩，兩人只打了一分鐘、兩回合，推推搡搡，對空亂掄，直到吳公儀一拳打在陳克夫鼻子上，眾人以為高潮來臨，不料二位梗著脖子，拍屁股走人，比武以不勝、不和、不敗告終。賽後，全港吐槽：冇癮頭[56]！

真實的比武不怎麼樣，但卻觸動了《新晚報》總編輯羅孚的靈機：原來跟武術有關的事情還能博得大家這麼熱烈的關注！比武不會天天有，小說可以天天寫呀！比武的第二天，他就在報紙上發出預告，將刊登精彩的武俠小說以饗讀者。第三天，《新晚報》就推出了署名「梁羽生」的武俠小說《龍虎鬥京華》，頓時贏得了廣大讀者的熱烈追捧。這一事件被稱為新派武俠小說誕生的標誌，梁羽生也就成了新派武俠小說的鼻祖，其地位當與平江不肖生不相上下。

從一九五四年到一九八四年，梁羽生在武俠文壇上辛勤筆耕了三十個春秋，共創作了三十五種武俠小說，總字數達一千餘萬言。其「天山系列」（代表作《白髮魔女傳》、《七劍

56 詩人牛皮明明《中國武俠90年》。

下天山》、《雲海玉弓緣》）、「大唐系列」（代表作《大唐遊俠傳》）、「萍蹤系列」（代表作《萍蹤俠影錄》）等都很著名，但總體來說，梁羽生的敘事能力與塑造人物的能力都比較弱，不僅故事雷同度較高，其筆下人物真有點個性、留給讀者較深印象的也大概只有白髮魔女練霓裳、瘋丐金世遺等寥寥二三人而已。就如同那場轟動全港的比武一樣，其實一點也不精彩。

雖然如此，主要從開山之功著眼，梁羽生武俠小說大家的地位還是不能掩蓋。其填詞的老師、香港第一詞人劉景堂有一首〈踏莎行〉題寫《白髮魔女傳》云：「家國凋零，關山離別，英雄兒女真雙絕。玉簫吹到斷腸時，眼中有淚都成血。郎意難堅，儂情自熱，紅顏未老頭先雪。想君定是過來人，筆端如燦蓮花舌」，「想君定是過來人，筆端如燦蓮花舌」，這個評價梁羽生還是當得起的。

江湖中人說江湖中事

梁羽生遠不是金庸的對手，真能有實力與金庸一競高下的是古龍。

臺灣武俠熱與香港幾乎同步興起，最早出名的是司馬翎、臥龍生與諸葛青雲，並稱「三劍客」。三劍客常聚一起打麻將，常被報社催稿，有時牌興正濃，就讓跟著他們瞎混的一個後生小子代寫還債。後生邊寫邊看他們打麻將，三劍客一圈麻將打完，他一個章節寫完。此人頭大身短，憨相十足，名叫熊耀華。

半年後的一九六〇年，熊耀華自己下海，寫了第一部武俠小說《蒼穹神劍》，署名「古龍」。前幾部書學金庸，學不到精髓，所以越賣越差，幾乎成了「票房毒藥」。從《大旗英雄傳》、《浣花洗劍錄》開始，古龍逐漸趟出自己的路數，至《絕代雙驕》獲得巨大成功，又一顆武俠巨星由此升上天空。

二十多年前，我還在上大學的時候，有位詩人朋友遠道而來，一幫人歡呼暢飲。酒酣耳熱，他忽然問我：「金庸和古龍有什麼區別？用一句話告訴我。」我在酒精作用下突發靈感，馬上接了一句：「金庸是江湖外人寫江湖中事，古龍是江湖中人寫江湖中事。」舉座大笑，推為經典，至今老友相逢，還會說起這件事。

古龍確實是江湖中人。他好色好酒，逞勇鬥狠，江湖中人的毛病一樣不缺。據說他嗜酒如命，連武打明星洪金寶都躲他，說：「我們武行的兄弟算能喝的了，但古龍喝威士忌，像喝啤酒一樣乾，誰扛得住啊！」[57]一九八〇年，古龍已經四十多歲，喝多了酒跟一群小混混

57　以下關於古龍的敘述有取自詩人牛皮明明《中國武俠90年》處，特致謝忱。

大打出手，被對方一刀捅成大出血。第二天，那幾個小混混才知道自己捅的是「古大俠」，他們正是看著古大俠的書長大，這才一步一步走進黑社會的，於是，趕緊帶著鮮花美酒，前去醫院道歉慰問。

面子賺回來了，但從此患上肝炎。醫生囑咐：切忌烈酒，否則沒命。古龍完全當成耳旁風，照舊每天暢飲無度，幾年後，終於因為飲酒過度，重病不治。葬禮上，朋友們把四十八瓶XO放進他的棺材作陪葬。

這樣的江湖人，對江湖的味道體會得當然比金庸更加深刻入骨，所以古龍才能寫出李尋歡的憂鬱悔恨，楚留香的風流倜儻，陸小鳳的多情好奇，蕭十一郎的孤獨自負，傅紅雪的自卑自重，可以說，這些人物身上無不投射了古龍自己的影子。因為是這樣的江湖人，古龍才能寫得出這樣的句子：

流浪也是種疾病，就像是癌症一樣，你想治好它固然不容易，想染上這種病也同樣不容易。

浪子們一向不願意虐待自己，因為這世上唯一能照顧他們的人，就是他們自己。

世界上絕沒有任何一個男人能真的瞭解女人，若有誰認為自己很瞭解女人，他吃的苦頭一定比別人更大。

和賭鬼賭錢時弄鬼，在酒鬼杯中下毒，當著自己的老婆說別的女人漂亮——無論誰做了這三件事，都一定會後悔。

暮春三月，羊歡草長，天寒地凍，問誰飼狼？人心憐羊，狼心獨愴，天心難測，世情如霜。

你走的時候，我不送你；你來，多大風多大雨，我都去接你[58]。

痛苦就如女人的乳房，是不能讓人看的，而且越大，越應該好好地遮掩。

不僅如此，世人所稱的「古龍體」的形成，也與古龍的江湖氣有著直接的關係。什麼叫

58　這一句是梁實秋散文〈送行〉中轉述一位朋友的話，被古龍用進小說之中。

古龍體？那就是我們熟悉的短句分行、跳躍性強、具有詩歌意味的寫法。比如《天涯明月刀》的開頭：

天涯遠不遠？

不遠！

為什麼不遠？

人就在天涯，天涯怎麼會遠？

古龍之所以漸漸形成這樣的寫法，固然與他特殊的才情有關，但現實因素也不可忽視。古龍成名以後，很多出版商用皮箱帶著現金預訂他的下一部新書。古龍把訂金老實不客氣地都收下，但轉眼就花天酒地去了。眼看交稿日期過了一大半，他還一個字沒寫呢！其實出版社比他還著急，乾脆僱用私家偵探找到古龍，把他軟禁在賓館裡：不交稿不許出來！現在，古龍要用四分之一甚至五分之一的時間完成原定的寫作任務，怎麼辦？

大家知道，以前的稿紙寫作年代，空格是算字數的。比如說二十乘以二十的四百字稿紙，你一行寫兩個字也算二十個字。我們上面說的「天涯遠不遠」一句就算二十個字，「不遠」，兩個字又算二十個字……正是為了交差趕稿，這種武俠小說史上獨特的「古龍體」就漸漸形成了。

一九七二年，金庸封筆之作《鹿鼎記》在《明報》即將連載結束，寫信邀請古龍接筆。信送到時，古龍正去洗澡，好友于東樓替他拆，說是金庸的約稿信。古龍澡也不洗，匆匆讀完，半天不發一語。他深知這封信的意義，就像是武林盟主退位前欽定接班人。

古龍以《陸小鳳傳奇》完成了金庸的囑託，他在鼎盛時期的創作才氣縱橫，不可羈縛，筆下的妙人、妙事、妙語層出不窮，在金庸的陰影下自樹一格，自成一家，不愧為新武俠小說二代盟主。其《多情劍客無情劍》中李尋歡、上官金虹、天機老人論武學，上官金虹到了「手中雖無環，心中卻有環」的境界，但天機老人以為還不是巔峰，他說：「真正的武學巔峰，是要能妙參造化，到無環無我，環我兩忘，那才真的是無所不至，無堅不摧。」這段議論，非天才不辦，寫出了金庸也沒有達到的新高度。

以詩歌論，金庸如唐詩，大氣磅礴；古龍如宋詩，幽深透闢；以詩人論，金庸厚重如杜甫，古龍飄逸如李白；以武林門派論，金庸如少林，門戶正大，執掌牛耳；古龍如武當，劍走偏鋒，莫敢輕視。讀金庸書，如觀芍藥海棠，穠華繁采，又如啖荔枝，一顆入口，則甘芳盈頰；讀古龍書，如觀寒梅秋菊，幽韻冷香，又如食橄欖，初覺生澀，而回味雋永[59]。

59 上述比喻有取自繆鉞〈論宋詩〉一文者，特此說明。

可惜的是，古龍英年早逝，沒有金庸那樣的時間把自己的小說從容地一再修訂。現存的作品粗糙者有之，矛盾者有之，虎頭蛇尾者有之，所以總體上距離金庸還差著很大一截。但放眼當代武俠壇坫，唯一有資格能與金庸「過招」的，古龍一人而已！

第五編

金庸研究舉隅

在上面的文字中，我們從漢唐說起，以《水滸傳》與民國武俠風潮、新派武俠小說為重心，講了一部簡單的武俠小說史，目的是在文學史的長河中找到金庸的參照系，從而更好地幫金庸「定位」，確認他在文學史上的座標。從這個意義上說，我們講的都是「正文」，而不是「閒篇」。

現在我們得出了結論：無論是從歷史情懷、文化品質、哲學意蘊的維度，還是放在武俠文學史的背景下看待金庸，他都是優秀的，甚至是偉大的作家。那麼，金庸是否值得研究就已經是個不證自明的問題了。事實上，多年來，兩岸四地的金庸研究著作已經問世了很多，以金庸小說為主題、頗具學術含量的國際研討會也召開了多場[60]。作為一個既不「現當代文學」，也不「小說」的金庸愛好者，我也來湊個熱鬧，在這裡談一點金庸研究。

60 此處僅舉幾例：一九九八年五月十九日，美國科羅拉多大學東亞語言文學系和中國現代文化研究所聯合召開「金庸小說與二十世紀中國文學國際研討會」，共發表研究論文三十三篇，會後結成《金庸小說與二十世紀中國文學國際學術研討會論文集》，由香港明河社出版。同年十一月四日，臺灣漢學研究中心、《中國時報》人間副刊和遠流出版公司聯合舉辦了又一次金庸小說國際研討會，發表了二十六篇論文，後由臺灣遠流出版公司出版了《金庸小說國際學術研討會論文集》。二〇〇〇年十一月，香港作家聯會和北京大學在北京聯合舉行了金庸小說國際研討會，來自不同國家和地區的學者在此次會議上發表了論文共四十三篇，後由北京大學出版社結集為《2000北京．金庸小說國際研討會論文集》出版。同年，雲南大理市舉行「金庸小說研討會」。二〇〇一年十一月，日本橫濱神奈川大學召開了「金庸小說研討會」。二〇〇三年十月，浙江省嘉興市舉辦「金庸小說國際研討會」。

第一講　金庸小說排行榜——兼談金庸小說的破綻

作為三駕馬車的「頭車」，也作為中國武俠小說史的巨人，金庸十五部長短不一的作品——「飛雪連天射白鹿，笑書神俠倚碧鴛」，加上《越女劍》——都堪稱是武俠小說史的重要收穫。那麼，這些作品哪個最好，哪個差一些，哪個最差呢？我給出一個個人化的「金庸小說排行榜」。所謂「排行榜」，全憑個人的閱讀感受，見仁見智而已。各位讀者同意，我高興，不同意，我也高興，一家之言嘛！

帶頭大哥之謎

排行榜冠軍作品——《鹿鼎記》。上榜理由在前文已經說過，不再重複了，也沒有什麼可補充的。

亞軍作品——《天龍八部》，理由也說過，但需要補充一點想法。

我的這個排行榜是可以並列名次的，在我看來，《鹿鼎記》是形而下的極致，《天龍八部》是形而上的極致。為什麼兩者不能並列冠軍，同樣頒發個金牌呢？因為小說中有一個很大的破綻，影響到了我們對這部作品的評價。

什麼破綻？那就是蕭峰為什麼要打死阿朱的問題，這是小說中一個非常關鍵的情節。我們知道，蕭峰出場不久，就從丐幫幫主淪為一個契丹棄種，這個過程中他的心態發生了激變，為救阿朱，在聚賢莊跟天下英雄豪飲絕交，大開殺戒。蕭峰慷慨悲涼的性格在這場戲中寫得最為淋漓盡致。在他的人生走入最低谷的時候，阿朱出現了。本來他救阿朱，只因為她是慕容復的丫鬟，沒有任何其他企圖，但阿朱對他一見心許：

阿朱道：「漢人是人，契丹人也是人，又有什麼貴賤之分？我……我喜歡做契丹人，這是真心誠意，半點也不勉強。」說到後來，聲音有如蚊鳴，細不可聞。

蕭峰大喜……笑眯眯的向她瞧了一眼，大聲道：「阿朱，你以後跟著我騎馬打獵、牧牛放羊，是永不後悔的了？」

阿朱正色道：「便跟著你殺人放火，打家劫舍，也永不後悔。跟著你吃盡千般苦楚，萬種熬煎，也是歡歡喜喜。」

蕭峰大聲道：「蕭某得有今日，別說要我重當丐幫幫主，就是叫我做大宋皇帝，我也不幹。阿朱，這就到信陽找馬夫人去，一句話問過，咱們便到塞外打獵放羊去也！」

阿朱道：「蕭大爺……」蕭峰道：「從今而後，你別再叫我什麼大爺、二爺了，你叫我大哥！」阿朱滿臉通紅，低聲道：「我怎麼配？」蕭峰道：「你肯不肯叫？」阿朱微笑道：「千肯萬肯，就是不敢。」蕭峰笑道：「你姑且叫一聲試試。」阿朱細聲道：「大……大哥！」

蕭峰哈哈大笑，說道：「是了！從今而後，蕭某不再是孤孤單單、給人輕蔑鄙視的胡虜賤種，這世上至少有一個人……有一個人……」一時不知如何說才是。

阿朱介面道：「有一個人敬重你、欽佩你、感激你、願意永永遠遠、生生世世、陪在你身邊，和你一同抵受患難屈辱、艱險困苦。」說得誠摯無比。

蕭峰縱聲長笑，四周山谷鳴響，他想到阿朱說「一同抵受患難屈辱、艱險困苦」，她明知前途滿是荊棘，卻也甘受無悔，心中感激，雖滿臉笑容，腮邊卻滾下了兩行淚水。

——第二十一回〈千里茫茫若夢〉

從這段至為動人的文字開始，蕭峰身上的悲涼、仇恨、無奈，被阿朱的乖巧、聰明、溫柔漸漸融化了，他的人生地平線上冉冉升起了溫暖和光明的彩虹。可誰能想到命運的霹靂正在彩虹後面醞釀著最慘重的一擊呢？馬夫人康敏告訴他，「帶頭大哥」就是段正淳，蕭峰去找段正淳復仇。阿朱既知道段正淳是自己的父親，更擔心蕭峰人單勢孤，抵擋不住大理段氏的報復，決心以生命化解這段不共戴天的冤仇。她用自己神乎其神的易容術裝扮成段正淳，蕭峰使出全力，一記降龍十八掌把阿朱打死了。出掌的一瞬間，蕭峰的人生就完全墮入了冰冷的深淵。從此以後，他的心就已經死掉了，在雁門關外自盡不過是消滅了自己的肉身而已。在此意義上說，蕭峰打死阿朱是全書一個至關重要的轉捩點。

恰恰在這個轉捩點上，金庸的邏輯上出現了巨大的破綻：為什麼康敏說段正淳是「帶頭大哥」蕭峰會深信不疑呢？段正淳可能是帶頭大哥嗎？

讓我們把時間線回溯到丐幫內亂那一場戲：為了證實蕭峰的契丹身世，丐幫輩分尊崇的徐長老邀請了兩位證人：趙錢孫與智光大師。三十年前，他們誤信慕容博編造的虛假情報，由武林領袖「帶頭大哥」率領，在雁門關伏擊契丹武士，結果造成了與蕭峰父親蕭遠山的正面衝突。蕭峰母親被殺，蕭遠山跳下懸崖。「帶頭大哥」等出於內疚，把蕭峰委託給一對農家夫婦撫養，長成後功夫絕頂，這才有「南慕容，北喬峰」之說。

現在蕭峰所要面對的最大謎題是：帶頭大哥究竟是誰？這就好像警探偵破案件一樣，要首先勾勒出嫌疑人的大概特徵，鎖定嫌疑人的年齡範圍。帶頭大哥武功卓絕，在武林中聲望卓著，這是重要特徵。那麼，他應該多大年紀呢？

請注意小說裡的這幾句話。第十五章，「眼看譚氏夫婦都是六十以上的年紀，怎地這趙錢孫竟然情深若斯，數十年來苦戀不休？譚婆滿臉皺紋，白女蕭蕭，誰也看不出這又高又大的老嫗，年輕時能有什麼動人之處，竟使得趙錢孫到老不能忘情」，那麼趙錢孫作為譚婆的師兄，年紀也應該在六十以上，智光大師與其年紀相仿。再看第十六章智光大師的敘述，「帶頭的大哥年紀並不大，比我還小著好幾歲，可是他武功卓絕，在武林中又地位尊崇，因此大夥推他帶頭，一齊奉他的號令行事」。「比我還小著好幾歲」這句話十分重要，那就說明帶頭大哥現在的年齡應該在六十上下。蕭峰必須要在這個年齡區間裡尋找自己的復仇目標。

段正淳多大年紀？從小說的描寫來看，只是四十多歲的中年人，也就是說，三十年前那場伏擊戰發生的時候，段正淳只是一個十幾歲的孩子，還沒成年，他怎麼能成為中原武林的「帶頭大哥」？這個結論是完全不可接受的！段正淳不可能是帶頭大哥[61]！

或許有人會說：會不會是因為蕭峰報仇心切，一時激動，不假思索，沒有想得這麼仔細呢？仍然不對！事實上，我們想不想得到這一點並不重要，但蕭峰應該想到，也必須想

61　金庸後來也發現了這個問題，在二修本中借康敏之口解釋了一句「你以為段正淳只有四十多歲嗎？他是善於保養，其實已經六十來歲了」，但說服力不強。

到。他在小說中不是一個莽撞的匹夫之輩，而是智謀、武功、胸襟、氣量都超一流的絕代英才。這樣一個驚才絕豔的人被命運之手任意撥弄，這才展現出命運的無常難測、可悲可嘆。如果連這個明顯的破綻都沒有想到，蕭峰就是愚蠢的，他打死阿朱就難辭其咎，對這場大悲劇，自己要承擔相當一部分責任。因為這個無法自圓其說的大破綻，這部小說要扣一些分數。

我們順便說一句，寫上百萬字的長篇小說，創作時間長達數年，作者難以思慮周全，小說中人物會出現年齡上的矛盾，這也是難以避免的。比如，慕容復的年齡也有問題。蕭峰、慕容復齊聚少林寺，慕容復比武輸了要自殺，突然出現一個蒙面灰衣老僧，用暗器把他的劍打飛了，而且把他教訓了一頓。慕容復知道這老僧是父親慕容博時也是疑竇重生，滿腹疑雲：「不對呀！我的父親不是三十年前就去世了嗎？當時我還試過他的脈搏，怎麼現在又復活了呢？」問題不出現在慕容博復活這件事上，武功高可以假死，而出在慕容復的年齡上。一個孩子懂得用手去試探父親的脈搏，看他是不是真死了。假設他早熟的話，也應該有十歲左右，不過分吧？那麼慕容復到現在就應該有四十歲，而王語嫣自己說比慕容復小十歲，王語嫣就是三十歲。段譽多大？段譽十七八歲，而慕容復的姑媽王夫人才四十歲出頭。一團糟了！這些問題使這部書減了幾分藝術魅力，所以我把這部書排在第二位，僅次於《鹿鼎記》。

娶妻當娶任盈盈

季軍得主——《笑傲江湖》。這部書可以用一句話概括：險惡江湖中的人性光芒。金庸在後記中說：「與其說這是武俠小說，不如說它是一部政治小說，裡頭的人物都是政治人物。」像青城派掌門余滄海巧取豪奪，無非是現實中的土匪行為，但岳不群不也是十分工於心計嗎？派自己的女兒喬裝改扮，目的不也是想得林家的《辟邪劍譜》嗎？左冷禪想要五嶽劍派合而為一，是一種政治手段，像少林寺方丈方正、武當派掌門沖虛、任我行、東方不敗不也都有自己的政治手段嗎？特別是令狐沖看到把自己從小撫養到大的師父是一個偽君子，比左冷禪還要壞，人品低下到了極點。特別是連慈母一樣的寧中則都對令狐沖疑竇叢生，江湖之風波和險惡還用說嗎？好在，還有令狐沖，還有任盈盈，讓我們看到了險惡江湖中人性的溫暖光芒。

令狐沖是一個江湖另類，他對名利完全不感興趣，只喜歡喝酒，武功不太高也可以，只想在華山派門下混一混，每天看見小師妹就知足了。他那麼不求上進，放蕩不羈，又那麼灑脫可喜。外表是一個無所不為的浪子，內心卻極其嚴肅，對師父師母的情感，對小師妹純潔愛情的堅守讓我們看到人性還有美好的一面。

有不少人問我：「金庸筆下男主角你最喜歡誰？只能選一個。」我猶豫了很久，最後還是選擇令狐沖。理由是——令狐沖是一個自由主義者。因為要贏得自由，他不惜干犯律令，跟劍宗的風清揚學劍，與田伯光這樣的淫賊、向問天這樣的梟雄結交；也是為了捍衛自由，他拒絕少林方丈弟子的誘惑，對朝陽神教副教主的高位嗤之以鼻，轉身去出任一幫小尼姑的掌門人，「開武林千古未有之局面」（左冷禪語）。對這樣一個場面我一直銘記於心：

不多時，又有一批人入殿參見，向他跪拜時，任我行便不再站起，只點了點頭。令狐沖這時已退到殿口，與教主的座位相距已遙，燈光又暗，遠遠望去，任我行的容貌已頗為朦朧，心下忽想：「坐在這位子上的，是任我行還是東方不敗，卻有甚麼分別？」只聽得各堂堂主和香主讚頌之辭越說越響……令狐沖……心下說不出地厭惡，尋思：「……要我學這些人的樣，豈不是枉自為人？我日後娶盈盈為妻，任教主是我岳父，向他磕頭跪拜，那是應有之義，可是甚麼『中興聖教，澤被蒼生』，甚麼『文成武德，仁義英明』，男子漢大丈夫整日價說這些無恥的言語，當真玷汙了英雄豪傑的清白……這樣一群豪傑之士，身處威逼之下，每日不得不向一個人跪拜，口中念念有辭，心底暗暗詛咒。言者無恥，受者無禮。其實受者逼人行無恥之事，自己更加無恥。這等屈辱天下英雄，自己又怎能算是英雄好漢？」

……令狐沖心想：「東方不敗為練《葵花寶典》中的奇功，早已自宮，甚麼淫辱婦女，生下私生子無數，哈哈，哈哈！」他想到這裡，再也忍耐不住，不由得笑出聲來。這一縱聲大笑，登時聲傳遠近。長殿中各人一齊轉過頭來，向他怒目而視。

令狐沖憑什麼「笑傲江湖」？正是憑著他對於威權的蔑視與對自由的追求！在他的放聲長笑面前，任我行也好，東方不敗也好，顯得何等卑瑣渺小、狹隘愚蠢！可是江湖廟堂之上，歷史現實當中，這樣的人還少嗎？

跟上面問題類似的還有：「你心目中金庸筆下最好的女主角是誰？想娶她做人生伴侶的人是誰？」我問過我的很多朋友，很出乎我的意料，他們大多數人選趙敏。如果讓我選，我寧可選任盈盈。她對令狐沖的愛是完全無私的愛，她是因為令狐沖愛岳靈珊而愛上令狐沖，這是一種完全包容的愛情，是一種非常高的、令人嚮往的境界。小說裡的這一段是很讓人感動的：

忽然之間，岳靈珊輕輕唱起歌來……她歌聲越來越低，漸漸鬆開了抓著令狐沖的手，終於手掌一張，慢慢閉上了眼睛。歌聲止歇，也停住了呼吸。令狐沖心中一沉，似乎整個世界忽然間都死了，想要放聲大哭，卻又哭不出來。他伸出雙手，將岳靈珊的身子抱了起來，輕輕叫道：「小師妹，小師妹，你別怕！我抱你到你媽媽那裡去，沒有人再欺侮你了」……令狐沖想要坐起，身下所墊的青草簌簌作聲。琴聲戛然而止，盈盈回過頭來，滿臉都是喜色。

她慢慢走到令狐沖身畔坐下，凝望著他，臉上愛憐橫溢。

……令狐沖笑了幾聲，心中一酸，又掉下淚來。盈盈扶著他坐了起來，指著山外一個新墳，低聲道：「岳姑娘便葬在那裡。」令狐沖含淚道：「多……多謝你了。」盈盈緩緩搖了搖頭，道：「不用多謝。各人有各人的緣分，也各有各的業報。」令狐沖心下暗感歉仄，說道：「盈盈，我對小師妹始終不能忘情，盼你不要見怪。」盈盈道：「我自然不會怪你。如果你當真是個浮滑男子，負心薄幸，我也不會這樣看重你了。」低聲道：「我開始……開始對你傾心，便因在洛陽綠竹巷中，隔著竹簾，你跟我說怎樣戀慕你的小師妹。岳姑娘原是個好姑娘，她……她便是和你無緣。如果你不是從小和她一塊兒長大，多半她一見你之後，便會喜歡你的。」

……令狐沖嘆了口氣，道：「……我想過去看看她的墳。」盈盈扶著他手臂，走出山洞。令狐沖見那墳雖以亂石堆成，卻大小石塊錯落有致，殊非草草，墳前墳後都是鮮花，足見盈盈頗花了一番功夫，心下暗暗感激。墳前豎著一根削去了枝葉的樹幹，樹皮上用劍尖刻著幾個字：「華山女俠岳靈珊姑娘之墓」……令狐沖道：「好極了。小師妹獨個在這荒野之地，她就算是鬼，也很膽小的。」盈盈聽他這話甚癡，不由得暗暗嘆了口氣。

任盈盈憑她對愛情的大度、寬宏、理解、真摯，最終贏得了令狐沖的心。我們在這兩個寫得很成功的人物身上看到人性的溫暖、人性的光芒，使這部書散發出不可抵擋的魅力。我把它排在第三位。

中年婦女黃蓉

第四位是並列的兩部作品，一部是《射鵰英雄傳》，一部是《神鵰俠侶》。把《射鵰》排在這麼高的位置有一個外在因素：這部書是標誌著金庸從一個武俠小說高手到一代宗師的里程碑式作品。金庸寫《書劍恩仇錄》，被稱為「新派武俠小說」的石破天驚之作，但第二部《碧血劍》就寫得很失敗，第三部《雪山飛狐》寫得又很先鋒，可以說都不成功。到了《射鵰英雄傳》，金庸從更高層次上回歸傳統，才真正完成了從武俠小說高手到一代武俠宗師的轉換。這是一個外在的加分因素。

《射鵰英雄傳》回歸了古典小說的敘事模式，人物特點鮮明單純，相互對照，產生戲劇衝突。我們讀《三國演義》，知道關羽就是忠義的代名詞，劉備就是忠厚的代名詞，曹操是奸詐的代名詞等等，這是古典小說中最常用的人物刻畫方式，可以稱之為「典型化」或「符號化」。金庸在《射鵰》用的正是這種手法。郭靖有點笨，但是很堅韌，黃蓉則聰明到極點，兩個人在一起產生了很多戲劇衝突。這種手法有它的壞處，寫人性的層面比較單一，相對淡薄，更平面化、線條化。但這種塑造方式更吻合讀者的傳統文化審美心理，大家更願意接受這種性格單純的形象，所以這部作品在廣大讀者群當中的影響是無與倫比的。這點想必大家都深有體會。所以我覺得在傳播方面也要給這個作品加一些分。

《神雕》和《射雕》各有千秋，其中我比較感興趣的亮點有兩個：一個是楊過的亦正亦邪，這也是金庸敢於挑戰自己的一個很特殊的處理手法，別人不敢輕易這麼寫，其實在楊過這個人身上埋下了後來韋小寶的影子。大家可以試著把楊過，特別是早年的楊過和韋小寶連結起來。出身是一個小乞丐，在性格當中就沉澱了很多不好的基因，輕薄、好色，性情激烈，易走極端。長大以後又有一個解不開的死結，要找郭靖和黃蓉復仇。所以楊過的成長史就是一段在正邪兩端掙扎的成長史。最後，出於對「大團圓」結局的喜愛，也出於對讀者心理的迎合，安排楊過成了大俠，但我們看楊過的性格發展歷程會時刻為他捏著一把汗，這個孩子很容易就滑到「邪」的那一邊去了。

說金庸迎合讀者的心理另有一個佐證。當年在《明報》上連載此書的時候，金庸最初的想法是讓小龍女自殺成功，跳下懸崖以後沒有再存活，但很多讀者不同意，絕不接受金庸把小龍女處死，沒有辦法就改成了現在這個結局。其實我們讀這個情節會覺得牽強，在人間用各種靈藥都治不了的劇毒，跳到水下，吃了一些白魚就好了？不管怎麼樣，楊過這個人物的形象塑造非常成功，亦正亦邪，最後由邪歸正這個過程寫得真實可信，顯示了金庸對人性探測的深度和他敘事方面高妙的功力，這是一大亮點。

還有一大亮點要結合《射雕》看，那就是黃蓉。看過《射雕》的讀者都記得那個冰清玉潔的小女孩，我們心目中最美好的少女形象之一，結果到了《神雕》，金庸卻把黃蓉寫成一個偏袒女兒、不辨是非的中年婦女！對此，金庸是冒著讀者唾棄自己的風險，冒著「黃蓉迷」拂袖而去再也不看金庸小說的風險，把黃蓉寫成這樣一個形象的。這個形象是可信的，當年多麼冰清玉潔的少女最後恐怕也都要走到這樣，走到一個和普天下的媽媽沒有什麼差別的中年婦女形象。在《神雕》的黃蓉身上也展現了金庸描繪人性、刻寫人生的深度和勇氣。

第五名還是兩部作品，一部作品是《雪山飛狐》，一部作品是《飛狐外傳》。為什麼要給《雪山飛狐》這麼高的位置呢？主要是考慮它的先鋒性和實驗性。這部小說很特殊，以前沒人這麼寫，以後也沒有。它採取的敘事方式是很多人在談一件往事，你有你的視角，我有我的視角。比如苗若蘭是一個版本，寶樹和尚說的是一個版本，陶百歲說的又是一個版本，來講二十年前苗人鳳和胡一刀的滄州決戰，最後牽扯到百年前李自成下落的歷史迷案。這種結構方式只有先鋒小說才會用，比如艾特瑪托夫的《一日長於百年》（The Day Lasts More Than a Hundred Years），另外像日本大導演黑澤明的《羅生門》、張藝謀的《英雄》也是採用這種方式，金庸在二十世紀五〇年代就非常敏感地把它移植到武俠小說當中。《雪山飛狐》的先鋒性還展現在開放式的結局：「這一刀是劈還是不劈？」這也是傳統武俠小說不可接受的敘事手法。儘管金庸後來沒有接續下去，但確實表現了他在武俠小說創作中勇於探索的精神，我幫這部小說加了比較多分。

《飛狐外傳》其實寫得並不是很好，用了很多新文藝的筆法，人物形象的塑造和情節的處理上有很多牽強的地方。比如袁紫衣為什麼要救鳳天南，沒有特別合理的解釋，大致上是為了讓小說情節發展下去才這麼寫的，但之所以給這部小說比較高的分數，是因為這小說中有一個人物寫得非常好，程靈素，我稱之為「金庸筆下第一悲情女主角」。程靈素是金庸筆下所有女主角當中相貌最不美的一個，甚至發育都有點不好，「十六七歲，像一個十二三歲的幼女，只是一雙眼睛很亮，顯示她和一般的女孩子不太一樣」。這個不太美的女孩子見了胡斐以後一見傾心，但胡斐不愛她，胡斐魂牽夢繞的還是袁紫衣。儘管程靈素是毒手藥王的高徒，她可以算計天下所有人，但對付不了自己內心的愛，只好以付出生命的方式解脫了。程靈素很讓我感動，她是這部小說中最觸痛人心的一部分。

張無忌的醫學水準

第六名是《書劍恩仇錄》。《書劍恩仇錄》是金庸小說的開山之作，也是石破天驚、震動香江文壇之作。其中人物的形象刻畫得很見功力，紅花會英雄群像著墨不多，但各有性情，各有氣派，筆法全從《水滸傳》中得來。陳家洛和張無忌是同一類人，比較軟弱，比較接近平常人。儘管武功很高，但是內心比較柔軟，不堅定，不像蕭峰那麼有男子漢氣概，都是平常人的形象，具有普通人的弱點，我覺得這麼寫也很好。這是一方面，主要是在外在因素層面加分了。

說了半天，對金庸作品比較熟悉的朋友會產生一個疑問，《倚天屠龍記》排在哪？第七名，也是金庸所有人氣作品中的最後一名。為什麼？由於關鍵性情節的破綻。與《天龍八部》相比，《倚天屠龍記》的破綻有過之而無不及。

第一個破綻，張無忌的醫學水準問題。我們知道，張無忌小時候被打了一記玄冥神掌，病入膏肓，無藥可治。機緣巧合，被常遇春帶到蝴蝶谷，請蝶谷醫仙胡青牛醫治，一住好幾年，盡得胡青牛真傳。胡青牛死後，張無忌就成為天下第一名醫。但就是這樣一個「名醫」卻兩次不能判斷別人的生死。第一次是六大派圍攻光明頂的時候，張無忌說完全是因為成崑在裡面挑撥，成崑現在已經在少林寺出家了，法號叫圓真，讓圓真和他對質。少林寺的和尚不滿意了，說圓真師兄已經力戰圓寂。張無忌過去一看，果然是圓真躺在一堆屍體裡，面頰深陷，雙目緊閉，用手一探，沒有呼吸了。人死了，不能對質了，還得靠武力解決問題。這是第一次，但我們在小說的虛擬世界可以解釋。因為成崑武功很高，可以假死，什麼龜息大法等等。第二次就說不過去了。

在北極冰火島上，張無忌四美同行，趙敏、殷離、周芷若、小昭。小昭先做波斯總教的教主走了，剩下三個美女，還有自己的義父謝遜。一天早上，發現自己一點內功也沒有了，被人家下了十香軟筋散之毒。再看自己身邊，趙敏不知去向，周芷若受傷，殷離被人殺了，而且被毀容。張無忌痛苦異常，親手把表妹「活埋」了。因為大家知道，殷離其實沒死。殷離內功沒有那麼高吧？不用騙張無忌吧？這是我們讀得非常不舒服的地方，說不通。

為什麼出現這樣的問題呢？我們也體諒金庸先生的苦衷，因為後面幾十萬字，矛盾都要在周芷若和趙敏之間展開。兩個女孩子都是自己心愛的，本來以為趙敏惡，周芷若善，後來發現善惡顛倒，這就堅定了張無忌情感層面的選擇——去跟趙敏好。只有兩個人，衝突比較集中，中間夾一個殷離就很麻煩，所以只好把她處理掉了。但處理掉也會產生一個問題：如果殷離真的死了，周芷若就和自己結下大仇。報仇的話，結尾的血腥氣就太重了。於是金庸只能讓殷離復活，所謂「召之即來，揮之即去」。這種寫法出自水準不高的武俠小說，那不奇怪，出自金庸之手，不應該。

第二個破綻，還是出現在上述事件中。周芷若殺殷離，逐趙敏，盜取倚天劍和屠龍刀的整個過程，張無忌不知道，但謝遜知道。他以耳代目，對周芷若的所作所為都清清楚楚，但他暫時不能告訴張無忌。因為這時他和張無忌都已經中毒，如果說明真相，後果不堪設想。但是藥力過了，武功恢復了，已經回到大陸了，為什麼還不說？想說的時候沒有機會了，被人抓走了，關在少林寺的水牢裡，只好在牆上畫了很多的壁畫來告訴張無忌真相。還有用嗎？謝遜不僅沒說，在島上還為張無忌和周芷若主婚，如果不是趙敏大鬧喜堂，張無忌不就一輩子綁在那個顏若桃李、心如蛇蠍的女孩子身邊了嗎？之所以不說就是為了留懸念，但過分追逐懸念導致失去了基本邏輯。《倚天屠龍記》一共四冊，前三冊比較成功，第四冊完全是失敗之作，因為這些情節上的重大破綻足以影響這部作品的藝術價值，所以我把它排在長篇作品的最後。

蒼涼與纏綿

第八名《碧血劍》，排名較低的原因我在前文已經說過，不再重複，由它而衍生出冠軍之作《鹿鼎記》則加了一點分，所以還沒有排得太低。

第九名《俠客行》。這部書的位置也比較低，其原因主要是是因為構思比較陳舊。小說的發展線索就是親生兄弟相貌相似，造成很多誤會。這種寫法不管是在中國小說中還是西方小說中都屢見不鮮。其次，石破天的形象和郭靖基本上如出一轍，沒有什麼突破。金庸的好作品每一個人物形象都是不重複的，韋小寶、令狐沖、蕭峰、郭靖、楊過、胡斐都寫得很漂亮，但石破天這個人沒有新穎的地方。

但是，儘管此書排名很低，仍值得一看。有些問題值得關注：第一，《俠客行》作於一九六五年，正處在《天龍八部》、《笑傲江湖》和《鹿鼎記》之間，也就是說，《俠客行》相當於夾在三座高峰之間的一個峽谷、一條緩衝地帶，這個位置很耐人尋味。這其實是我們總結一個小說家創作規律和創作歷程很好的典範。第二，由《俠客行》展開聯想，我們發現在金庸最後四部作品——《笑傲江湖》、《天龍八部》、《俠客行》和《鹿鼎記》——出現了同一類型的人物形象，就是特別喜歡聽別人阿諛奉承的人，狂妄自大到極點的人，別人不拍馬屁心裡就不舒服的人。《笑傲江湖》是東方不敗和任我行，《天龍八部》是星宿老怪丁春秋，《俠客行》是雪山派的掌門白自在，到了《鹿鼎記》是神龍教的洪教主。我們注意到，出現這幾個形象是有它的現實動因的。這幾部書出現在二十世紀六〇年代中期到七〇年代初，正是中國個人崇拜達到狂熱程度的時候。金庸不僅是一個小說家，也是一個著名的報人，他在香港編《明報》寫政論，對大陸的局勢非常關心，也比較清楚。小說中寫到這樣幾個人物，寫到清初的文字獄，我想這不是無意之舉。

第十名《連城訣》。這部書排在第十名我感覺虧一點，小說其實寫得還不錯。排名低的唯一原因是完全主觀的，我在前文也說過。

第十一名《白馬嘯西風》。《白馬嘯西風》這部作品排在這裡是因為它和前面其他的小說沒有可比性，它是一部抒情詩式的作品。我特別感興趣的是結尾部分，李文秀知道自己和心上人無緣了，那個哈薩克小夥子必定要和別人結成連理，於是，她牽著父母留給她的那匹已經很老的白馬準備回到江南。她在心裡說：「我知道江南很好，水是軟的，山是綠的，也有很多英俊的少年，但我就像固執的高昌國人一樣，這些東西再好，那都是你們的，我都不喜歡。」這份蒼涼和纏綿寫得好，讀下來像詩，不像小說。

最後一部，《鴛鴦刀》。《鴛鴦刀》也是一個中篇，我給這部小說的評價就八個字，「故弄玄虛，非常無聊」，其中只有一處寫「夫妻刀法」還不錯，但不是金庸的原創，梁羽生在《萍蹤俠影》裡早寫過了。在這部喜劇性的小品裡，大家爭搶鴛鴦刀，最後一看刀上四個大字「仁者無敵」，這簡直是侮辱讀者的智慧。金庸把它編入全集，我感到很奇怪。如果我是金庸，出於愛惜羽毛的考慮，應該把這部書刪掉，從此以後不讓它面世。

第二講　金庸的詩詞

五首「本意」詞

以上的所謂「研究」只是閱讀感受而已，真正進入嚴肅一點的研究，第一個方面，先來說說金庸的詩詞。

應該首先看到，金庸的詩詞創作水準其實並不出色，對此他毫無諱言。一九七五年在《書劍恩仇錄．後記》裡他說：「（我）對詩詞也是一竅不通，直到最近修改本書，才翻閱了王力先生的《漢語詩律學》而初識平仄。」一九七八年在《天龍八部．後記》裡他再次談到：「曾學柏梁臺體而寫了四十句古體詩，作為《倚天屠龍記》的回目，在本書則學填了五首詞作回目。作詩填詞我是完全不會的，但中國傳統小說而沒有詩詞，終究不像樣，這些回目的詩詞只是裝飾而已。」[62]

62　三聯書店一九九九年版。

金庸詩詞水準不及梁羽生，這是事實，任你怎樣癡迷金庸也不能曲為之辯，但他的「花樣」比梁氏要多得多。為《天龍八部》作回目「學填」的五首詞就回溯到詞的源頭，用了「本意」的作法。

何謂「本意」？詞體在初起的時候是沒有詞題的，詞牌即是詞題。比如〈雨霖鈴〉就寫雨聲滴瀝，〈夏初臨〉就寫夏天到來，〈臨江仙〉就寫一個女子（一般是女道士）站在江邊，這就是「本意」。大概到北宋的張先才開始有簡短的詞題，比如他的名作〈天仙子〉，也就是「雲破月來花弄影」那一首就加了詞題，說州裡舉行宴會，自己沒能參加，略有悵惘，不過是說明了詞作的背景而已。真正將詞題與詞作形成一個「互動」之不可分割的有機整體，要到「指出向上一路」的蘇東坡。他的名作〈定風波〉，詞前小序云：「三月七日，沙湖道中遇雨。雨具先去，同行皆狼狽，餘獨不覺，已而遂晴，故作此。」捨去了這篇小序，就不能理解他的「莫聽穿林打葉聲，何妨吟嘯且徐行」、「一蓑煙雨任平生」、「歸去，也無風雨也無晴」等警句的內涵，更不能理解他借自然界的風雨「寫心」的深意。

金庸還是回到了「本意」的古風上去了。如第一冊寫段譽遊歷奇遇，故調寄〈少年遊〉：

青衫磊落險峰行，玉壁月華明。馬疾香幽，崖高人遠，微步縠紋生。

誰家子弟誰家院，無計悔多情。虎嘯龍吟，換巢鸞鳳，劍氣碧煙橫。

第二冊寫喬峰的胡漢身世之謎，故調寄胡地樂曲〈蘇幕遮〉：

向來癡，從此醉，水榭聽香，指點群豪戲。劇飲千杯男兒事，杏子林中，商略平生義。
昔時因，今日意，胡漢恩仇，須傾英雄淚。雖萬千人吾往矣，悄立雁門，絕壁無餘字。

第三冊寫蕭峰助耶律洪基平楚王之叛，故調寄〈破陣子〉：

千里茫茫若夢，雙眸粲粲如星。塞上牛羊空許約，燭畔鬢雲有舊盟。莽蒼踏雪行。
赤手屠熊搏虎，金戈盪寇鏖兵。草木殘生顱鑄鐵，蟲豸凝寒掌作冰。揮灑縛豪英。

第四冊寫虛竹與天山童姥、李秋水、夢姑之糾葛，故調寄〈洞仙歌〉：

輸贏成敗，又爭由人算！且自逍遙沒誰管。奈天昏地暗，斗轉星移。風驟緊，縹緲峰頭雲亂。

紅顏彈指老，剎那芳華。夢裏真，真語真幻。同一笑，到頭萬事俱空。糊塗醉、情長計短。解不了，名韁繫嗔貪。卻試問，幾時把癡心斷？

第五冊寫蕭峰自盡之悲壯結局，故調寄〈水龍吟〉。文獻記載，〈水龍吟〉為笛曲，聲情淒壯，與蕭峰自盡的氛圍相合：

燕雲十八飛騎，奔騰如虎風煙舉。老魔小醜，豈堪一擊，勝之不武。王霸雄圖，血海深恨，盡歸塵土。念枉求美眷，良緣安在？枯井底，汙泥處。酒罷問君三語，為誰開，茶花滿路？王孫落魄，怎生消得，楊枝玉露？敝屣榮華，浮雲生死，此身何懼。教單于折箭，六軍辟易，奮英雄怒。

這樣的詞作雖近乎文字遊戲，筆力用心也很不一般了，且此類「文字遊戲」既非人人可玩，也不是才情窘狹者可以玩好的。五首「回目詞」中，似應以〈蘇幕遮〉、〈破陣子〉、〈洞仙歌〉較佳，意境之渾成雄厚則以〈破陣子〉稱最。由「塞上牛羊空許約」兩句聯想到蕭峰一掌打死阿朱、偕隱之夢化為泡影之大轉折，真令人仰天浩嘆！

護主平安上炕

金庸詞作最佳者當推《書劍恩仇錄》第十回〈煙騰火熾走豪俠　粉膩脂香羈至尊〉中諷刺乾隆嫖院的那一首〈西江月〉。這一回寫的是紅花會群雄綁架乾隆皇帝的故事，其中就描寫了一場「花國狀元大會」的「盛況」。「花國狀元大會」是怎樣的呢？和珅說得很明白：

和珅……稟告：「奴才出去問過了，聽說今兒杭州全城名妓都在西湖上聚會，要點甚麼花國狀元，還有甚麼榜眼、探花、傳臚。」乾隆笑罵：「拿國家掄才大典來開玩笑，真是豈有此理！」

和珅見皇上臉有笑容，走近一步，低聲道：「聽說錢塘四豔也都要去。」乾隆道：「甚麼錢塘四豔？」和珅道：「奴才剛才問了杭州本地人，說道是四個最出名的妓女。街上大家都在猜今年誰會點中花國狀元呢！」乾隆笑道：「國家的狀元由我來點。這花國狀元誰來點？難道還有個花國皇帝不成？」和珅道：「聽說是每個名妓坐一艘花舫，舫上陳列恩客報效的金銀錢鈔、珍寶首飾，看誰的花舫最華貴，誰收的纏頭之資最豐盛，再由杭州的風流名士品定名次。」

乾隆皇帝「微服私看」，來到選秀大會的現場。「錢塘四豔」果然名不虛傳，各極其美。過了半晌，采品檢點已畢，大家圍在評委會主任（書中稱為「會首」）座船四周，聽他公布名次：

只聽得會首叫道：「現下采品以李雙亭李姑娘最多！」此言一出，各船轟動，有人鼓掌叫好，也有人低低咒罵。只聽一人喊道：「慢來，我贈卞文蓮姑娘黃金一百兩。」當即捧過金子。又有一個豪客叫道：「我贈吳嬋娟姑娘翡翠鐲一雙，明珠十顆。」眾人燈光下見翡翠鐲精光碧綠，明珠又大又圓，價值又遠在黃金百兩之上，都倒吸一口涼氣，看來今年的狀元非這位湖上嫦娥莫屬了。

評委會主任剛要宣布這位湖上嫦娥獲得「花國狀元」稱號，遠處疾如風、快似電跑來一個人，口中高叫：「且慢——，我家老爺有一包東西要送給玉如意姑娘！」誰呀？正是和珅。送一包東西，還不明說是什麼，各位評委也覺得有點神祕，面面相覷。

誰是這次「花國狀元大會」的評委呢？在這裡金庸用了小說筆法，故弄狡獪，他把乾隆一朝最負盛名的大文人都放到這個評委會裡頭來了。評委會主任是大詩人、當世第一風流才子袁枚。評委還有跟他齊名為「三大家」的另外兩位，也就是大詩人、大史學家趙翼，以及大詩人、大戲劇家蔣士銓。還有乾隆朝的詩歌領袖、六十多歲才考中進士的老名士沈德潛，另一位詩壇盟主厲鶚，「揚州八怪」中最負盛名的鄭燮鄭板橋，還有一位特別有名——鐵齒銅牙紀曉嵐！真是大咖雲集呀！

東西拿過來了，袁主任拆開一看，是三卷書畫，笑道：「這位看來還是雅人，不知送的是甚麼精品？」展開一看，第一幅，祝枝山的書法真跡；第二幅，唐伯虎的〈簪花仕女圖〉。這都是價值連城的寶貝呀，什麼珍珠翡翠都是比不了的。第三幅是什麼呢？還是一幅書法，寫著一首詩，沒有落款，只有「臨趙孟頫書」幾個字。鄭板橋是大書法家，心直口快，馬上說：「微有秀氣，筆力不足！」沈德潛是老江湖了，見多識廣，老成持重，趕緊捂住鄭板橋的嘴：「噓——這是今上御筆！」就這樣，玉如意得了這一屆的「花國狀元」。

乾隆如此力捧，玉如意反而對他若即若離，那就更勾引得風流天子意馬心猿，一直跟到玉如意所在的妓院裡。侍衛們一看皇上今天晚上要留宿，自然要大起忙頭，做好安檢工作。「這時革職留任、戴罪圖功的浙江水陸提督李可秀統率兵丁趕到，將巷子團團圍住，他手下的總兵、副將、參將、游擊，把巷子每一家人家搜了個遍，就只剩下玉如意這堂子沒抄。白振帶領了侍衛在屋頂巡邏，四周弓箭手、鐵甲軍圍得密密層層」，所以金庸諷刺地說，「古往今來，嫖院之人何止千萬，卻要算乾隆這次嫖得最為規模宏大，當真是好威風，好煞氣，於日後『十全武功』，不遑多讓焉」，刻薄話說了以後，意猶未足，於是寫了一首〈西江月〉：

鐵甲層層密布，刀槍閃閃生光。忠心赤膽保君皇，護主平安上炕。

湖上選歌徵色，帳中抱月眠香。刺嫖二客有誰防？屋頂金鉤鐵掌。

於「鐵甲」、「刀槍」、「忠心赤膽」、「君皇」等正大詞句後緊接「上炕」二字，欲待不笑而不可得。後文「刺嫖二客」連用亦妙，至於「金鉤鐵掌」白振一代武林宗師，乃為防嫖客之用，更令人知權力之可畏也。凡此嬉笑怒罵，綿裡藏針，有政論家的鋒芒，非梁羽生輩可以措手也。

出於上述認識，我把金庸的詞寫進了拙著《近百年詞史》，讓他「提前」在文學史裡占一個小角落。當然，金庸真正的座席還應該在「近百年小說史」、「近百年文學史」上面。

第三講 小說家與上帝：創作心態的漂移變更

《神雕》、《倚天》之間的大書

金庸研究還有一個小角落不大受人關注，那就是創作心態的漂移變更問題。什麼意思呢？我們知道，金庸小說首次面世的時候，都是以報刊連載的方式呈現的。比如說，《書劍恩仇錄》、《雪山飛狐》連載於《新晚報》，《碧血劍》、《射雕英雄傳》連載於《香港商報》，其餘十一部小說都連載於金庸自己的《明報》及其相關刊物《武俠與歷史》、《東南亞週刊》、《明報晚報》。《明報》從始創的無名小報變成香港最大的報業集團之一，跟金庸小說是密切相關的。

這些小說連載的時間，短則數月，長則數年，《天龍八部》、《鹿鼎記》就都寫了三年左右。一般來說，創作過程都是高度緊張的，排字工人常常等在金庸辦公室門口，寫完這一期的最後一個字，趕緊拿走，直接進廠排版。一方面，我們能從中看出金庸的才華，在如此「壓力山大」的寫作過程中，他能完成那麼好的小說；同時，在這個過程中必然要發生這樣的情況：一篇小說最初的構思是「這樣」的，寫著寫著變了，變成「那樣」了，這就是所謂的「漂移和變更」。

舉三個例子。第一，《倚天屠龍記》的構思轉型。《倚天屠龍記》開頭的兩回〈天涯思君不可忘〉、〈武當山頂松柏長〉寫的是郭襄來少林寺尋找楊過，遇見了崑崙三聖何足道與覺遠的小徒弟張君寶（後來的一代宗師張三丰），兩個人都對郭襄產生了一些微妙的情愫。從敘事線索的鋪墊來看，我覺得金庸本來是想以郭襄為女一號、張君寶為男一號、何足道為男二號，以他們的感情糾葛與張三丰的成長為中心寫這一部大書的。

但是寫了兩回以後，金庸筆鋒急轉直下，一句「花開花落，花落花開。少年子弟江湖老，紅顏少女的鬢邊終於也見到了白髮」，時間就過去了七十多年，當年十幾歲的少年張君寶準備過九十大壽了。從他的弟子俞岱巖引出屠龍刀、張翠山、謝遜、殷素素，這才有真正男一號張無忌的出場。

我總懷疑這是金庸一個非常大的構思轉型，在《神雕俠侶》和《倚天屠龍記》中間有一部大書沒有寫。年輕的時候，曾經動念頭要補這部書，後來終於知道自己才力有限，只能喟然而退。那麼，什麼原因呢？就我所見，金庸生前對這個問題沒有任何自白，所以，上述說法也只能是一種猜測。正如我經常說的：「因為是猜測，所以不一定對；但也因為是猜測，也沒人能說我不對。我提供的只是一個猜想，不是法律證據，不是呈堂證供。」

儘管如此，金庸還是在《倚天屠龍記》中留下了一些值得深思的伏筆。比如說，郭襄十六歲見到楊過，一見而誤終身，一直找到四十歲，終於大徹大悟，遁入空門，開創了峨眉一派。《倚天屠龍記》中的滅絕師太就是郭襄的徒孫，滅絕師太的師父，也就是郭襄的徒弟，叫什麼？叫風陵師太。

「風陵」二字，驚心動魄。當年郭襄首次聽到「神雕俠」的名號，貿然跟大頭鬼歷險一遭，終於見到楊過，那就是在黃河渡口的風陵渡！郭襄雖然徹悟了，逃遁了，但還是為自己的徒弟取了個名字叫「風陵」，這裡埋藏了一段多麼銘心刻骨的懷想與眷戀，真令人「細思極恐」！這本書太值得寫了，可惜不知誰有這個本事能寫出來，不辜負了這個頂尖的好故事。

段譽本是男一號

第二個例子，《天龍八部》的男一號。現在我們都很清楚，《天龍八部》的男一號是蕭峰。但是我以為，當年金庸構思這部小說的時候，男一號是段譽而不是蕭峰。蕭峰是寫著寫著「蹦出來」的一個人物，但是後來居上，變成男一號了。為什麼這樣講？我是有點證據的，不完全是猜測。

可以看看《天龍八部》小說開始前的〈釋名〉。〈釋名〉，即解釋何為「天龍八部」，金庸說：

「天龍八部」這名詞出於佛經。許多大乘佛經敘述佛向諸菩薩、比丘等說法時，常有天龍八部參與聽法。如《法華經．提婆達多品》：「天龍八部、人與非人，皆遙見彼龍女成佛。」「非人」是形貌似人而實際不是人的眾生。「天龍八部」都是「非人」，包括八種神道怪物，因為以「天」及「龍」為首，所以稱為「天龍八部」。八部者，一天，二龍，三夜叉，四乾達婆，五阿修羅，六迦樓羅，七緊那羅，八摩呼羅迦。

以下解釋每種神道怪物的特徵，金庸說，「天龍八部這八種神道精怪，各有奇特個性和神通，雖是人間之外的眾生，卻也有塵世的歡喜和悲苦。這部小說裏沒有神道精怪，只是借用這個佛經名詞，以象徵一些現世人物，就像《水滸》中有母夜叉孫二娘、摩雲金翅歐鵬」，但請注意文中的這句話：

這部小說以《天龍八部》為名，寫的是北宋時雲南大理國的故事。

我不知道金庸為什麼要寫上這句不符合實際的話。《天龍八部》寫的不只是發生在大理國的故事，而且大部分情節（超過三分之二）不發生在大理國。從小說第二冊開始，段譽被鳩摩智抓走，跑到了蘇州，又在無錫遇見蕭峰。蕭峰為追尋身世的真相，一路行經河南、山東、山西、雲南，最後跑到東北的長白山麓。進入「虛竹傳」以後，很多情節又發生在西夏。大理、大宋、大遼、西夏，當時已知的全部世界幾乎都寫到了，為什麼要說本書是寫「雲南大理國的故事」？

只有一種解釋：金庸最初構思這本書的時候，只想寫發生在大理的故事，男一號是段譽。寫著寫著，蕭峰出現了，而且越來越光彩照人，慢慢地，這本小說宏偉遼闊的格局打開了，蕭峰是男一號，段譽退居為男二號，還出現了男三號虛竹，三個人的傳奇軌跡忽分忽合，最終形成了一部汪洋恣肆、氣象萬千的命運之書。

但金庸最初應該不是完整地構思好三個主角的，而是在寫作過程中逐步轉變原有故事架構的。

阿紫的眼睛

還有一個創作心態的漂移變更現象比較特殊，那就是阿紫的眼睛問題。在《天龍八部》裡，阿紫的眼睛盲而復明，但阿紫的眼睛不是金庸弄瞎的。那麼，是誰弄瞎的呢？正是與金庸齊名為「香江四大才子」之一的著名作家倪匡弄瞎的[63]。

當年《天龍八部》寫到一半的時候，正值香港極左思潮氾濫，有人連續往《明報》報社送炸彈。為避風頭，金庸西遊歐洲長達數月。那時候沒有現在這麼便利的通訊條件：在歐洲接著寫，網路一傳就回來了。怎麼辦呢？只好找好朋友倪匡代寫。

倪匡是很好的人選，他最初也是寫武俠小說的，後來覺得寫不過金庸，自尊心很受打擊，於是聲稱「寧可在科幻小說裡當第一，也不在武俠小說裡當第二」，這才「轉行」寫出了廣受追捧的「衛斯理系列」，名震文壇。現在這位大才子受到好友金庸的委託重操舊業，自然駕輕就熟，不在話下，而且也成為他平生的大得意事[64]。

本來是件好事，結果誰也沒想到倪匡對待阿紫的微妙心態出了問題。

---

63 「香江四大才子」為金庸、黃霑、倪匡、蔡瀾。

64 倪匡自言平生兩大得意事為「曾代金庸寫小說，屢替張徹編劇本」。

倪匡是金庸小說最熱心讀者的之一，跟一般讀者一樣，每週等著盼著看下文。「追書」的過程中，他最討厭的人物就是阿紫。可是討厭能怎樣？不是你創造的人物，你沒有權力處置。忽然天上掉餡餅了，阿紫歸我處置了！倪匡的心情是四個字：大喜過望。

倪匡後來講，依他本能的反應，第一選擇就是把阿紫弄死。轉念一想，還不行，金庸回來跟他沒法交代。一方面要對得起老友的重托，一方面要發洩對阿紫的不滿，所以他採取了折衷的辦法，把阿紫眼睛給弄瞎了。

幾個月以後，金庸從歐洲回來，才發現阿紫瞎了，「一張方臉拉得比馬臉還長」[65]。但是能怎麼辦呢？總不能去跟讀者登報聲明，說阿紫眼睛不是我弄瞎的吧？無奈之下，只好接著倪匡的設計往下寫。請注意，金庸寫成了什麼樣子呢？

阿紫的眼睛瞎了以後，有一個人還癡心不改愛著她，那就是聚賢莊少莊主游坦之。他哀求虛竹動了一個外科手術，把自己的眼睛換給了阿紫，阿紫復明了。在這個地方，金庸很少見地用了一點超自然手法：阿紫雙目復明以後，不管笑得多麼開心，臉上全都笑，她的眼神裡始終有一種淒苦的神色。這淒苦的神色其實就是游坦之的人生況味呀！

小說末尾，蕭峰自盡，阿紫抱著蕭峰遺體痛不欲生。正在這時候，游坦之來了，遠遠聽

---

65 詩人牛皮明明《中國武俠90年》。

見阿紫的聲音，放聲大叫。阿紫一看見他，氣不打一處來：「不就是因為你把眼睛換給我，我姊夫才總要把我趕離他身邊，說沒人比你更愛我，讓我跟著你嗎？我欠了你一雙眼睛，好，現在我還給你！」阿紫一回手，自抉雙目，扔給了游坦之，抱著蕭峰遺體跳下了萬丈懸崖。這是一段殘忍淒美的愛情故事，令人不忍卒讀、掩卷長嘆，但它的最初動因不是來自金庸，而是來自倪匡。從這一點就能看出，作為一個小說家，金庸講故事的能力在近百年中國幾乎是不可思議，無與倫比。

小說家與上帝

不少作家都說過：小說家在創作的時候，它扮演的角色跟上帝是平起平坐的。上帝主宰凡人的命運，小說家同樣可以主宰小說人物的命運[66]。問題是上帝有當得好的，也有當得不好的。當一個小說家是好的上帝的時候，他就會寫出好的小說。那麼，什麼是好的上帝呢？

66 如英國作家吉卜林說：「事物都是上帝創作的，我正是從這一角度去描寫它們的。」；英國作家約翰・福爾斯說：「小說家就如同上帝，他不可能明瞭一切，但是他卻努力假裝對一切瞭若指掌。」這種觀念被中國作家大範圍接受，馬原就出版了小說理論集《摹仿上帝的小說家》。

我們舉《倚天屠龍記》的一處情節為例。

張無忌是個「博愛主義」者，跟四個女孩子趙敏、周芷若、小昭、殷離都結下程度不等的情緣，所謂「四女同舟何所望」。他到底愛誰呢？金庸說：

> 張無忌……始終拖泥帶水，對於周芷若、趙敏、殷離、小昭這四個姑娘，似乎他對趙敏愛得最深，最後對周芷若也這般說了，但在他內心深處，到底愛哪一個姑娘更加多些？恐怕他自己也不知道。作者也不知道，既然他的個性已寫成了這樣子，一切發展全得憑他的性格而定，作者也無法干預了……
>
> 周芷若和趙敏……都有政治才能，因此這兩個姑娘雖然美麗，卻不可愛。我自己心中，最愛小昭，只可惜不能讓她跟張無忌在一起，想起來常常有些惆悵。所以這部書中的愛情故事是不大美麗的，雖然，現實性可能更加強些。

金庸說他寫作品時哭過三次：寫楊過等不見小龍女、眼看太陽下山時哭了；寫蕭峰打死阿朱、自摑耳光時哭了；寫小昭離開張無忌到波斯總教當教主，她的座艦逐漸遠去，變成一個黑點的時候，也哭了。有意思的是，為什麼要哭呢？全世界只有一個人有能力讓小昭跟張無忌在一起，那就是金庸自己呀！你喜歡小昭，你就別讓她離開張無忌，讓他們在一起！

因為金庸是好的上帝，他知道只有這樣寫才是人生的真相，才是藝術規律的要求。所以他才說，「既然他（張無忌）的個性已寫成了這樣子，一切發展全得憑他的性格而定，作者也無法干預了」、「這部書中的愛情故事是不大美麗的，雖然，現實性可能更加強些」，好的上帝是不能隨心所欲、胡作非為的。

什麼叫不好的上帝？像我這樣的小說作者就是不好的上帝。

我年輕時候寫過一點武俠小說。最早是在一九九四年，我剛剛大學畢業。當時有位學長主持一家晚報的副刊，想開辟一個「武俠接龍」的專欄。所謂「武俠接龍」，就是找兩位作者合寫一部武俠小說。每週一千五百字，單週我寫，雙週另外一位作者寫，如此輪流。我一方面覺得好玩，一方面也想賺點稿費，就接下這個工作了。但寫了一兩個月以後，越來越覺得彆扭。為什麼呢？這個人物出場我本來是想讓他「這樣」發展的，結果下週那位作者就改了，我沒辦法，只好按照他改的往下寫，那就覺得很彆扭了。後來彆扭到一定程度怎麼辦？我那時候年輕，才二十二歲，容易胡鬧，就乾脆想了一招：我把那個作者寫出來的一些人物弄到一個山洞裡頭，大石頭一關，都被悶死了！然後按照我的意圖再寫一批人物，可是沒過兩週，他把我那些人物一把大火都燒死了！

最後這部所謂的「武俠接龍」肯定是不了了之、無疾而終了，一共才寫了三、四萬字的樣子，出場就已經多達數百，出來一批死一批，出來一批死一批，這誰受得了啊！

這是年輕時候一段胡鬧的往事，不足為訓，僅供一笑而已。在好的上帝如金庸、不好的上帝如我之間做個對比，應該能明白一點小說創作的奧祕吧！

第四講　金庸小說的版本

《書劍恩仇錄》的開頭

作為一個學術概念的「金庸小說版本學」由臺灣的林保淳教授首先提出，是相當具有學術含量的問題。我既不從事專業的金庸研究，對金庸小說的版本也所知不多，只能談一點印象與感受。

簡單說來，金庸小說有三個版本。第一個，當年在《明報》為主的各種報刊上連載的版本，我們稱之為連載本。第二個，金庸一九七二年寫完《鹿鼎記》，金盆洗手，退出「俠壇」，花了十年時間修訂自己的小說，修訂後的版本我們稱之為第一次修訂本，簡稱「一修本」。從連載本到一修本，我的總體評價是得大於失。

舉幾個例子來看看。第一，《書劍恩仇錄》的開頭，連載本是這樣的：

「將軍百戰身名裂，向河梁，回頭萬里，故人長絕。易水蕭蕭西風冷，滿座衣冠似雪。

正壯士、悲歌未徹。啼鳥還知如許恨，料不啼、清淚長啼血。誰共我，醉明月？」

這首氣宇軒昂、志行磊落的〈賀新郎〉詞，是南宋愛國詩人辛棄疾的作品。一個精神矍鑠的老者，騎在馬上，滿懷感慨地低低哼著這詞。

這老者已年近六十，鬚眉皆白，可是神光內蘊，精神充沛，騎在馬上一點不見龍鍾老態。他回首四望，只見夜色漸合，長長的塞外古道上除他們一大隊騾馬人夥之外，只有陣陣歸鴉，聽不見其他聲音，老者馬鞭一揮，縱騎追上前面的騾車，由於滿腹故國之思，意興十分闌珊。

這位老者就是書中的重要配角、武當派高手「綿裡針」陸菲青。這個開頭其實寫得不錯，但一修本把這一大段都刪掉了，直接入題：

清乾隆十八年六月，陝西扶風延綏鎮總兵衙門內院，一個十四歲的女孩兒跳跳蹦蹦的走向教書先生書房。上午老師講完了《資治通鑑》上「赤壁之戰」的一段書，隨口講了些諸葛亮、周瑜的故事。午後本來沒功課，那女孩兒卻興猶未盡，要老師再講三國故事。這日炎陽盛暑，四下裏靜悄悄地，更沒一絲涼風。那女孩兒來到書房之外，怕老師午睡未醒，進去不便，於是輕手輕腳繞到窗外，拔下頭上金釵，在窗紙上刺了個小孔，湊眼過去張望。

只見老師盤膝坐在椅上，臉露微笑，右手向空中微微一揚，輕輕吧的一聲，好似甚麼東西在板壁上一碰。她向聲音來處望去，只見對面板壁上伏著幾十隻蒼蠅，一動不動，她十分奇怪，凝神注視，卻見每隻蒼蠅背上都插著一根細如頭髮的金針。這針極細，隔了這樣遠原是難以辨認，只因時交未刻，日光微斜，射進窗戶，金針在陽光下生出了反光。

書房中蒼蠅仍是嗡嗡的飛來飛去，老師手一揚，吧的一聲，又是一隻蒼蠅給釘上了板壁。那女孩兒覺得這玩意兒比甚麼遊戲都好玩，轉到門口，推門進去，大叫：「老師，你教我這玩意兒！」

兩相比較，連載本的好處在於先聲奪人，直接勾勒出陸菲青的形象與心事，但一修本「埋線」更深，慢慢地、很有耐心地把陸菲青的形象描繪出來，顯得更加樸素、緊湊、剛健，頗具史傳的意味。當然，連載本每期字數有限，需要儘快「抓人」入戲；修訂本結集成書，可以從容建構，情境與需求的不同自然會造成寫法的差異。《射雕英雄傳》的一修本補寫了張十五說書一大段文字，使全書徐徐展開，大氣厚重，也是同樣的意思。

村姑王玉燕

《射雕英雄傳》的一修本除了開頭改動較多，正文還有幾處重要的刪修。比如說，郭靖除了那匹神駿的小紅馬，還有過一隻小紅鳥。這隻小紅鳥非常神奇，喜歡在火裡洗澡，不管多兇惡的毒蛇蟒蛇，一口啄死一個，絕不跑空。這隻鳥太超自然了，刪掉牠我是贊成的。再比如，連載本寫了很大篇幅的一場蛙蛤大戰，炫奇求異而已，與故事線索發展關係不大，一修本也把它刪掉了。另外有一個人物叫秦南琴，也刪掉了。秦南琴是一位山中捕蛇人家的姑娘，被楊康誘姦，生下楊過。到了一修本，金庸把她和穆念慈合而為一。這是為了避免太多不必要的頭緒，我也很贊成。

當然，有很多老讀者都不喜歡這些修改，他們是看著連載本「陷入」金庸、不可自拔的，那就會帶著濃濃的「初戀情結」反對任何改動。比如說金庸的祕書楊興安，他就公然批評自己的「老闆」，說絕大多數改得都不好，他只認可一處改動，就是王語嫣的名字。

王語嫣在連載本中叫什麼名字呢？王玉燕！金庸在一修本不僅把她改成「王語嫣」，還借段譽之口表揚這個名字「妙極妙極，語笑嫣然，和藹可親」。確實，以書中描寫王語嫣仙女般的容貌體態，還是「語嫣」兩字比較配得上。「王玉燕」就未免俗氣，說是村姑還差不多，哪能想像出「神仙姐姐」的風采呢？

名字和本人搭不上是很常見的，所以作家常常會用筆名，追求名字與作品氣質的吻合。比如說古龍，一聽「古龍」二字，我們本能地就會覺得俠氣縱橫，你能想像楚留香、陸小鳳、蕭十一郎是熊耀華寫的嗎？還有一位當代著名作家蘇童，代表作《妻妾成群》，被張藝謀搬上銀幕，叫做《大紅燈籠高高掛》。蘇童這名字你一聽，那就是富有詩意的小說家的名字。他的真名叫什麼？——童中貴，你一聽就是農村裡會計的名字。

不能總說人家，我自己的名字叫馬大勇，跟我這人也很不搭，我既不「大」也不「勇」，可謂「名不副實」。前些年上課跟學生說起這個閒話，一個孩子說：「老師，不只你一個人這樣啊！我們吉林大學文學院好多老師都這樣。張福貴，一聽就是養牛大王的名字；王桂妹，一聽就是賣花姑娘的名字；馬大勇，一聽就是石油工人的名字！」哈哈！這孩子可謂舉一反三，挺機靈的。好在我們不是作家，不名副其實，也就將就用著吧！

黃藥師愛上梅超風？

以上僅舉幾個小例子，目的是說明一修本整體改得不錯，得大於失。既然叫「一修本」，那就是說，還有「二修本」。一九九九年到二〇〇七年，也就是七十五歲到八十四歲之間，金庸啟動了又一次「世紀修訂」，並把最新修訂本交付廣州出版社陸續出版。這個版本我們稱之為「二修本」。

二修本的一些改動是很驚人的，比如說《碧血劍》裡袁承志與阿九的愛情。之前的《碧血劍》，袁承志從沒有明確承認過他對阿九存在愛情，但有很多敏銳的讀者發現，袁承志對溫青青很長時間都叫「青弟」，稱阿九則是「阿九妹子」。相比之下，袁承志的愛情天秤其實是傾向於阿九這一邊的。金庸接受了這樣的心理學分析，在二修本中加了這樣的橋段：

承志一瞥眼間見到青青，又見到阿九，心念忽動：「這兩個姑娘對我都是一片真情，並非假意。到底我心中對誰更加好些？我識得青弟在先，曾說過要終生對她愛護，原不該移情別戀，可是一見阿九之後，我這顆心就轉到這小妹妹身上了。整日價總是想著她多，想著青弟少。我內心盼望的，其實是想跟阿九一生一世的在一起，永不離開。到底如何是好？」

承志跟著過去，阿九淒然道：「承志哥哥，我要跟師父到藏邊去學功夫，千里迢迢，不大容易相見了。我等你……等你……三年。你三年不來，就不必來了。我就落髮做了尼姑……心裡永遠……永遠記著你……不，我等你十年……」承志道：「我一定會來見你，阿九妹子，不到一年，我就來啦！我見不到你，我會死的。」阿九輕輕搖頭，眼淚撲簌簌地落下。

加上這些文字雖讓袁承志多了幾分「脂粉氣」，但基於上述的心理學分析，還是可以接受的。黃藥師愛上梅超風可就不容易接受了，事實上，當年這個橋段一經披露，舉世大譁，引起的震動甚至不亞於現實中的明星出軌事件。

請看梅超風的回憶：

我本來是個天真爛漫的小姑娘……那時我名字叫作梅若華……我跟著師父來到桃花島，做了他的徒弟……師父給我改了名字，叫梅超風。

……我年紀一天天的大了起來。這年快十五歲了，拜入師父門下已有三年多了，詩書武功都已學了不少。我身子高了，頭髮很長，有時在水中照照，模樣兒真還挺好看。大師哥……拿一張白紙箋蓋在第一張紙箋上，仍是師父飄逸瀟灑的字：「江南柳，葉小未成陰。十四五，閑抱琵琶尋。恁時相見早留心，何況到如今。」我臉上熱了，一顆心忽然怦怦怦地亂跳，我心慌意亂，站起來想逃走……

真的。這幾年來，師父對我總是和顏悅色，從來沒罵過我一句話，連板起了臉生氣也沒有。不過有時他皺起了眉頭，顯得很不高興，我就會說些話逗他高興：「師父，哪個師哥惹你生氣了？陳師哥嗎？武師弟嗎」……師父聽我這樣問，說道：「我不是生玄風、罡風他們的氣，是他們就好了。我是生老天爺的氣」……師父笑了笑，走進書房，拿了幾張白紙箋交給我。我臉又紅了，不敢瞧他的臉，只怕箋上寫的又是「恁時相見早留心，何況到如今」……

第二天，師父把我們三個叫去。我害怕得很，不敢瞧師父的臉，後來一轉頭，見到師父神氣很難過，像要哭出來那樣，只是問：「為什麼？為什麼？」……師父說：「靈風，你為什麼要背『何況到如今』這兩句詞？為什麼要責問超風，說她欺騙我，說她答應了一輩子服侍我，卻又做不到？哼，你一直在偷聽我們說話！黃老邪跟人說話，有人偷聽，黃老邪會不知道嗎？嘿嘿，你太也小覷我了。我有什麼氣要出？要出氣，難道我自己不會？我可沒派你去打人！我如派你打人，是我吃醋了。玄風，超風，你們出去！」就這樣，師父用一根木杖，震斷了曲師哥的兩根腿骨……。

從此以後，師父不再跟我說話，也不跟陳師哥說話，再不傳我們功夫。他不久就去了慶元府、臨安府，再過兩年，忽然娶了師母回來……有一次中秋節，師母備了酒菜，招眾弟子過中秋，師父喝得大醉，師母進廚房做湯，師父喃喃說醉話：「再沒人胡說八道，說黃老邪想娶女弟子做老婆了吧……」

這段文字很長，看得出來，金庸是想解釋點什麼。解釋什麼呢？其實多年來，有不少讀者都提出，黃藥師因為梅超風和陳玄風有了私情，偷走九陰真經，就遷怒於其他弟子，把他們的腿全部打斷，這個舉動不太合理，僅用「怪癖」二字不夠有說服力。金庸大概很認同這樣的說法，所以加上了愛情元素。

段譽不愛王語嫣？

這個新加的橋段我在感情上也不接受，但在理性上是認可的。理性上也堅決不接受的有兩處，第一處是《倚天屠龍記》結尾的修改。一修本《倚天屠龍記》的結尾是這樣的：

趙敏嫣然一笑，說道：「我的眉毛太淡，你給我畫一畫。這可不違反武林俠義之道罷？」張無忌提起筆來，笑道：「從今而後，我天天給你畫眉。」

忽聽得窗外有人格格輕笑，說道：「無忌哥哥，你可也曾答允了我做一件事啊。」正是周芷若的聲音。張無忌凝神寫信，竟不知她何時來到窗外。

窗子緩緩推開，周芷若一張俏臉似笑非笑的現在燭光之下。張無忌驚道：「你……你又要叫我作甚麼了？」周芷若微笑道：「這時候我還想不到，哪一日你要和趙家妹子拜堂成親，只怕我便想到了。」

張無忌回頭向趙敏瞧了一眼，又回頭向周芷若瞧了一眼，霎時之間百感交集，也不知是喜是憂，手一顫，一枝筆掉在桌上。

這個結尾，既照應了張無忌的性格，又兼顧了前文的情節，文字、境界都很空靈，是典型的「金庸式」結尾。但二修本在後面又加了一大段話：

趙敏輕推張無忌，道：「你且出去，聽她說要你做什麼？」……張無忌天性只記得別人對他的好處，而且越想越好，自然而然原諒了別人的過失，別人所以對他不起，往往也是為了愛他，想到後來，把別人的缺點過失都想成了好處，即使心頭還留下一些小小渣滓，也會想：「誰沒過錯呢？我自己還不是曾經對不起人家？小昭待我真好，她已得回了乾坤大挪移心法，這個聖處女教主不做也不打緊。蛛兒不練千蛛萬毒手了，說不定有一天又來找回我這個大張無忌，我答允過娶她為妻的……」

這四個姑娘，個個對他曾銘心刻骨地相愛，他只記得別人的好處，別人的缺點過失他全都忘記了。於是，每個人都是很好很好的……

這一段差不多有千八百字，沒必要都引用了。總的感覺是，不僅行文未見精彩，而且破壞了一修本的空靈質地，對張無忌心事的補充描寫其實是讀者完全可以體會的。此之謂「畫蛇添足」。

這種「畫蛇添足」也就罷了，並沒有對全書產生太大影響，仍然在可忍受的範圍內，《天龍八部》結尾的修訂則就令人忍無可忍了。我們很熟悉一修本的結尾：

這一日將到京城，段譽……忽聽得樹林中有個孩子的聲音叫道：「陛下，陛下，我已拜了你，怎麼還不給我吃糖？」

……走向樹林去看時，只聽得林中有人說道：「你們要說：『願吾皇萬歲，萬歲，萬萬歲！』才有糖吃。」

這語音十分熟悉，正是慕容復。

段譽和王語嫣吃了一驚，兩人手挽著手，隱身樹後，向聲音來處看去，只見慕容復坐在一座土墳之上，頭戴高高的紙冠，神色儼然。

七八名鄉下小兒跪在墳前，亂七八糟的嚷道：「願吾皇萬歲，萬歲，萬萬歲！」一面亂叫，一面跪拜，有的則伸出手來，叫道：「給我糖，給我糕餅！」

慕容復道：「眾愛卿平身，朕既興復大燕，身登大寶，人人皆有封賞。」

墳邊垂首站著一個女子，卻是阿碧。她身穿淺綠衣衫，明豔的臉上頗有悽楚憔悴之色，只見她從一隻籃中取出糖果糕餅，分給眾小兒，說道：「大家好乖，明天再來玩，又有糖果糕餅吃！」語音嗚咽，一滴滴淚水落入了竹籃之中。

眾小兒拍手歡呼而去，都道：「明天又來！」

王語嫣知道表哥神智已亂，富貴夢越做越深，不禁淒然。

段譽見到阿碧的神情，憐惜之念大起，只盼招呼她和慕容復同去大理，妥為安頓，卻見她瞧著慕容復的眼色中柔情無限，而慕容復也是一副志得意滿之態，心中登時一凜：「各有各的緣法，慕容兄與阿碧如此，我覺得他們可憐，其實他們心中，焉知不是心滿意足？我又何必多事？」輕輕拉了拉王語嫣的衣袖，做個手勢。

眾人都悄悄退了開去。但見慕容復在土墳上南面而坐，口中兀自喃喃不休。

這個結尾，在金庸小說中是一等一的，與《鹿鼎記》中那句「你這雙眼睛，就像那個喇嘛」可稱「雙璧」、「雙絕」。一方面，這裡交代了慕容復和阿碧的結局，照應了前文阿碧對慕容復若隱若現的情感，展現出作者文心之細膩。另一方面，作為一部「無人不冤，有情皆孽」的「命運之書」，裡面不僅有蕭峰、段譽、虛竹幾位主角的命運軌跡，也有慕容復這樣的重要配角、阿碧這樣不重要的配角的命運書寫，那就使全書顯得神完氣足，更上一層境界，足以令人掩卷唏噓，廢然長嘆。

但是，在二修本裡，金庸放棄了這個結尾，以數千字的篇幅寫了這樣的情節：段譽不再迷戀王語嫣了，他覺得自己當時愛上王語嫣是一種魔障，於是王語嫣又回到了慕容復身邊，後來在慕容復身邊垂淚、分給孩子們糖果糕餅的除了阿碧，還有王語嫣一個。

我絕對不接受這個結局。為什麼呢？有人說，這難道不是人生的真相嗎？難道不是「貼近現實，寧可煞風景也不提供童話的創作態度」嗎[67]？我說不是，這不是煞風景的問題，這是哲學問題[68]。

67　四川大學文學與新聞學院教授馬睿表示，金庸的這一次修訂，體現了他「對理想主義的解構，對人性弱點和世俗性價值觀的寬容，以及貼近現實，寧可煞風景也不提供童話的創作態度」。

68　二〇一九年八月五日「六神磊磊讀金庸」微信公眾號發布〈把王語嫣改回表哥身邊有沒必要〉，反對修改的立場與我相同，而特別提出「王語嫣回去了，就把阿碧吃掉了」之說，我很讚賞。其妙語云：「阿碧的設計本來非常精彩，展現了金庸大宗匠的功力。作為一個小丫頭，她只是在早前燕子塢一場戲裡亮相，然後再不出場，看似被遺忘了，實則是伏線千里。到了全書末尾，驚鴻一瞥之間，在小土堆上你發現居然是她陪在瘋了的慕容復身邊，一邊給小孩子們發糖，一邊癡癡望著公子，臉上全是安寧和滿足。初登場時，她划著小船唱：『為誰歸去為誰來，主人恩重珠簾卷。』好一個『主人恩重珠簾卷』，金庸早已埋下這一筆。阿朱阿碧兩個，阿朱用濃墨，阿碧用淡墨，阿朱大篇幅，阿碧小篇幅，結果最後一個偕同北喬峰於地下，另一個陪伴南慕容於潦倒，各有悲歡，又各得其所，這樣的調度，讓人拍案叫絕……然而，老爺子不知為何偏要一改，一聲令下，讓王語嫣回去。到底哪個寫「情」更深刻呢？讓王語嫣回去更深刻？還是讓阿碧獨自留守更深刻？這一回去，還不就把阿碧這個角色吃掉了？本來『主人恩重珠簾卷』，一下變成卷簾大將了。大奶奶都回家了，還玩什麼？」

我們在前面花了大篇幅講「無人不冤，有情皆孽」，講那隻神祕、不可抵擋的命運之手，講悲劇和喜劇站在命運的高度看沒有區別。所以，蕭峰的悲劇一定要悲壯到極點，段譽的喜劇一定要如意到極點，那才能看出命運無常，才能看出命運之書的真相！現在這麼寫，固然顯得「貼近現實」了，可這對於「無人不冤，有情皆孽」的哲學主題是一種巨大的傷害，嚴重減輕削弱了這部命運之書的厚度與重量。

既然如此，金庸為什麼要這樣改呢？我覺得可以做一個猜測？金庸創作《天龍八部》是在一九六三年到一九六六年，他三十九歲到四十二歲，這是一個人的智慧、精力的巔峰階段。這個時候，金庸對於生命的認識、哲學的底蘊是最深刻、最平衡、最合理的。到第二次修訂的時候，金庸已經八十歲上下了。我們不能說八十歲的金庸智力一定會退化，但是他有可能不理解自己為什麼四十歲的時候是這樣寫的，他對自己當年的思想境界和哲學境界理解不了了！我這樣說可能刻薄一點，但是不是只有這樣的原因才能解釋這樣的修改呢？

話說回來，滿意、接受也好，不滿意、不接受也好，金庸先生是上帝，他有隨意修改作品的權利。作為讀者，我們是沒有辦法的，我們的權利是——用眼睛投票，可以選擇看還是不看。所以，關於金庸小說的幾個版本，我的總結論是：一修本得大於失，二修本失大於得。三個版本中，一修本儘管也有很多問題，但整體來說，它是最可接受的、綜合水準最高的一個版本。

結語
金庸是不是偉大的文學家

經過五個主題、五種維度的探討，那就到了我們面對最無法迴避的問題的時候了：金庸算不算是一位偉大的文學家？實際上，這是我們這本小書得以成立的前提——如果不算，我們還花那麼多時間、篇幅研究他幹什麼？而且，這個問題其實討論過很長時間了，但在金庸先生已經辭世的今天，尤其多了一分蓋棺定論的味道。

文學史的權力

第一個要考慮的因素是：誰說了算？這涉及到文學研究的一個術語，叫做「文學史的權力」[69]。誰寫文學史，誰就有權力來定論——一個作家能不能進入文學史？如果能進入，占多少篇幅？是一章、一節，還是被夾帶在最後簡單提了一兩句？那都標示出了不同的文學史地位，占據了不同比重的文學史座標。比如說，在中國古代文學史上，屈原、司馬遷、陶淵明、李白、杜甫、蘇軾肯定是要占一章的，三曹、白居易、韓愈、小李杜、歐陽修等就只能占一節，宋玉、孟郊、曾鞏等人可能就要和其他人擠在一節裡，每人只占一點篇幅。這裡

69 戴燕有《文學史的權力》之專著，可以參看。

面包含著千百年沉澱下來的文學史判斷，是誰，在多大程度上影響到了文學的發展，這是古今中外文學史研究者的永恆命題。

文學史的寫作是個非常複雜的問題，我們不展開說。要特別關注的是：中國現當代文學史寫作中的權力因素尤其複雜。這種權力不單純是學術的、文學本位的，其中還有大量意識形態構建的影響。比如說，九〇年代之前，中國現當代文學史的基本格局是魯、郭、茅，巴老、曹，每個人占一章，三個字一組，還頗押韻的，他們是排在前六位的二十世紀中國文學大師。沈從文就是很邊緣化的，只提他一小段，張愛玲則根本沒有被寫入文學史。為什麼？因為張愛玲是「淪陷區」作家，立場不清白；沈從文被茅盾等人定性為「桃紅色作家」、「清客文丐」。再比如，我近年來全力研究的現當代舊體詩詞到今天也沒能進入文學史，因為那是「舊體」、「舊東西」，不「新」、不「現代」。張恨水、還珠樓主也不能進入文學史，因為他們寫的是「通俗文學」，不「純」、不「雅」，甚至還腐蝕了青少年讀者的心靈。這樣七折八扣，層層過篩子，現當代文學史就形成了六位大師領銜主演、大家熟知的這樣一種面貌。

不是說魯、郭、茅、巴、老、曹不好，而是說這樣的文學史不完全是「文學」的「史」。它在其他因素的過多作用下發生了扭曲，不能全面公正地反映文學的發展流變。用復旦大學陳思和教授的話講，這裡面有一種「探照燈效應」，探照燈的光束照到誰，誰就有光亮；沒被探照燈掃到的地方，就好像它根本沒有存在過。所以，文學史首先應當是「文學場」，應該在全景觀照的前提下逐次經典化，而不可預設禁區，有意遮蔽，人為閹割。

史識與史心

有必要提出我們宣導的「史識與史心」：文學就是文學，不應該以「新舊」硬行畫線，認為凡舊，必落後，必逆歷史潮流而動；凡新，必先進，必符合歷史前進大勢。同時，也不應該以「雅俗」強分高下，認為凡「雅」、「純」就是好文學，凡「俗」必是壞文學。這種文化激進主義簡單、外行的思路早已過時，應該被現代人文理性所摒棄了。

舉「一代有一代之文學」中的明清小說為例。小說在明清時代是處在「文學鄙視鏈」最底端的。最尊貴的文體是什麼？古文。然後是詩，下面是詞，再下面是曲，只有混不了的底層文人才會放下身段去寫小說。《三國志演義》、《水滸傳》、《西遊記》、《金瓶梅》、

《紅樓夢》，哪一部是有地位的文人寫出來的[70]？

這幾部書的作者大抵也都有爭議。為什麼？一來因為作者是底層文人，為之樹碑立傳者少，資料奇缺；二來那時候寫小說根本不是成名成家、出頭露臉的美事，而是常常要遮蔽掩蓋、惟恐人知的汙名。比如說，《西遊記》的作者我們現在認為是吳承恩，實際上並不完全可靠。明清兩代的《西遊記》刻本上從沒出現過吳承恩的署名，只有一個「華陽洞天主人校」的字樣。清代有兩位淮安文人阮葵生、丁晏從地方誌中發現有位鄉先賢吳承恩寫過《西遊記》，這才提出吳承恩為作者的說法，經由魯迅、胡適等「大咖」的引用，才成了定論。但是吳承恩寫的《西遊記》是不是現在這部神魔小說呢？不一定。清初黃虞稷的《千頃堂書目》是把這本《西遊記》分在「史部．輿地類」的，也就是說，很可能是一本地理學著作，或者乾脆是一本旅遊筆記。所以，吳承恩之說還要畫上一個大大的問號。如果放在今天，作者四處宣傳、召開新書發表會還來不及呢，怎麼可能連名字都不敢露呢？

與《西遊記》相比，《金瓶梅》「負能量」更多，作者的「逃名」也更成功、更徹底。直到今天，《金瓶梅》作者署名還是「蘭陵笑笑生」，此人到底是誰呢？幾百年來，學界至

70　文言小說不在此列，因為文言小說本質上屬於「古文」，地位較高，所以王士禛、紀昀、袁枚等地位較高的文人都感興趣，甚至親自操刀。

少提出了四五十個人選，卻沒有一個能確認的。因為每一個「候選人」都有「缺陷」。比如說，有人提出蘭陵笑笑生是山東嶧縣人賈三近，從嶧縣古稱蘭陵、山東方言的運用、賈三近的生平履歷看起來都很有道理，但有個問題不好解釋：賈三近是進士出身的高官，平生精研理學，他怎麼會寫出那麼多「此處刪掉XXX字」的色情描寫呢？如果不能證明賈三近人格分裂，就不能確認他的著作權。也有人提出浙江鄞縣人屠隆是作者。屠隆的生活風流放縱，以至於死在梅毒上，他是具有「生活經驗」優勢的，可也有個巨大的問題：屠隆是浙東人，與北方方言區差異巨大，他怎麼會嫻熟地運用山東方言呢？說他在河南短期遊歷過就能使用鄰省的山東方言顯然缺乏說服力[71]。

以上事實說明，現在我們推崇備至的名著，當年都是被人非常瞧不起的「俗」文學。「後之視今，猶今之視昔」，我們又有什麼理由認為今天的「俗」文學不能登上大「雅」之堂？今天的金庸小說不是昨天的《水滸傳》呢？

只有秉持這樣的史識與史心，我們才能看清楚金庸，看清楚金庸小說，而不是一提起金庸小說風靡天下，就像那隻吃不到葡萄的狐狸一樣，捏著鼻子咧著嘴說它酸。至於道聽塗說、捕風捉影、隨人俯仰，那就更加「蚍蜉撼大樹，可笑不自量」了。

71「賈三近」說為張遠芬提出，「屠隆說」為黃霖提出。

近視怪金庸

把話挑明了說，我認為，不應該有雅文學和俗文學，只應該有好文學和壞文學。不能說金庸寫的是俗文學，他就天生低人一等，以此為理由把他摒除在二十世紀中國文學史乃至中國文學大師的行列之外。那麼，什麼是好文學、壞文學？什麼是雅文學、俗文學呢？我們來看一些先生的說法。

首先看復旦大學中文系嚴鋒教授。嚴鋒教授是一位當代奇人，他一九八二年以江蘇省文科狀元的身分考入復旦大學，留下了「江蘇高考看南通，南通高考看通中，通中高考看嚴鋒」的佳話。在復旦師從賈植芳先生獲得文學博士學位，是個道地的中文人，但他又熱愛自然科學，擔任法國科學雜誌《新發現》中文版的主編，家裡有天文臺才看得見的專業天文望遠鏡，同時，受他父親、著名樂評家辛豐年的影響，又酷愛古典音樂，真是「非典型中文教授」！他的意見是可以聽聽的：

曾經有人問我，金庸與余華、陳忠實、莫言這些「純文學」作家相比，究竟處在哪一個層次上呢？

一句話，我認為金庸比那些作家毫不遜色，各有所長。

通常把金庸的武俠小說歸入俗文學，把余華他們的作品歸入純文學。純文學總是被認為高一等，在中國尤其如此。

在古代，詩被認為是文學的正宗，小說根本就不入流。到了五四以後，以現實主義為代表的新文學被認為是正宗，像鴛鴦蝴蝶派和武俠小說就被認為不入流。這樣的觀點在今天還很有市場，但卻是有問題的。這種人為劃界的文學觀念已經過時了。這是一個跨界的時代，不光是文學，很多事情都要重新定位，而且界限越來越不分明。這是一個俗中有雅、雅中有俗、雅俗共賞的時代。

這段話出自他的〈文學光譜中的金庸〉，寫於去年金庸先生剛剛逝世之後。對於如何認識雅文學和俗文學的界限，很有參考價值。事實上，金庸的粉絲裡就有太多的「雅」人，比如紅學泰斗馮其庸先生、北京大學嚴家炎教授、孔慶東教授、陳平原教授，復旦大學汪湧豪教授，還有華裔美籍的陳世驤教授、劉若愚教授等等，這本身就是「俗中有雅，雅中有俗」的最好證明。

其實，比之嚴鋒教授的「蓋棺定論」，我的學術偶像陳平原先生早在二十年前就提出了「超越雅俗」的命題。他完全以學者的理性，而不是帶著「金迷」的感性說，「在某種意義上，擅長跨越既有的學科邊界，乃各行各業『大家』共同之拿手好戲。正是政論家的見識、史學家的學養，以及小說家的想像力，三者合一，方才造就了金庸的輝煌」，「不只是具體的學識，甚至包括氣質、教養與趣味，金庸都比很多新文學家顯得更像傳統中國的『讀書人』。」[72]

更重要的是，什麼是好文學，什麼是壞文學？先看自稱「人際關係洞察家」的網路名人熊太行的一段文字：

我一直說金庸先生的小說是一套非常好的教材，什麼教材？公民教材，德育教材。它用郭靖讓你明白愛國愛民的重要性；他用楊過告訴你，絕不能向疼愛你的長輩捅刀子；他用張無忌告訴你，講義氣、保守祕密是一件偉大的功績，你日後能有好多女朋友。甚至寫韋小寶，他都會告訴你，你要是當不了大俠，想過舒服日子，至少要真心佩服陳近南這樣的英雄。

他告訴你，洪安通和任我行一定會失敗，殘暴專行的人不會久長。

是的，熊太行所說的我很有同感。我自己從十幾歲開始看金庸小說，很多正能量就是這

72〈超越雅俗——金庸的成功及武俠小說的出路〉，《千古文人俠客夢》附錄。

樣建立起來的。

更有意思的文字來自著名作家毛尖的〈就此別過〉：

人類歷史長河裡，沒有一個作家像金庸那樣，天南地北在我們的肉身上蓋下印記。我們這一代的近視，集體可以怪到金庸頭上。我們在課桌下看被窩裡看披星戴月看嘔心瀝血看，我們不是用眼睛看，我們用身體填入蕭峰阿朱令狐沖任盈盈郭靖黃蓉，所以影像史上最難滿足的觀眾就是金庸迷，因為我們曾經把自己的臉龐給他們，我們曾經把戀人的眼神給他們。

「我們這一代的近視，集體可以怪到金庸頭上」，一點都不錯！「我們曾經把自己的臉龐給他們，我們曾經把戀人的眼神給他們」，這話說得非常動感情，也非常深刻，我相信每一個金庸迷都能認同這一段話。

你可能沒讀懂的金庸文學偉業

再來看一位網路大V，我們暱稱為「花露水」的六神磊磊。我覺得六神磊磊是當世讀金庸第一人，我自己讀金庸講金庸，還是有點自信的，但對六神磊磊很服氣，覺得文心之細，見事之銳，自己都不如他。金庸先生去世後幾天，六神磊磊發了一篇比較長的紀念文章，叫做〈你可能沒讀懂的金庸文學偉業〉，很感性，也很有理論色彩。

文章中有一段談到金庸小說的發展歷程，小標題叫做「武俠至《射雕》而境界始大，感慨始深」。這是用了王國維對李煜詞的評語，改了兩個字，挪在金庸身上，可謂若合符節。六神磊磊說：

《射雕英雄傳》作為金庸奠定一代宗師地位的作品，它的成就至少有四點：第一是塑造了一批一流的文學人物；二是創建了一個精彩完善的武俠世界；三是開始寫就了一個平行的中國歷史。至於第四，也是最重要的一點，就是已經融入了我們民族文化的血脈。

六神磊磊說的是《射雕英雄傳》，但上面幾點分明可以當成金庸作品的總體評價來看。前三點不必解釋了，最後一點，什麼叫做「融入了我們民族文化的血脈」呢？「花露水」說：「看一個文學家的高度，有時候可以看他在多大程度上融入了本民族的血脈。比如只要聽到一句『床前明月光』，但凡會說漢語的華人大概多數能順口答出『疑是地上霜』。哪怕是一個從來不讀唐詩、不讀李白的中國人，也大概會明白『青梅竹馬』，聽過『疑是銀河落九天』，聽過『抽刀斷水水更流，舉杯消愁愁更愁』。這就叫融入了民族的血脈。李白其人已經和我們的文明共生、永續，無法剝離。」

《紅樓夢》也是一個典型的例子，可能很少人會特別完整細緻地去讀《紅樓夢》，但你說一個男孩子像賈寶玉，一個女孩子像林黛玉，不需要任何注釋，大家都知道你說的是什麼，所以曹雪芹也融入了民族文化的血脈。「而當金庸寫完《射雕》三部曲的時候，他已經不知不覺地完成了這樣一件非凡的事情。」

比如說，當你形容一個女孩子像黃蓉，不用加任何解釋，她聽了也會很高興。你要說她像滅絕師太，就算她沒讀過金庸，她也會大怒，讓你死得很慘。從這個意義上來說，「金庸已經融入了我們民族的文化基因，和我們的文化血脈一起流淌。對一個作家來說，這是極大的殊榮，是足可以讓人頂禮的成就。以近現代文學而論，我們常愛說的郭、魯、茅、巴的筆下，也不會擁有太多這樣的文學形象。歷史上能做到這一點的作家亦寥寥無幾」。

看了上面引述的這些先生的論說，什麼是好文學、什麼是壞文學應該已經很清楚了，那不是用簡單的「雅」、「俗」二字就能說清楚的，真正的好文學是不分雅俗、雅俗共賞的。在我看來，雅俗共賞並不是一個低標準，而是一個高境界，是一個極高的、巔峰的境界。就小說家而言，那需要引人入勝的故事，鮮活靈動的人物，還有豐富道地的語言，他才能把他想說的話潤物細無聲地注入我們的心靈深處。至少可以這樣說，在我的閱讀範圍內，再也沒有一個小說家比金庸對我影響更大了，這就是我心目當中的好文學。

結案陳詞

所有理論都是蒼白的，而生命之樹常青。只有來自我們內心最深處的激昂、疼痛、喜悅、悲傷才是最真實的，最有分量的。所以，金庸到底是不是一個偉大的文學家？我們可以用兩段話作為結案陳詞。

一段話來自著名文學理論家劉再復先生。在為一部金庸小說評論集所寫的序言〈偉大的創作無不根源於自由的精神〉中，劉再復說：「金庸小說真正繼承並光大了文學巨變時代的本土文學傳統，在一個僵硬的意識形態教條無孔不入的時代保持了文學的自由精神，在民族語文被歐化傾向嚴重侵蝕的情形下，創造了不失時代韻味而又深具中國風格和氣派的白話文，從而將源遠流長的武俠小說傳統帶進了一個全新的境界。」

另外一段話仍然來自六神磊磊，同樣見之於〈你可能沒讀懂的金庸文學偉業〉：

金庸在文學上的最高成就，我認為是它不但塑造了一大批一流的文學人物，而且居然用武俠小說這種超級不嚴肅的東西進行了最莊嚴的文學探討，開展了觸及人類靈魂的叩問，而在這種叩問之中，竟然還穿插著神奇瑰麗的想像世界，風光旖旎的愛情，還有熱血激昂的俠義精神……金庸的作品，至少有三到四部，是文學史上一流的傑作，金庸是文學殿堂裡的上上人物。

這兩段話要言不煩，金聲玉振，我個人沒有什麼要補充的了。只說明一點，上面如此大量的引文不是要「兌水」，也不完全是學究習氣發作，而是想表明——金庸是偉大的文學家，「此非吾一人之私言，天下之公言也」！

附錄一

乾隆的詩究竟怎麼樣

《書劍恩仇錄》裡兩段最精彩的文字都是有關歷史的。一段是霍青桐率回人在黑水河英奇盤山腳大破清兵的「黑水營之圍」，另一段是乾隆在杭州被紅花會群雄設計擒至六合塔。後者尤其是奇絕文字，諷刺辣入骨髓，不讓古今中外的任一部經典，讀者不妨再三細看。

愛新覺羅．弘曆先生在這次歷險過程中雖受了些驚嚇，捱了些飢餓，但也還不無收穫，最起碼「御制」了「才詩或讓蘇和白，佳曲應超李與王」、「疑為因玉召，忽上嶠之高」這兩聯「佳句」，當然是金庸「恭擬」的。在《書劍》中，乾隆是個「很不堪」的反面角色，金庸就用這種方式幽他一默，並嘲笑他的作詩水準低劣。

在這一回的末尾，金庸有一條注解專談乾隆作詩事，篇幅之長，為其小說中所罕見。我們不能具引，但為省讀者翻檢之勞，還是來擇要看看：

日人稻葉君山《清朝全史》云：「乾隆御制詩至十餘萬首，所作之多，為陸放翁所不及。常誇其博雅，每一詩成，使儒臣解釋，不能即答者，許其歸家涉獵。往往有翻閱萬卷而不得其解者，帝乃舉其出處，以為笑樂。」其實乾隆之詩所以難解，非在淵博，而在杜撰，常以一字代替數語，群臣勢必瞠目無所對，非拜伏讚嘆不可。

周作人《雜談舊小說》一文談到《綠野仙蹤》時說：「冷於冰遇著一個私塾教書的老頭子，有很好的滑稽和諷刺……這老儒給他講解兩句詩，卻幸而完全沒有忘記：『媳釵俏矣兒書廢，哥罐聞焉嫂棒傷。』這裡有意思的事，乃是諷刺乾隆皇帝的。我們看他題在知不足齋叢書前頭的『知不足齋何不足，渴於書籍是賢乎』，和在西山碧雲寺的御碑上的『香山適才遊白杜，越嶺便以主碧雲』比較起來，實在好不了多少。書裡的描寫可以說是挖苦透了，不曉得那時何以沒有捲進文字獄裡去的，或者由於告發的不易措施，因為此外沒有確實的證據，假如直說這『哥罐』的詩是模擬聖制的，恐怕說的人就要先戴上一頂大不敬的帽子吧。」書中「媳釵」兩句是詠花，媳婦釵花於鬢，兒子視俏容而廢攻書；兄長插花於罐而聞，嫂子為防微杜漸，以棒擊罐而破之。該書成於乾隆二十九年，其時御制詩流傳天下，周說頗有見地……作者恭擬御制兩句：「疑為因玉召，忽上嶠之高」，玉者玉皇大帝也，玉如意也，似尚不失為乾隆詩體……

乾隆喜用「之」、「而」、「以」、「和」、「與」等虛字以湊詩中字數……登海寧

「觀湘樓」詩云：「南坍與北漲，幻若谷和陵。江尚岸之近，樓如舫以乘。」意謂江水離岸尚近，登樓有如乘舫。設刪去虛字而成四言詩：「南坍北漲，幻若谷陵。江岸登樓，宛如乘舫。」其意一也，可見其詩中虛字往往多餘。其題董邦達〈西湖四十景〉有句云：「賢守風流白與蘇。」作者擬御制西湖即興：「才詩或讓蘇和白，佳曲應超李與王」，試為乾隆儒臣解之：朕才子之詩，或稍不及蘇東坡和白樂天，未有定論，然玉如意佳人之曲，歌喉當勝李夫人、琵琶應超王昭君也。

這一段評述乾隆「別具一格」之詩才，繪聲繪影，生動極了。只需要說明一點：稻葉君山稱乾隆詩作有十餘萬之多好像誇張了一點。他「御極」六十年，有《御制詩》五集，共四百三十四卷，得四萬一千八百首，加上二十四歲登基前的《樂善堂集》、「歸政」後即身為太上皇這幾年所作的《御制詩餘集》，再加上全韻詩《圓明園詩集》，大約五萬總是有的，十餘萬則未知何據。乾隆創作力之旺盛，可稱古今詩人之最。有人說其詩作多為詞臣如沈德潛輩代筆，那麼我們給他打個五折，剩下兩萬多，也還是陸游的兩倍有餘，看來「中國最多產詩人」的桂冠非這位「十全老人」莫屬了。

多不是問題，但寫得又多又爛，並且到處「親筆題詞」就比較討厭了。金庸在《書劍》的後記裡再次談到他特地諷刺乾隆作詩的心理動因：

乾隆修建海寧海塘，全力以赴，直到大功告成，這件事有厚惠於民。我在書中將他寫得很不堪，有時覺得有些抱歉。他的詩作得不好，本來也沒多大相干，只是我小時候在海寧、杭州，到處見到他御制詩的石刻，心中實在很有反感，現在展閱名畫的複印，仍然到處見到他的題字，不諷刺他一番，悶氣難伸。

哈哈，正可謂人同此心，心同此理。乾隆詩作之多，適成為他水準之差的佐證，這可能是這位被美謚為「法天隆運至誠先覺體元立極敷文奮武欽明孝慈神聖」的「純皇帝」沒能料及的罷。

其實詩不在多而在精，這是一個平常的道理。唐代的張若虛僅傳作品兩首，就有一篇是家喻戶曉的〈春江花月夜〉，所以聞一多說他「孤篇橫絕，竟為大家」；宋代江西詩派的潘大臨，傳世之作亦僅得二十餘首，其中便有千古名句「滿城風雨近重陽」。乾隆那麼多「佳作」，我們卻都想不起一言半字了。有一則寓言：狐狸對獅子誇耀說：「我一次可以生十幾隻小狐狸！」獅子道：「我每次隻生一隻，可他是隻獅子！」乾隆之詩，無疑乃狐狸之屬也。

乾隆徒有作詩的激情而太乏天賦，然則話說回來，他的五萬餘篇詩作也不都是那麼奇差難以卒睹的，不僅很多格律穩妥，可以傳情達意，個別的還有點詩意呢。試讀下面這兩篇

〈古風〉：

矗矗山頭峰，忽為山下道。泛泛水中萍，倏作原上草。何異人間世，夢幻頻顛倒。朱墨分貴賤，彭殤齊壽夭。萬境何縈心，瀟灑舒懷抱。池水淡以深，一泓秋月皎。

明月照高樓，上有窈窕人。秋風冷蕙帶，舞袖欲生塵。腸斷望斑騅，心灰憶錦鱗。疊我鴛鴦被，收我芙蓉茵。相思隔萬里，羅帳誰為春。

其中當然整合了不少前賢的「資源」，算不得匠心獨運的上乘之作，不過憑他略具《古詩十九首》的一點韻味，也還稱得起「中平」，比上面我們看到的那些令人噴飯的所謂「詩歌」是大有上下床之別了。乾隆的詩歌水準最好者可作如是觀。

陳家洛母親大他一百二十歲？

《書劍恩仇錄》第二十回有這樣一段注解：

陳家洛之母姓徐名燦，字湘蘋，世家之女，能詩詞，才華敏瞻，並非如本書中所云為貧家出身。筆記中云：「京城元夜，婦女連袿而出，踏月天街，必至正陽門下摸釘乃回。舊俗傳為『走百病』。海寧陳相國夫人有詞以紀其事，詞云：『華燈看罷移香屧。正御陌，遊塵絕。素裳粉袂玉為容，人月都無分別。丹樓雲淡，金門霜冷，纖手摩挲怯。三橋婉轉凌波躡。斂翠黛，低回說。年年長向鳳城遊，曾望蕊珠宮闕。星橋雲爛，火城日近，踏遍天街月。』」

此段文字是書末注釋。小說可以虛構，注釋則是作者引歷史真實以與小說情節相比對的。可是此處以「海寧陳相國」指陳家洛之父世倌，故以徐燦為陳家洛之母，這犯下了一個很低級的錯誤。

經查，金庸注釋中所謂的「筆記」是指鈕琇所撰名著《觚賸》，徐燦事見於該書卷四〈燕觚．燕京元夜詞〉條。《觚賸》刻成於康熙年間，已可見這個徐燦不可能是乾隆時人物陳家洛的母親。

那麼《觚賸》中的「陳相國」是誰？稍檢文獻，即可知此人是指明末清初之海寧人陳之遴，而不是乾隆朝之文淵閣大學士陳世倌。陳之遴，字彥升，號素庵，崇禎十二年（西元一六三九年）進士，清順治九年（西元一六五二年）拜相，新朝制度因革，多出其手。因所謂

「結黨營私」，順治十三、十五年兩次被流放瀋陽，卒於康熙五年，成了清初南北黨爭的犧牲品。

徐燦為其繼室夫人，湘蘋其字，號深明，晚號紫箮，吳縣（今江蘇蘇州）人，光祿丞徐子懋次女，確如金庸所言，非貧家出身。據陳元龍《家傳》，徐燦「幼穎悟，通書史，識大體」，嫁陳之遴後，與柴靜儀、朱柔則、林以寧、錢雲儀結蕉園詩社，日夕倡和其間，稱「蕉園五子」。同時亦與陳之遴伉儷情深，疊相酬和，雅擅閨闈風雅之樂。然而，隨著陳之遴懷抱某些不得已的苦衷出仕新朝，徐燦的後半生也即陷入深深的苦痛與糾葛之中。

她並不是那種肥馬輕裘、夫貴妻榮的庸俗脂粉，加之自小受到的「夷夏大防」的正統教育，夫君的青雲直上、大柄在握並沒能為她帶來躊躇滿志的快感，相反地，在她的作品中，往往吐露的倒是易代之際悲咽激蕩的唱嘆，沉鬱冷峻的人世滄桑。而陳之遴晚年得罪被放，徐燦隨之窮居塞上十二年之久，更進一步領略了宦海風波、世態炎涼，為自己的人生添寫了淒黯的一筆底色。但可惜的是，此一時期所存文字無多，尤其塞外之詞，「雖吟詠間作，絕不以一字落人間矣」（《海寧縣誌》），我們已很難準確查考她晚歲的境遇和心緒了。《清史稿．陳之遴妻徐傳》：「康熙十年，聖祖東巡，徐跪道旁自陳。上問：『寧有冤乎？』徐曰：『先臣惟知思過，豈敢言冤。伏惟聖上覆載之仁，許先臣歸骨。』上即命還葬。」「特恩」之下，徐燦得以扶柩南還，在江南故鄉「手繪大士像幾五千餘幅」（李振裕〈陳母徐太夫人八十二壽序〉），度過了自己的餘生。「萬種傷心君不見，強依弱女一棲遲」（徐燦〈感舊〉），這樣的淒冷似乎比晚年的李清照猶有過之了，不免令人心中惻然。

徐燦的確詩詞兼長，而以詞特擅勝場，有「才鋒遒麗」、「南宋以來，閨房之秀，一人而已」（陳維崧《婦人集》）之譽，在清代詞壇不僅可於巾幗中稱翹楚，即比之鬚眉也毫無遜色。先師嚴迪昌先生《清詞史》有專門篇幅論及徐燦；黃嫣梨先生寫《清代四大女詞人》，徐燦居其一；鄧紅梅教授撰《女性詞史》，為徐燦拓專章研究；近年葉嘉瑩先生主編《歷代名家詞新釋輯評》叢書，於清代詞人僅入選五家，徐燦亦堂堂居其一席，其聲名造詣從此皆可以窺見。我們不妨讀兩首：

芳草才芽，梨花未雨，春魂已作天涯絮。晶簾宛轉為誰垂？金衣飛上櫻桃樹。
故國茫茫，扁舟何許，夕陽一片江流去。碧雲猶疊舊山河，月痕休到深深處。

——〈踏莎行．初春〉

無恙桃花，依然燕子，春景多別。前度劉郎，重來江令，往事何堪說。逝水殘陽，龍歸劍杳，多少英雄淚血。千古恨，河山如許，豪華一瞬拋撇。

白玉樓前，黃金臺畔，夜夜只留明月。休笑垂楊，而今金巾，穠李還消歇。世事流雲，人生飛絮，都付斷猿悲咽。西山在，愁容慘黛，如共人淒切。

——〈永遇樂・舟中感舊〉

悲慨激蕩，幾合李易安、辛稼軒為一手，詞史上不數見也。

徐燦生年說法不一，陳邦炎先生以為約在一六〇七年，孫康宜教授以為約在一六一〇年，趙雪沛博士以為在一六一七或一六一八年，鄧紅梅教授以為約在一六一九年，黃嫣梨先生以為約在一六二八年。其中以趙雪沛博士考證最為精詳（見〈關於女詞人徐燦生卒年及晚年生活的考辨〉，《文學遺產》二〇〇四年第三期），但亦有未堅實之處。篇幅所限，未宜展開考辨，茲暫定徐燦生年為約一六一二，卒年則據趙雪沛博士所見為八十二歲之後，可從，故定為一六九三後。

那麼陳家洛應該生活在什麼時代呢？《書劍》的故事開始於乾隆十八年，西元一七五三年，那時李沅芷是個十四歲的女孩，「說大不大，說小不小，嬌滴滴的可不易對付」，後來陸菲青收她為徒，教了五年。乾隆二十三年李可秀調任浙江水陸提督，攜家眷南行，才有了書中「古道騰駒驚白髮，危巒快劍識青翎」的大場面。這時候「青年公子」陳家洛出場，這一年是西元一七五八年。據第八回陳家洛回家一節的說明，他十五歲離家，已經十年，時年二十五歲，也就是說，他應該生於雍正十二年，西元一七三四年。如果真有奇蹟，徐燦還在世的話，也應該是一百二十歲左右的老人了。

金庸先生於清代文史用功邃深，又稔熟鄉邦文獻，此注中乃百密一疏，將明末清初人誤為雍正、乾隆時人，前後相差百年。以他的史學修養而言，實為罕見之「硬傷」，而此書流行半世紀矣，竟未見有人為指出，亦可異也哉！

金庸小說札記一束

●《射鵰英雄傳》第六回：

韓小瑩喜道：「孩子，是這位道長教你本事的嗎？你幹麼不早說？我們都錯怪你啦。」說著伸手撫摸他肩頭，心中十分憐惜。郭靖道：「他……他叫我不要說的。」韓小瑩斥道：「什麼他不他的？沒點規矩，傻孩子，該叫『道長』。」雖是斥責，臉上卻盡是喜容。郭靖道：「是，是，道長。」這兩年來，他對馬鈺向來「你、我」相稱，從來不知該叫「道長」，馬鈺也不以為意。

案：此段寫郭靖純樸、馬鈺脫略，分外出色，其實暗用蘇軾教壞司馬光老僕典故。王士禛《古夫于亭雜錄》卷二：「溫公家老蒼頭稱公曰『君實秀才』，東坡教之，始改稱『端明』。人謂東坡教壞君實家僕。」

●《射雕英雄傳》第十七回。黃藥師夫人馮氏具過目不忘之才，日未移影，已背下全《九陰真經》，老頑童周伯通一怒將原書撕碎燒掉。

案：此段構思來自《三國志演義》第六十回〈張永年反難楊修　龐士元議取西蜀〉一節，張松讀《孟德新書》，過目不忘，當場背與楊修，稱為古人之著作，被曹操抄襲。曹操疑心與古人暗合，遂將《孟德新書》「扯碎燒掉」。二書的結局也相同。

●《射雕英雄傳》第十八回：

郭靖看到忘形處，忍不住大聲喝彩叫好。歐陽克怒道：「你渾小子又不懂，亂叫亂嚷什麼？」黃蓉道：「你自己不懂，怎知旁人也不懂？」歐陽克笑道：「他是在裝腔作勢發傻，諒他小小年紀，怎識得我叔父的神妙功夫？」黃蓉道：「你不是他，怎知他不識得？」

案：此段對話暗用莊子、惠施著名的「濠梁之辯」典故。《莊子．秋水》篇云：「莊子與惠子遊於濠梁之上。莊子曰：儵魚出游從容，是魚之樂也。惠子曰：子非魚，安知魚之樂？莊子曰：子非我，安知我不知魚之樂？惠子曰：我非子，固不知子矣；子固非魚也，子之不知魚之樂同矣。」

●《神雕俠侶》第十七回：公孫止要求老頑童周伯通將偷走的東西留下。

公孫谷主淡淡的道：「你只須將取去的四件物事留下，立時放你出谷。」周伯通大怒，叫道：「這麼說，你硬栽我偷了你的東西啦。呸，你這窮山谷中能有甚麼寶貝了？」說著便解衣服，一件件的脫將下來，手腳極其快捷，片刻之間已赤條條的除得精光。公孫谷主連聲喝阻，他那裡理睬，將衣褲裡裡外外翻了一轉，果然並無別物。廳上眾女弟子均感狼狽，轉過了頭不敢看他。……

他正自沉吟，周伯通拍手叫道：「瞧你年紀也已一大把，怎地如此為老不尊？說話口不擇言，行事顛三倒四，在大庭廣眾之間作此醜事，豈非笑掉了旁人牙齒？」這幾句話其實正該責備他自己，不料卻給他搶先說了，只聽得公孫谷主啼笑皆非，倒也無言可對。……

公孫谷主眉頭微皺，指著周伯通道：「說到在大庭廣眾之間，行事惹人恥笑，只怕還是閣下自己。」周伯通道：「我赤條條從娘肚子中出來，現下赤身露體，清清白白，有甚麼不對了？你這麼老了，還想娶一個美貌的閨女為妻，嘿嘿，可笑啊可笑！」這幾句話猶似一個大鐵鎚般打在谷主胸口，他焦黃的臉上掠過一片紅潮，半晌說不出話來。

案：此段暗用《三國志演義》第二十三回〈禰正平裸衣罵賊　吉太醫下毒遭刑〉：

來日，操於省廳上大宴賓客，今鼓使撾鼓。舊吏云：「撾鼓必換新衣。」衡穿舊衣而入，遂擊鼓為「漁陽三撾」，音節殊妙，淵淵有金石聲。坐客聽之，莫不慷慨流涕。左右喝曰：「何不更衣！」衡當面脫下舊破衣服，裸體而立，渾身盡露。坐客皆掩面。衡乃徐徐著褲，顏色不變。操叱曰：「廟堂之上，何太無禮？」衡曰：「欺君罔上乃謂無禮。吾露父母之形，以顯清白之體耳！」操曰：「汝為清白，誰為汙濁？」衡曰：「汝不識賢愚，是眼濁也；不讀詩書，是口濁也；不納忠言，是耳濁也；不通古今，是身濁也；不容諸侯，是腹濁也；常懷篡逆，是心濁也！吾乃天下名士，用為鼓吏，是猶陽貨輕仲尼、臧倉毀孟子耳！欲成霸王之業，而如此輕人耶？」

●《笑傲江湖》二十四回：

岳靈珊走到東邊廂房窗下，湊眼到窗縫中向內一張，突然吱吱吱地尖聲鬼叫。令狐沖本來料想此處必是敵人所居，她是前來窺敵，突然聽到她尖聲叫了起來，大出意料之外，但一聽到窗內那人說話之聲，便即恍然。

窗內那人說道：「師姊，你想嚇死我麼？嚇死了變鬼，最多也不過和你一樣。」

案：林平之此語本自袁枚《子不語》卷九中〈治鬼二妙〉條。文曰：「張豈石先生云：『見鬼勿懼，但與之鬥。鬥勝固佳，鬥敗我不過同他一樣。』」《子不語》中妙句頗多，此其尤者。

●《笑傲江湖》二十七回：

方證怫然道：「原來任先生是消遣老衲來著。」任我行道：「不敢，不敢。老夫於當世高人之中，心中佩服的沒有幾個，數來數去只有三個半，大和尚算得是一位。還有三個半，是老夫不佩服的。」……只聽一個聲音洪亮之人問道：「任先生，你還佩服哪幾位？」……任我行笑道：「抱歉得很，閣下不在其內。」那人道：「在下如何敢與方證大師比肩？自然是任先生所不佩服了。」任我行道：「我不佩服的三個半人之中，你也不在其內。你再練三十年功夫，或許會讓我不佩服一下。」那人嘿然不語。令狐沖心道：「原來要叫你不佩服，卻也不易。」

案：此意本自清乾隆時大文豪汪中語，見洪亮吉《更生齋文集甲集》卷四〈又書三友人遺事〉：「（汪中）時僑居揚州，程吏部晉芳、興化任禮部大椿、顧明經九苞皆以讀書該博有盛名。中眾中語云：『揚州一府，通者三人，不通者三人。』通者，高郵王念孫、寶應劉台拱與中是也，不通者即指吏部等。適有薦紳里居者，因盛服訪中，兼乞針砭。中大言曰：『汝不在不通之列。』其人喜過望。中徐曰：『汝再讀三十年書，可以望不通矣。』」兩相比較，可發現「三十年」之時間短長亦同。但金庸先生將「三個」增為「三個半」，則又趣味橫生，是百尺竿頭、更進一步所在。

●《倚天屠龍記》第二回：

何足道不答，俯身拾起一塊尖角石子，突然在寺前的青石板上縱一道、橫一道的畫了起來，頃刻之間，畫成了縱橫各一十九道的一張大棋盤。經緯線筆直，猶如用界尺界成一般，每一道線都是深入石板半寸有餘。這石板乃以少室山的青石鋪成，堅硬如鐵，數百年人來人往，亦無多少磨耗，他隨手以一塊尖石揮劃，竟然深陷盈寸，這份內功實是世間罕有。

案：此情節出自唐人康駢《劇談錄》中〈張季弘逢惡新婦〉條，謂咸通年間，有左軍張季弘，勇而多力。供奉襄州，暮泊商山逆旅。逆旅有老嫗，愁憤吁嘆。季弘問之，嫗曰：「有新婦悖惡，壯勇無敵，眾皆畏懼，遂至於此。」季弘笑曰：「其他則非某所知，若言壯勇，當為主人除之。」日暮，婦人負束薪而歸，狀貌亦無他異。逆旅後囿有磐石，季弘坐其上，置騾鞭於側，召而謂曰：「汝是主人新婦，我在長安城，即聞汝倚有氣力，不伏承事阿家，豈敢如此？」新婦拜季弘曰：「乞押衙不草草，容新婦分雪。」每言一事，引手於季弘所坐石上，以中指畫之，隨手作痕，深可數寸。季弘汗落神駭，但言道理不錯，伺晨而發。康駢所云已超出物理學極限矣，金庸改為「以石劃石」，較近情理。

●看小東邪郭襄何等光風霽月，再看滅絕師太何等卑鄙殘忍；看何足道何等瀟灑卓犖，再看何太沖何等猥瑣下賤；看朱子柳何等聰慧可喜，再看朱長齡何等陰賊可怖；看宋遠橋尚且算是正人君子，再看宋青書如此禽獸不如，應該可以恍然領悟《倚天屠龍記》主題之一為「君子之澤，五世而斬」矣。曾聞多位方家弘論曰：今之中國，應允許高學歷者率先突破「計劃生育」政策，因為人口素質可提高云云，真是謬論，謬論。

附錄二

相忘江湖

原來咱們都只聽見了刀聲，而看不見輕愁一般的白光。

原來咱們都曾彈劍作歌，聲如龍吟，都曾把臂入林，見過奇花和冰雪。

原來在清醒的時候刀已入鞘，你我已對望天涯。而數峰江上，仍是那樣的青青。兄弟，我們何時能再相逢？

而是誰，在名不見經傳的一戰之後，仍舊唱起這首歌？在粉色的紙上聽見了簫聲，如泣如訴？直到我們想起往日的江湖，想起十步殺一人，千里不留行。

誰曾相忘？驚才絕豔的俠客已經袖手，在某一個週末的城市中，看見不知名的藍色火焰。他坐在廚房中唱歌，無限感傷。

可是兄弟，如今你在多深的海中？是否還在劍尖下垂，姿態空靈，直至太陽落山絕無破綻？

我仍偶爾出入於明德路，看見昔日的武器已被塵封。兄弟，這裡已不再是我們的江湖。面對他們的眼睛，我們已是苦笑的隱者，拂衣而去，永不回頭。

可是兄弟，你既然看見荊軻手持雪刃登舟遠走，聽見漸離築聲如潮，你就要相信令狐沖的遭遇都是真的；就要相信今天，我們悲嘯作別，散落四方，所求的還不過是富貴和功名。

兄弟，如果你回到明德路，看看已不再是往日的江湖，你就要相信，一旦我們離去，所有平庸的招式都已成神話，所有平庸的故事都已成傳奇。

只是最後一戰真的無法避免，兩枚袖箭早擊落了洗手的金盆。

在被你稱作慧江的地方，刀光蹴至，將夙願斫傷。兄弟，在慧江上，我們凝視無語，是否都有了悔意？是否真的日久生情進而鑄劍為犁？

今天的我，已經擲出綠竹杖，卸下粗布袋，成為眾人逐棄的幫主。我只是迷茫的尋找仇家，悲憤難平，終致釀成大錯。

兄弟，你可看見藏了十年的一把刀懷舊，它從陽光中奪出淚眼與愁眉？

兄弟，相忘江湖已成宿命，你不要忘了我的憂傷。

天涯・明月・刀

A・天涯

1

「天涯遠不遠？」

「不遠。」

「為什麼不遠？」

「人就在天涯，天涯怎麼會遠？」——古龍

2

天涯不遠。天涯真的不遠麼？那為什麼我從初秋走到深冬，看不見一道彩虹？為什麼我夜夜聽著水聲，想著一枝紅袖？為什麼我走在冷雨的底下，有時微笑，有時苦笑？

3

天涯。一個男人的天涯。一個書生的天涯。在青燈黃卷裡閃現的天涯。在枯寂落寞裡出沒的天涯。妖女的天涯。幻夢的天涯。芳菲如錦的一段天涯。木葉蕭蕭的一程天涯。

4

天涯。一個妻子的天涯。一個兒子的天涯。一個父母的天涯。被電波卷來沖去的天涯。被理想蕩走蕩回的天涯。被金錢隔遠隔近的天涯。相思的一百三十個天涯已經夠多夠重，而更遠更大的天涯還在前頭。

5

天涯真的不遠麼？當明月照進高樓，一柄鏽刀錚然躍出刀鞘，光芒四射？

B．明月

1

明月照積雪——古詩

2

我站在高樓上，卻望不見積雪。積雪像天鵝一樣，都落在我的家鄉，我的北方。我的北方鋪滿了遼闊的雪花，她們是明月的精靈，明月的孩子，每天晚上向著天空說話。我聽不見，但是我知道。

3
江南每個晚上都有明月，有時我看不見她，但遠遠地愛著她；有時我看見她，卻被她如冰似火的光芒燙傷。秋天來到最高的時候，一群野雁會在又高又黑的夜空下向上飛，其中必定有一隻傷感而孤獨的雁看到了我。

4
因為明月不是我的明月，江南也不是我的江南。

C．刀

1
原來咱們都只聽見了刀聲，而看不見輕愁一般的刀光。——〈相忘江湖〉1993.10

2
這是一種幸運。因為看見刀光時已經晚了，已經躲不開它的追斫。不幸的是，我看見了刀光。

3

刀是世界上最普通的武器，每個人心中都有一把。

刀也是世界上最淩厲的武器。因為你或者要拿它傷人，或者被它所傷。

沒有一刀會落空。

4

我也有刀。

5

通靈的刀會在牆上吶喊，我本來以為只是一個傳說。

但是傳說得久了，總有一些會變成真的。

否則這口刀為什麼會在明月和積雪之間飛來，與天與地混茫一色，然後就掛在了江南呢？

6

而我，每個夜晚都聽見了它的吶喊，都看見了它斑斑鏽跡後面的燦爛。

一閃眼，我已被刀光擊中。有個人一字一頓地說：「拔，你，的，刀。」

這更像是一句咒語，更像是一種宿命。

D．天涯明月刀

天涯刀。明月刀。天涯明月。天涯明月刀。

我拔刀，臉上閃過一片光芒。

俠客三題

一、憂鬱的俠客

憂鬱的俠客盡可以武功奇高，或者身懷寶刃，傷人於無形，但他們從不快樂，一枝蘭花的香氣就可以使他變得迷濛。

因為他是明智的人，他清楚有一個敵手是他永遠都無法擊敗的，那就是他內心的憂傷。

我常在清如水的夜色裡，懷念起李尋歡、陳家洛這些傳說中的英雄，他們的滄桑和傷感與我息息相通。

二、歡樂的俠客

我說的是楚留香和陸小鳳，他們坦蕩、誠懇、思想純淨，明辨是非。

他們有能力獲得人生必須的一切：正義、財富、愛情和隨心所欲。

當他們偶爾被憂傷擊中，也只是連翻十幾個跟斗，然後飽餐一頓，相信明天還有很好的陽光。

我豔羨他們，因為我做不到。

我驅不走盤根錯節的憂傷。

三、歸隱的俠客

一把生鏽的長劍和一隻精光四射的鍋鏟，退隱的俠客坐在廚房正中，內心中燃起藍色的火光。

豪氣已經揮發殆盡，歸隱的俠客在三九天汗透重衣。

我想到金開甲，一個老人迎著旭日準確而簡潔地劈著木柴，他的內心必是平靜而憤怒。

歸隱的俠客大概都是悲憤無說處的人罷，榮譽之花只在靜夜中，他們的回憶中盛開。

想起青青江湖

——讀王憐花《江湖外史》而作

如果，有人會在午夜一點半的空寂裡回想江湖，那個人不應該是我。我早從江湖中抽身縮手，隱居在長衫、綠茶和詩歌後面，流連市井，拒絕記憶。我已成為一個小女人的丈夫和一個小男孩的父親，以此身分，度過了十年之久。

那麼，為何要想起江湖？一個人安逸地坐落在書城之間，吞吐開闔，陰陽動靜。我應該已經忘卻了柳葉、雛菊、碧水和紅袖，忘卻了豪飲、悲歌、憤怒和徘徊。劍光黯淡，刀聲遠遁，歸去來兮的暗器劈空而至，卻被枕畔的櫻唇吹破，如一點塵埃。

是啊，不必再想起江湖。兵器已經入庫，梅花落滿南山。我應該放逐春天，放逐傷心往昔，放逐美酒，放逐縹緲時光和丹鳳眼的姑娘。我應該形如槁木，心似止水，停下夢幻，活得正常。

可是，畢竟想起了江湖。透過一個叫王憐花的男人，透過午夜橫陳的閱讀，透過青春的掛牽和迷戀，透過一本關於道路問題的奇書，青青的江湖，淒美的江湖，嬌豔的江湖，忽然在眼前重現！

原來，退出江湖只是一個錯覺，只是一個謊言。江湖遠不遠？不遠？為什麼不遠？人總在江湖？江湖怎麼會遠？生鏽的寶劍忽然在牆上鳴叫，我起身長嘯，驚動了自己內心的悲傷。

後記

陳平原先生說：千古文人俠客夢。如果我也可以忝列「文人」，這個「俠客夢」我還是做得比較沉迷的。

作為一個既不「現代」、也不「小說」的詩詞研究者，我讀金庸，已經三十多年；講金庸，十多年來超百場；二十多年前，為稻粱謀，還寫過一百萬字的武俠小說，儘管不敢回頭去看，偶爾有人提起，頭頸輒赤。這段「創作經歷」的唯一收穫是：明白了武俠小說不可小看，更不易為，所以決心不寫了，只講。

由於這些因緣，為這個夢做個小小的總結，也是時候了。

本書在我多份講座記錄稿的基礎上增刪而成，好處是比較系統，為自己散碎的感悟加上了一點邏輯和架構，但損失更多，難題更大。

最大的損失是，不能還原講座現場的氣氛。校內校外很多地方都有這樣的說法：「馬大勇老師的講座一座難求，經常有人站著聽。」時間允許的情況下，我都盡量做如下解釋：

「這種情況是有的，但僅限於講金庸；如果講《三國》，那就不會有人站著了；如果講詩詞，上座率達到三分之二就不錯。」

事實上，有兩次講金庸的確令我感動。一次是二〇一三年在吉林大學經信教學樓講「金庸小說與佛教文化」，有幾十位同學一直站在講臺上我的身邊聽講，兩小時五十分的講座，沒有人離開，我能看見他們眼睛裡的光亮和心底的波瀾；還有一次是去年，金庸先生去世後，在吉林大學東榮報告廳講「天下誰人不識金」。五百人的場地，進了八百人，還被「勸退」了八百人。據同學們說，講座結束後，校園裡到處都是談論金庸的聲音。我沒有辦法在文字中還原那些閃光的眼神和熱烈的聲音。

我說這些，沒有炫耀的意思，只是想說：金庸小說能具有這麼大的魅力，不僅成全了這些令我感動的講座，也催促我站在學術理性的層面重新思考他的價值。

最大的難題是，有些我自以為精彩的解讀，或者說壓箱底的「包袱」，在講座中可以反覆用，但在書稿中只能出現一次，那就需要把所有講座記錄稿「打散」，把這個「包袱」用在最「刀刃」的地方。比如說對《天龍八部》「命運之書」主題的梳理和描述，幾乎成了我的「保留曲目」。每次講到段譽被命運魔術師開的那些玩笑，我自己也哭笑不得；每次講到那隻命運之狼窺伺在某個路口向蕭峰露出雪亮的獠牙，我自己也感到深深的無奈與感傷，但在書稿中平攤之後，這樣的「亮點」註定或多或少要被淹沒。

其次，我在講座中都是憑記憶來複述或演繹故事、引用原文的，聽眾在現場會有點「驚豔」，覺得我真的是下過一點功夫，但在書稿中，反而會讓人覺得平平無奇，甚至不夠準確。這部分內容，我在整理過程中盡量引用原文，庶幾可免記憶之誤或信口開河，同時也請讀者諸君體諒本書中有時顯得冗長的引述。

文末附錄小文三篇，皆十多年前平居無事時所作，無處發表，贅此以志鴻爪。

要特別致謝吉林大學文科資深教授劉中樹先生。中樹先生任校長時聘任金庸先生為吉林大學客座教授，我唯一一次見到金庸先生正是在聘任儀式上。此後每次見到中樹先生，他都會提起這段往事，勉勵我要把關於金庸的一些想法整理出來。希望這本草率湊成的小書對得起中樹先生的提點與期望。

還要特別致謝艾明秋女士熱誠的約稿與認真高效的編輯工作，感謝我的學生趙郁飛、王敏的大量後臺支持。

三年前某日，忽憶及年輕時著武俠說部之事，曾感塗二首〈鷓鴣天〉，抄在這裡，聊充結語：

誰記當時道路窮，欲從紙端問英雄。三更月色燈慘綠，百樣風流面桃紅。

蛇吞象，虎鬥龍，天時人事苦崢嶸。廿年一夢江湖遠，劍氣猶寒到夢中。

飛鏑射月總無能，濫竽談劍聊以鳴。吹笛杏花疏影下，曲到恩仇酒先傾。
花摘葉，水登萍武俠說部有「飛花摘葉」、「渡水登萍」之說，萍花散聚最關情。爾時
未識人間險，漫說江湖路不平。

小書小詞，一併獻給我的導師嚴迪昌先生。他是資深的武俠迷，這本書，他或許愛看。

己亥六月初四日
於佳谷齋

臺灣版後記

本書之內容雖歷經十數年乃至數十年之摸索錘鍊，成書過程卻稍感慌促。自二〇一九年五月正式啟動，僅一個多月，即完成了書稿之整理。此種情況下，有些未及深思詳慮的部分即不得不割捨，而全書結構也未盡完滿。

著述家大抵有此經驗：交稿前覺得已經改無可改，見到紙質書才又恍然而悟，故數月以來，乘疫毒禁足之暇，對全書斷斷續續做了一些修訂。主要修訂者集中於「第一編　金庸小說的歷史情懷」一部分，附錄增加了幾篇與武俠小說有關的散文詩，皆多年前所作，其功略同乎附錄一的考證文字，存鴻雪之跡而已。

初版僅數月，即收到將印行臺灣版的消息，頗感意外且榮幸。征得遼寧人民出版社方面的同意後，遂將修訂版交出付梓。臺灣乃新派武俠小說重鎮之一，絕多行家裡手，我也誠懇期待著來自海峽彼岸的斧正指教。

再感塗〈鷓鴣天〉一首，為本書臺灣版作結：

心弦欲斷尚鳴弦，聊寫蠻箋記長年。無人不冤千佛手，有情皆錯百花拳。

新劍影，舊蒲團，一燈如雪祖師禪。不圖飯飽閑機趣，竟賫海天文字緣。

庚子閏四月十七日

於佳谷齋

高寶書版集團
gobooks.com.tw

新視野 New Window 222
江湖夜雨讀金庸

作　　者　馬大勇
責任編輯　林子鈺
封面設計　巫麗雪
排　　版　賴姵均
企　　劃　鍾惠鈞

發 行 人　朱凱蕾
出 版 者　英屬維京群島商高寶國際有限公司台灣分公司
　　　　　Global Group Holdings, Ltd.
地　　址　台北市內湖區洲子街 88 號 3 樓
網　　址　gobooks.com.tw
電　　話　(02) 2799-2788
電　　郵　readers@gobooks.com.tw（讀者服務部）
　　　　　pr@gobooks.com.tw（公關諮詢部）
傳　　真　出版部　(02) 2799-0909　行銷部 (02) 2799-3088
郵政劃撥　19394552
戶　　名　英屬維京群島商高寶國際有限公司台灣分公司
發　　行　英屬維京群島商高寶國際有限公司台灣分公司
初版日期　2021 年 04 月

江湖夜雨讀金庸
本書為遼寧人民出版社正式授權英屬維京群島商高寶國際有限公司臺灣分公司出版發行。

國家圖書館出版品預行編目（CIP）資料

江湖夜雨讀金庸 / 馬大勇著 . -- 初版 . -- 臺北市：
英屬維京群島商高寶國際有限公司臺灣分公司，
2021.04
　面；　公分 . -- (新視野 222)

ISBN 978-986-506-091-6 (平裝)

1. 金庸　2. 武俠小說　3. 文學評論

857.9　　110004313

本作品中文繁體版通過文化部核准文化部部版臺陸字第 109051 號。